AF393460

Roger Skagerlund

Mare Balticum
Attackserien del 1

Ingenmansland 2.0

Prolog

Ön Sommarkransen
Stockholms skärgård
1:a oktober 2016

Oktober inleddes glädjande nog med en något oväntad, men desto mer välkommen, brittsommarvärme som fick solen att glittra på de lätta vågor som slog in mot strandhällarna.

Det uppkomna väderläget fick en tacksam Robert Liss att vända ansiktet mot solen. Han ville girigt insupa de förmodat sista av årets värmande strålar innan den råa höstkylan på allvar satte tänderna i den svenska skärgårdsidyllen. Därefter förvandlades det paradisliknande landskapet runt omkring sommarhuset på det gamla sedvanliga viset. Det var mörker, kyla och ett evigt regnande som slutligen övergick till det frusna helvete som brukade kallas för svensk vinter.

Under den tiden gick allt liv ner på sparlåga medan världen stannade upp, i andlös avvaktan på solens återkomst någon gång i april eller maj.

Vågornas rytmiska skvalpande in mot de blankpolerade strandklipporna fick honom att slutligen öppna ögonen igen. Leende såg han ut över den otroligt vackra skärgårdsmiljö som bredde ut sig i all sin underbara glans.

Det var verkligen inte mycket som kunde sätta sig upp mot svensk skärgård när det kom till njutningsfaktor tio, tänkte Robert njutningsfullt medan han skuggade ögonen med ena handen.

Runt tre hundra meter från den egna stranden sköt två kala klipparmar ut från ön *Båtharen*. Dessa bildade en naturlig och skyddad hamn i vilken han kunde se Olof Kantzows motorbåt ligga för ankar.

Robert blinkade innan han med förnyat intresse spände blicken i den vackra motorbåten på andra sidan sundet.

Var det där verkligen Kantzows båt? Det såg visserligen ut som samma märke och modell, men det slog honom just att Olof Kantzow stängt igen sommarhuset för säsongen.

Grannen och den nära vännen Olof hade tittat förbi Robert två dagar tidigare för att hälsa på. Med allvarlig stämma, som lite förtogs av det spjuveraktiga leendet, hade han sagt att det var hög tid för honom och familjen att vända tillbaka till sysslorna inne i Stockholm.

Kantzow sades jobba på försvarsdepartementet som en av de dussintals pappersskyfflare som dagligen huserade i huset på Jakobsgatan 9 inne i Kungliga huvudstaden.

Det var åtminstone så som Olof ville få det att framstå för utomstående.

Robert visste däremot med säkerhet att vännen var lite mer än bara ytterligare en vanlig grå och trist tjänsteman som avlönades med skattepengar. Kantzows egentliga ansvar på departementet bestod till största delen av kvalificerade försvarshemligheter, kritiska för både den militära och civila beredskapen i händelse av krig i Sverige.

Krigshotet var i sin tur något som inte längre tedde sig så avlägset och verklighetsfrämmande som det gjort för bara ett årtionde sedan. Föga överraskande var det Ryssland, med sin president Vladimir Potemkin, som stod för den militära upp-trappningen i Östersjöområdet

Hur man än vände och vred på det skulle det alltså vara tomt där borta på *Båtharen*. Kantzows sommarhus — som var ett arv som stannat inom släkten sedan femtiotalet — var nämligen den enda byggnaden på den lilla ö som bestod av ett fåtal träd, sådd gräsmatta och blankslipade klippor.

Om någon lokal båtägare valt att tillbringa de sista vackra dagarna till sjöss, ja då visste de att *Båtharen* var privat mark och därmed inte tillåten att ankra vid. Om man kom längre bort ifrån blev man ändå upplyst om detta faktum genom de tydliga skyltar som upplyste om att ankring var förbjuden för utomstående.

Bekymrat rynkade Robert pannan, samtidigt som han tog ett försiktigt steg närmare vattenlinjen. Någon okänd person, alternativt personer i plural, hade alltså helt sonika struntat i skyltarna och gått in i den lilla naturliga hamnen. Troligen var man övertygad om att vara ensamma i området så här pass sent på säsongen.

Egentligen skulle inte Robert heller befinna sig här då han haft en inplanerad övning som skulle utspelat sig nu, men en oväntad omkastning i schemat hade senarelagt denna. När det stod klart att första oktoberveckan var fri tog han i stället beslutet att åka ut för att vintersäkra huset, något som alltså blev av lite tidigare än vad som varit planerat från början.

På det sättet kunde han mota Olle i grind och slippa de otrevliga överraskningar som kunde bli följden om han i stället gjorde det senare. Medan han såg till att deras lilla idyll skulle klara den bistra vintern var hustrun och barnen kvar hemma i Uppsala där de skötte jobb och skola.

Det var något oroväckande att i dessa orostider upptäcka främmande båtar i den yttre skärgården, särskilt omkring en högt uppsatt försvarstjänstemans sommarbostad. Trots allt verkade det som att ryssen grävt upp stridsyxan och gått ut på krigsstigen. Enda sättet som Robert kunde bli tillfreds med detta var att han själv tog båten över till ön. På så vis kunde han på egen hand kontrollera vad det egentligen var som försiggick där borta.

Att ta den stora *Rodman 800*-båten för den korta sträckan över till grannkobben kändes i det här läget lite som ett *over kill*. Att däremot ta den lilla snipan med sin femton hästars utombordsmotor, som delades av de tre sommargästerna på ön *Sommarkransen*, skulle fungera alldeles utmärkt. Det tillät honom dessutom att gå i land bortom den naturliga hamnen, vilket skulle göra det svårare för de ovälkomna gästerna att upptäcka honom.

Ett kort ögonblick funderade Robert på om han skulle ringa polisen, men slog nästan genast bort tanken som absurd. Den kraftigt underdimensionerade svenska sjöpolisen hade på tok för många ärenden att hantera på sitt bord redan som det var. Om de mot förmodan skulle välja att prioritera ett samtal från en obetydlig hemvärnskapten skulle det ändå ta flera timmar innan närmaste patrull var på plats. När de sedan väl anlände skulle de misstänkta förövarna troligen redan vara långt borta.

Det bäste han kunde göra i det uppkomna läget var att ta med sitt tjänstevapen och själv undersöka vad det var som utspelade sig på grannön. Ett dekret från regeringen hade nämligen gett tillåtelse för Försvarsmaktens anställda att bära sina vapen även utanför tjänsten, för att på så sätt öka förmågan att skydda landet mot försök till sabotage och terrorism.

Terrorhotskalan hade nämligen raskt slagit i taket efter diverse ryska utspel, vilka i sedvanlig rysk ordning innefattade vilseledning och klart uttalade påverkansoperationer. Dessa hade dessutom fått enorm spridning tack vare de sociala medierna som fienden utnyttjade till max.

Det Ivan den förskräcklige saknade i taktiskt kunnande tog han igen med sina trollfabriker. I dessa fabricerades lögnerna i en närmast industriell skala på ett sätt som varit okänt under tidigare konflikter.

Robert nickade instämmande med sig själv i samma stund som beslutet var fattat. Det enda logiska var att ta saken i egna händer och gå till botten med mysteriet. Om det senare skulle råka visa sig vara ren dumhet från oskyldiga båtägare behövde inte polisens resurser tas i anspråk, men om det var spioner kunde han själv ta hand om dem tills förstärkning anlände.

En kort sekund funderade han över om det hela verkligen var så smart att göra själv och utan uppbackning, men slog sedan bort tanken. Han tillhörde trots allt Försvarsmakten. Eftersom hotbilden mot landet byggts upp avsevärt under de senaste åren, särskilt efter ryska påsken i mars 2013, var det hans plikt att undersöka möjliga och tänkbara hot mot Rikets säkerhet.

Med beslutsamma steg skyndade han upp mot stugan där utrustningen förvarades. Det var trots allt säkrast att byta om till uniform. Då kunde inga tvivel om hans legitimitet uppstå, vare sig det handlade om verkliga förövare som behövde omhändertas, polis eller eventuellt oskyldiga privatpersoner med svårigheter att ta till sig det skrivna ordet.

***

Klipporna skrapade stilla mot botten på den lilla snipan när Robert sakta närmade sig stranden. Utan att vänta en sekund i onödan tog han ett beslutsamt kliv över till fast mark. Sedan drog han med varlig hand upp båten på land och förtöjde den noggrant. Det sista han behövde var att snipan skulle slita sig och på egen hand försvinna ut till havs medan han utförde sin undersökning. Robert hade genom åren trots allt sett mer än sin beskärda del av herrelösa småbåtar. Han ville därför inte sälla sig till mängden av klantskallar som måste hämtas på en enslig kobbe av sjöräddningen.

När förtöjningen slutligen var klar såg sig Robert snabbt omkring för att kontrollera att ingen iakttog honom. När han kände sig tillfreds med att inte upptäcka någon omedelbar fara, klev han med beslutsamma steg fram över klipporna. Det tog endast några sekunder för honom att nå fram till de vindpinade tallar som lyckats klamra sig fast i det tunna jord-lagret ett tiotal meter från strandbrynet.

Väl inne i den glesa skogskorridoren stannade han upp på nytt. Vapnet vägde tungt i hans händer, vilket skänkte honom en förrädisk men otvivelaktigt falsk känsla av osårbarhet. Med gravallvarlig röst viskade han tyst till sig själv:

"*Memento mori*, Robert. Kom ihåg att du är dödlig. Gör inget dumt nu som du senare kommer att få ångra bittert."

När han till slut kände sig stärkt och lugnad av sina egna ord fortsatte Robert framåt, noga med att se var han satte ner fötterna. Det var onödigt att stövla fram som en elefant och knäcka grenar som kunde förvarna eventuella vaktposter.

Landkänningen hade skett på öns norrsida. Det var därför runt tre hundra meter att gå över den glesbevuxna klippan innan han nådde fram till Kantzows hus. Det var en byggnad som till det yttre bestod av härdade stockar som genom åren slipats blanka av den ständigt saltmättade vinden från havet.

Huset var från början byggt under fyrtiotalets andra hälft när den svenska efterkrigsekonomin gick som på räls. Det hade sedan byggts ut för att få sitt nuvarande utseende under mitten av det efterföljande årtiondet. Därefter hade ägaren hastigt avlidit, varvid byggnaden övergick till den Kantzowska ätten genom ett testamentligt arv utställt till Olofs farfar.

Sedan drygt tio år tillbaka var det i stället Olof och hans familj som ägde byggnaden med omgivande mark – det vill säga ön *Båtharen*. Robert var mycket bekant med både omgivningarna och själva huset i fråga eftersom familjerna Liss och Kantzows stod varandra nära.

Otaliga gånger hade de varit gäster i Olofs hem. Av den anledningen visste Robert precis var vännen brukade förvara sina dokument, inklusive datorer, för att skydda dessa från ovälkomna ögon när han jobbade hemifrån. Inga datorer var anslutna till internet, men Olof hade tillstånd att via krypto ta del av ett föga känt militärt nätverk som var helt avlyssnings-säkert ... så länge ingen lyckades installera spionprogramvara direkt i datorn ville säga.

Som vanligt utgick han ifrån att allt som var av hemlig natur följt med familjen tillbaka in till staden, men om det rörde sig om ett försök till spionage kunde det handla om mer än att bara försöka komma över dokument. Avlyssningsutrustning som kunde ta upp både ljud och bild var enkel att installera. Så vitt han visste brukade inte Olof svepa huset för att försöka spåra sådan utrustning, vilket öppnade för att en förslagen fiende ändå kunde ta del av förbjuden information.

Antingen visste den förmodade fienden detta, eller så utgick de rent generellt ifrån antagandet att svensk naivitet skulle bereda väg för dem och underlätta uppdraget.

Robert stannade till.

Den glesa skogen upphörde och framför honom låg de av inlandsisen slipade klipphällarna nu nakna. Det var en öppen sträcka på cirka femtio meter innan tomten tog vid. Till denna hade Olofs far en gång för länge sedan låtit frakta över tvåhundra sextio ton jord från fastlandet för att kunna anlägga en liten gräsmatta.

Med kisande ögon såg Robert bort mot det mörkt bruna och betsade huset. En rörelse i ett av fönstren fångade hans uppmärksamhet. Någon hade definitivt tagit sig in olovandes, vilket stärkte honom i övertygelsen om att ägarna av den främmande båten inte hade ärliga avsikter med sig i bagaget.

Avståndet till huset var runt sextio meter öppen mark, men de nötta klipporna gjorde att han kunde ta sig fram en del av denna sträcka dold. De sista tjugo meterna var däremot helt öppna. Där måste han med stor omsorg försöka finna husets döda vinkel, men först behövde han larma myndigheterna. Trots allt var det nu bekräftat att obehöriga hade gett sig själva tillträde till fastigheten.

Utan att släppa huset med blicken fiskade han fram sin mobiltelefon och letade upp ett förprogrammerat nummer. När en misstänksam röst i andra änden svarade sa Robert bara kort:

"Hej. Det här är kapten Robert Liss, Upplandsbataljonen. Jag vill rapportera ett misstänkt spionage på ön *Båtharen.*"

Därefter övergick han till att så kortfattat som möjligt beskriva det han med säkerhet visste om det som skedde. Det resulterade i att rösten meddelade att omedelbart larm gått ut till en ribbåtspatrull.

Med samtalet ordentligt avslutat stoppade han tillbaka mobilen i en av stridsvästens fickor. När den väl var tryggt på plats började han med stor försiktighet att röra sig framåt, noga med att alltid ha en klippa mellan sig och målet.

***

Det verkade inte som inkräktarna hade sett honom under den forcerade framryckningen. Lite lätt andfådd tryckte Robert ryggen mot husets yttervägg medan han spände hörseln till det yttersta. I flera sekunder stod han stilla för att hämta andan. Samtidigt avvaktade han för att se om motståndarna visade några tecken på att ha uppmärksammat honom.

När inget hände smög Robert slutligen fram och tittade snabbt in genom ett nedsläckt fönster. I dunklet innanför såg han bara ett tomt sovrum som han visste var ett av de mindre gästrum som låg på husets baksida. Han hade själv övernattat i rummet ett flertal gånger genom åren då det blivit för sent att tryggt ta sig över vattenbarriären till den egna lilla ön.

Om inkräktarna nu tagit sig in i huset för att – som han misstänkte - placera ut avlyssningsutrustning, då borde de hålla till på den motsatta sidan. Det var där som kök, hall och vardagsrum fanns, det vill säga de intressanta utrymmena. Därför smög han försiktigt runt knuten för att ta sig fram längs den ena gaveln. Utan förvarning hörde Robert ljudet från en gummiklädd sulas raspande mot den nakna klipphäll som gick i dagen vid husets motsatta gavel.

Innan han hunnit reagera kom en svartmuskig och civilklädd man runt hörnet. Den okända främlingen svor irriterat på ett främmande språk med huvudet bortvänt från honom, tydligen spanande efter orsaken till att han halkat.

Svärandet upphörde tvärt när han på nytt vände blicken framåt. Överraskad fick han syn på den uniformsklädda och beväpnade svensken som stod bara någon enstaka meter framför honom.

Under en utdragen sekund stirrade de båda männen häpet på varandra innan inkräktarens hand började röra sig mot den öppna jackan. Robert reagerade på det intuitiva hotet utan att egentligen hinna tänka. Instinktivt rusade han fram och körde med stor kraft in pipan på automatkarbinen hårt rakt i bröstet på mannen.

Främlingen flämtade till och tog ett stapplande steg bakåt, tillfälligt satt ur balans, vilket gav Robert tid att byta grepp om vapnet. Nu kunde han i stället använda sig av kolven, vilken han slog mot mannens tinning så hårt han kunde.

Det syntes tydligt i den andres ögon att ljuset släcktes med omedelbar verkan. Samtidigt som solen gick ned upphörde helt naturligt även främlingens muskelkontroll. Robert böjde sig fram och tog ett tag under mannens armar innan han började dra tillbaka den livlösa kroppen runt husknuten.

När de väl var utom direkt synhåll la han ner mannen på marken. Där välte han sedan över honom på mage innan han tvingade upp armarna på ryggen. Med hjälp av ett par tjocka buntband såg han till att ordentligt fängsla armarna för att därefter känna igenom den slappa kroppen.

Ur ett dolt axelhölster fiskade han raskt fram den populärt benämnda ryska automatpistolen *Yarygin* 6P35 med sin niomillimeters parabellumammunition, inom Nato främst känd under namnet MP-443 *Grach*.

Med en grimas stoppade Robert ner pistolen innanför sitt eget bälte. När vapnet var utom räckhåll länsade han kroppen på tillhörande ammunitionsmagasin. Efter att slutligen låtit två fulla magasin glida ner i bröstfickan på vapenrocken drog han flinande av mannen kängorna. Därefter pulade Robert in hans strumpor i munnen som en improviserad munkavle.

"Ledsen för den bittra smaken", sa han med viss sarkasm i rösten, "men det är trots allt din egen kroppsodör. Därför tror jag att du överlever, även om det säkert är obehagligt. Fast å andra sidan är det nog trots allt ditt minsta bekymmer när du väl vaknar."

När motståndaren slutligen var neutraliserad rullade han in honom under huset. Den äldsta delen var nämligen byggd på betongplintar som lämnade fyrtio centimeter fri luft mellan hus och mark.

Med mannen tryggt paketerad i mörkret under huset kände Robert att han var tvungen att skynda på sina planer. Motståndarens kamrater skulle med stor sannolikhet börja sakna honom inom kort. Risken fanns att de samtidigt skulle inta en högre grad av beredskap, vilket för hans del inte var det mest önskvärda alternativet.

Snabbt reste han sig och skyndade runt hörnet med siktet inställt på framsidans stora ingång. Med lite tur kunde han kanske fortfarande ta inkräktarna med överraskning, utan att behöva öppna eld. Däremot insåg han att chanserna till en fredlig upplösning på dramat hade minskat avsevärt när fienden visat sig vara beväpnad.

Vapnen var inte där bara för att skrämmas, utan de var beredda att bruka dem om det skulle visa sig nödvändigt.

***

Dörren stod på glänt, kvarhållen på sin plats av en grovt tillyxad kil av björkträ. Kilen hade sparkats in mellan dörrbladet och den trall som utgjorde verandan.

Robert såg sig kontrollerande om över axeln innan han tog ett djupt andetag och på tysta fötter smög fram mot dörren. När han kom närmare hördes röster inifrån som talade på ett slaviskt språk, men hans språköra kunde inte avgöra om det var ryska, polska eller något av de andra språk som rymdes inom den indoeuropeiska språkstammen.

Det enda han med säkerhet kunde avgöra var att det var tre röster som hördes. Dessutom verkade de heller inte direkt brydda av att inte hört av sin kamrat på flera minuter.

Av tonfallet att döma var det vardagligt småprat som man ofta ägnade sig åt medan man utförde ett rutinmässigt jobb, något som skvallrade om att dessa män absolut inte var några nybörjare.

Däremot var de heller inte överdrivet professionella.

Om de varit proffs skulle de utan tvivel ha ägnat mycket större uppmärksamhet åt sin omvärld och mindre åt socialt småprat när de var ute på jobb. Hans intuitiva sida sa Robert att männen troligen inte tillhörde GRU, för då borde de haft betydligt större militär disciplin.

I stället var det mer troligt att de var civila frilansare som hyrts in av den ryska militära underrättelsetjänsten, specifikt för att utföra detta jobb. Något felaktigt hade sedan männen dragit slutsatsen att de kunde operera obemärkt ute i den svenska skärgården vid den här tiden på året, när sommargästerna antogs ha återvänt in till stan.

Det var ett misstag som de bittert skulle få ångra.

Snabbt såg Robert ner på klockan. Det skulle fortfarande dröja innan förstärkningarna var på plats, men samtidigt höll tiden för honom själv på att rinna ut. Även om amatörerna där inne fortfarande inte saknade sin förlorade kamrat, var det ändå bara en tidsfråga innan någon av dem skulle börja fundera i banor kring den oväntade tystnaden.

Rent logiskt var en fyramannagrupp det mest troliga sättet att operera på. Då var det tre installatörer som gjorde grovjobbet och en vakt som höll uppsikt över omgivningen. Han hade inte sett några tecken på att det skulle finnas en femte gruppmedlem på plats, men Robert ville ändå ogärna lämna ryggen helt oskyddad. Alltså måste han på något sätt få ut männen ur huset.

Under några långa sekunder funderade han på vad som var bäst, men beslöt sig för att följa den gamla devisen att ju enklare plan, desto bättre resultat. Han gav helt enkelt till en kort busvissling. Förhoppningsvis var det något som skulle få männen därinne att komma ut för att kontrollera vad vakten ville.

I huset upphörde genast konversationen när det skarpa ljudet ekade genom tystnaden. Ett ögonblick av förlamande stillhet inträdde innan han hörde snabba steg som skyndade mot ytterdörren.

När förste man rusade ut på verandan fällde Robert honom med ett ben, vilket fick mannen att snubbla och falla raklång ut för den korta trappan ner till marken. De båda efter-följande männen skyndade efter kamraten och missade helt svensken som tryckte bakom dörren.

När samtliga förövare befann sig ute på gårdsplanen, där de börjat hjälpa sin kamrat på fötter, slog Robert med en smäll igen dörren och sa:

"Skol'zkiy", vilket var ett av de få ord han kunde på ryska. Robert visste att den ungefärliga översättningen till svenska var *halt,* men däremot kunde han inte garantera att uttalet var begripligt för en ryss, än mindre för någon av de andra slaviska nationaliteterna.

Hur det nu än var med uttalet fick ordet, åtminstone till en början, sin avsedda verkan. De tre männen framför honom stelnade till och stod totalt blickstilla medan de klentroget betraktade mannen med vapnet. Efter några sekunder vände en av männen på huvudet och såg på sina kamrater innan han skrek något obegripligt och greppade efter sin pistol.

I det läget hade inte Robert något val. Han skulle inte kunna upprepa tillvägagångssättet han använt sig av mot vakten, eftersom det dels var för riskabelt, dels för att avståndet till motståndaren var större. I stället kramade han in avtryckaren och avlossade två skott.

***

För Balázs Kovács var detta bara ännu ett uppdrag i mängden. Visserligen var det mycket likt alla de tidigare uppdrag som han och hans gäng av livsstilskriminella från Budapest hade utfört för en namnlös uppdragsgivares räkning.

Arten av uppdragen ledde däremot in Balázs på tankespåret att det troligen var den militära underrättelsetjänsten GRU som figurerade i bakgrunden, men han hade inte forskat vidare i det. Det kunde på goda grunder antas vara farligt för hälsan och han ville helst inte omkomma efter ett hastigt fall från ett fönster.

Just fall från hög höjd var nämligen ett tillvägagångssätt som GRU normalt brukade använda sig av när de önskade tysta folk på en mer permanent basis.

I stället tog han utan onödiga frågor emot pengarna, tillsammans med uppdragsbeskrivningen, och gjorde därefter exakt det som uppdragsgivaren ville. Det gjorde han vare sig det gällde att avliva obekväma kritiker, eller – som i det aktuella fallet – placera ut övervakningsutrustning i en svensk spions datja ute i den rofyllda skärgården.

Enligt beskrivningen skulle det vara ett enkelt uppdrag. Så här sent på säsongen hade de traditionsbundna svenskarna, som han för övrigt inte hyste några varmare känslor för, återvänt in till stan. Skärgården låg därmed öde för dem att operera fritt i.

Det enda som de behövde ha lite extra vaksamhet på var lokala fiskare med överdriven kännedom om skärgårdsöarna.

19

Som en extra försiktighetsåtgärd hade man därför valt en kopia av spionens båt. På så vis skulle alla som såg den ligga ankrad i den lilla viken tro att det var spionen själv som var på plats.

Ingenstans i uppdragsorienteringen hade det stått något om att beväpnad svensk militär kunde dyka upp och ställa till det för dem.

När det trots detta nu dök upp en sådan registrerade Balázs genast två saker. Dels att vapnet var den svenska versionen av Heckler & Koch's G3, vilket borde betyda att det framför dem stod en dåligt utbildad lokalförsvarsoldat, något som i Sverige kallades hemvärnsman. Dels verkade mannen vara ensam, vilket i sig var ett gigantiskt misstag som skulle bli fiendens sista blunder i detta liv.

Hastigt vred han på huvudet och såg mot sin närmaste man, András Nagy, som med sitt förflutna inom de ungerska specialstyrkorna var en mycket dödlig tillgång till deras lilla kommandostyrka.

Balázs såg att Nagy var redo att göra svenskens dag till den sista han någonsin skulle uppleva. Triumferande sträckte han sig efter sitt vapen. Han var nämligen fullt övertygad om att hemvärnsmannen skulle vara bunden av de svenska insatsregler som rörde eldöppnande i fredstid.

Dessa insatsregler skulle få låtsassoldaten framför honom att tveka tillräckligt länge för Balázs att hinna få fram pistolen. Sedan, när mannen var död, var det bara att sänka kroppen på det djupaste ställe de kunde hitta på sin väg bort från ön.

Det Balázs däremot inte var beredd på var att svensken inte tycktes tveka ens en bråkdel av en sekund. I stället öppnade han eld i samma stund som handen började röra sig mot hölstret innanför jackan.

Kulorna träffade honom rakt i bröstet där de utan problem trängde igenom trettio lager av billigt ungersk kevlartyg som utgjorde den lätta skyddsvästen.

Västen var designad för att som bäst klara de trubbnosiga kulorna från niomillimeters pistolammunition. Balázs hann förvånat känna hur de två första projektilerna trängde in i bröstet. Hjärtat sprängdes av trycket från den andra träffen. Därmed hann Balázs heller aldrig se hur svensken vred vapnet mot hans två kumpaner.

András hade redan hunnit få fram sin pistol, men sekunden därpå föll den ur hans kraftlösa grepp när ytterligare två kulor sänkte även honom.

László Tóth var den tredje och sista gängmedlemmen och den som fällts till marken av Roberts ben. Han låg fortfarande kvar när hans två överhuvuden stupade, vilket effektivt satte stopp för hans kampvilja.

Med ivern hos en inställsam lismare sträckte han händerna över huvudet och hoppades att svensken skulle acceptera hans kapitulation. Försiktigtvis höll han ögonen ihopknipna, men de fruktade kulorna kom aldrig. Det som i stället hände var att han vräktes omkull på mage och ganska brutalt fick armarna uppbända på ryggen innan de fjättrades med tjocka plasthandbojor.

Ljudlöst andades László försiktigt ut. Trots allt skulle han kanske överleva detta.

***

Polisinspektör Viktor Norén sköt tillbaka mössan på huvudet medan han med blicken följde hur de båda okända kropparna lastades ombord på polisbåten. När den manövern slutligen var över vände han sig mot den uniformsklädda hemvärnskapten som avslappnat stod intill honom. Med en så pass samlad röst som han i rådande läge kunde uppbåda sa han:

"Bara för att ta det hela kort, ytterligare en gång så att jag med säkerhet får med alla detaljer. Ni såg båten, fattade misstankar och iklädde er uniform och vapen innan ni for över hit tidigare i dag. Är det korrekt uppfattat av mig, eller har jag missat något som ni önskar tillägga?"

Den välklippta kaptenen log ett vänligt leende innan han besvarade Viktors fråga:

"Ja, det är helt korrekt uppfattat av polisinspektören. Jag har med andra ord inget ytterligare att tillägga, för tillfället."

Viktor rynkade lätt besvärat på näsan när han hörde sin titel användas. Visserligen var det så han presenterade sig när han kom till en brottsplats, men titeln kändes på något sätt oväsentlig i det här sammanhanget.

Som yttre befäl, med ansvar för hela den förbannade skärgården med sina tusentals öar och trafikerade farleder, hade han faktiskt varit först på plats för över två timmar sedan.

När han klev i land på ön möttes han upp vid bryggan av hemvärnskaptenen. I samma stund som Viktor satte ner foten på klipporna la Liss ifrån sig sitt vapen, för att sedan med händerna väl synliga hälsa honom välkommen till *Ön som Gud glömde* ... eller om det kanske var *Båtharen* som karln sagt. Viktor hade i vilket fall gett upp sina försök att lära sig alla namn för länge sedan.

Därefter hade en kort första redogörelse lämnats om läget innan denna Robert Liss med viss känslokyla visat honom på två snyggt och ordentligt paketerade fångar, tillsammans med två kallnande köttbitar som utgjorde det som fanns kvar av spiongruppen.

De paketerade vägrade givetvis att tala med polisen. Det brukade däremot lösa sig efter några dygn i en kal arrest, utan kontakt med omvärlden, annat än de vakter som kom med mat. Dessa vakter brukade dessutom ha tendensen att vara humorlösa stenstoder som inte gav arrestanterna något annat än fastslaget antal kalorier.

När Viktor studerat brottsplatsen hade han snabbt kunnat konstatera att de främmande männens vapen i hög grad talade för att hemvärnskaptenen verkligen handlat i nödvärn. Dessutom var det helt enligt de riktlinjer som för inte så länge sedan gått ut gemensamt från det militära Högkvarteret på Lidingövägen och Rikspolischefens kontor.

I riktlinjerna sades det tydligt att all militär personal hade rätt att bära vapen utanför tjänsten. Det gav dem även rätt att bruka dessa vapen om läge för detta uppstod.

Helt tydligt hade verkligen ett sådant läge uppstått här på denna förbannade avkrok till ö

Allt berodde på det skärpta nationella säkerhetsläge som rådde efter de upprepade ryska kränkningarna, tillsammans med omfattande misstänkta sabotage mot kritisk militär och civil infrastruktur. Dit hörde bland annat inbrottsförsök på kärnkraftverket i Forsmark, sabotage mot SJ:s växelsystem samt IT-attacker mot flygledningen på Arlanda.

"Varför hade ni både vapen och uniform med er ut till ert sommarboende?"

Han visste svaret på frågan och kanske var den onödig att ställa under rådande omständigheter, men Viktor hade inte nått sin nuvarande tjänsteställning genom att vara slarvig med detaljerna, varför frågan kom närmast automatiskt.

Kaptenens leende slätades som väntat inte ut när han helt lugnt svarade:

"Enligt ÖB ska vi agera, eller vara redo att agera, på både misstänkta och bekräftade brott mot Sveriges yttre och inre frihet. Jag har sedan säkerhetsläget skärptes till en femma alltid med mig uniform och vapen, var jag än går. Var det svar på polisinspektörens fråga?"

Viktor harklade sig för att dölja det styng av irritation som stack till i bröstet över det överslätande svaret. För att flytta fokus några sekunder, så att inte irritationen kunde avläsas i hans blick, slängde han ett snabbt öga upp mot himlen. Där uppe svävade ett par fiskmåsar spanande fram över vågorna i jakt på oförsiktiga fiskar som simmade alltför nära ytan.

För dem var det så enkelt, tänkte han stilla. Det var äta eller ätas som gällde. Måsarna jagade fisk för sin överlevnad och möjligen jagade havsörnar i sin tur måsarna. Inga intriger eller ondsinta planer. Bara liv eller död, och då oftast en död som kom utan förvarning ... som en blixt från klar himmel.

Han rynkade pannan. Ju mer han tänkte på det var det kanske inte någon större skillnad mellan måsarna och dem själva. Om Ryssland verkligen gick till anfall skulle det för invånarna i Rosenbad alltid framstå som den där blixten från en klar himmel.

På krigets första dag skulle troligen en nervöst stammande statsminister förtvivlat kläcka ur sig att man i vanlig ordning varit mer än lovligt naiv. Givetvis hade ingen svensk regering sett det som de flesta andra varnat för sedan åtminstone 2008. Fast man hade ju å andra sidan sparat en himla massa pengar. Pengar som i stället för krut, kulor och soldatlöner kunnat läggas på illa genomtänkta migrationsprojekt i andan av *"Öppna era hjärtan"*.

"Ni vet att Ryssland sköt ner ett av våra signalspaningsplan i dag?"

Orden kom automatiskt. Det var hans analytiska hjärnhalva som funderade fritt över det som just nu hände i världen. Kunde attacken på signalspaningsplanet ha ett samband med detta försök till en annan form av underrättelseinhämtning? Vad hade i så fall Kreml för agenda?

Med en grimas släppte Robert på leendet när han sa:

"Ja. Jag hörde om eländet på radion medan jag väntade på att ni skulle hitta hit. Trösten är att ryssarna förlorade två av sina jaktplan på köpet. Samtidigt fick vi två svenska hjältar i de piloter som sköt ner dem medan de försökte skydda sina bröder ombord på signalkärran. I det fallet är inte sista ordet sagt ännu, tro mig. Potemkin och Kreml kommer försöka göra politik av det hela och få det att framstå som att det var vi som inledde aggressionen. Det är tyvärr ett helt normalt ryskt *modus operandi.*"

"Där är vi helt överens … tyvärr", svarade Viktor innan han rätade på ryggen och spände blicken i Robert. "Om jag vill få tag på kaptenen i det fall det uppstår ytterligare frågor. Var kan jag nå er?"

"Det får bli via Högkvarteret i Stockholm. Jag har skyddade personuppgifter, eller jag hade åtminstone det innan en viss myndighet fick lite känsla och passade på att skämma ut sig nyligen. Sommaren är slut och jag återvänder hem … men någon adress eller telefonnummer får ni som sagt inte."

Med de orden vände kapten Liss på klacken och gick bort till sin lilla snipa. Bakom sig lämnade han en fundersam Viktor Norén som började känna kalla kårar löpa längs ryggraden.

Omvärldsläget var sådant att risken för krig ökade för varje dag. När nu deras motståndare heller inte tvekade att skicka in beväpnade män för att bugga en enskild statstjänstemans sommarhus kunde det bara betyda att fienden långsamt höll på att vrida upp nålen på hotskalan. När han väl hade skrivit sin rapport och den fått gå genom de nödvändiga kanalerna förstod Viktor att Säpo skulle komma att få gediget arbete.

Det var de som nu skyndsamt måste gå igenom samtliga skyddspersoners hem i jakt på utrustning som verkligen *hade* blivit installerad utan att inkräktarna upptäckts. Förmodligen skulle också kapen Liss skicka en liknande rapport genom de militära kanalerna innan cirkusen var i full gång.

Med en djup suck insåg han att resten av kvällen och natten skulle ägnas åt rapportskrivande.

Den absolut tråkigaste delen av jobbet.

Kapitel 1

Ärna flygbas
Uppsala
29:e april 2017

Med handen över ögonen, för att ytterligare skugga bort den klart lysande aprilsolen, såg Robert oroligt ut över Ärna flygbas. Intet ont anande sträckte den ut sig i all sin glans framför de nyanlända soldaterna från Upplandsbataljonen.

Platsen hade gått från ett nedläggningsbeslut 2009 till att i stället, fem år senare, möta en planerad upprustning på över trettio miljoner kronor. Bland annat skulle den gamla slitna landningsbanan rustas och förberedas för att kunna ta emot de stora C-17 *Globemaster III.* Dessa transportplan behövde kunna operera från svenska baser i och med att Sverige stod som delägare till tre plan genom den europeiska flygflottiljen *Heavy Airlift Wing.*

Samtidigt hade man ett partnerskap med Nato som gjorde att amerikanska plan kunde behöva nyttja svenska baser i händelse av väpnat angrepp mot de nordiska Natoländerna. Dessvärre såg det nu mer ut som att det var de två icke Nato-anslutna länderna som kunde stå på tur för rysk aggression, vilket inte var annat än logiskt. Mobbare gick alltid på de som var mindre och svagare än de själva.

Ryssland hade redan annekterat Krim för att därefter svälja Estland i ett proxyanfall som troligen skulle hamna i framtida militärakademiers läroböcker.

Officiellt var det pro-ryska ester som i juni föregående år med våld gripit makten genom en välfinansierad militärkupp, orkestrerad från Kreml. Direkt efter att man säkrat Tallinn begärdes militärt beskydd av Ryssland, som genast svarade med att rulla in sina stridsvagnar över den estniska gränsen.

Därmed hade ingen begäran enligt artikel 5 gått ut till Nato. Försvarsalliansen hade med gapande mun tvingats se på när fienden friktionsfritt flyttade fram sina positioner, samtidigt som de också skaffade sig en viktig Östersjöhamn.

Under 2016 hade också det militära trycket mot Sverige och Finland gradvis trappats upp alltmer. Det minskade heller inte när Estland hastigt lämnade Nato och gick med i det ryska storrike som Potemkin höll på att karva fram ur ruinerna av tidigare välfungerande demokratier.

Av den simpla anledningen låg kriget numera i luften som en hotande och mycket förödande storm. Det var något som alla, utom Miljöpartiet och Vänstern, nu hade börjat förstå allt bättre.

Det räckte med en enda incident, likt nedskjutningarna under hösten 2016, för att de hundratusentals ryska soldater som dragits samman längs den finska gränsen, i Estland och exklaven Kaliningrad, skulle få sina slutliga marschorder.

ÖB ville i det hotande läget mobilisera Försvarsmakten till högsta beredskap, men S-regeringen stretade som väntat emot. Den socialdemokratiska statsministern var rädd för att på så vis ytterligare eskalera det redan hårt spända läget.

Trots det hade han gett ÖB grönt ljus att återmilitarisera Gotland med Sveriges tredje brigad – Gotlandsbrigaden. Den skulle bli landets spets mot Öster och var troligen den militära enhet som först skulle få möta Potemkins arméer.

När tillstånd för A-mob uteblev gjorde Överbefälhavaren det näst bästa av situationen och satte Hemvärnets samtliga förband i skarpt läge. Samtidigt med det beordrades skärpt beredskap i de övriga krigsförbanden. När order om A-mob gick ut skulle organisationen på så vis snabbt kunna växla upp för att möta det väntande hotet.

Det var i alla fall den liggande planen, men planer hade en tendens att alltid gå i stöpet.

För Roberts del handlade det skarpa läget om att försöka göra ett fort av Ärna flygbas, vilket han insåg inte lät sig göras i en handvändning. Fundersamt vände han sig mot fänrik Andersson med orden:

"Det finns väldigt mycket öppen yta för en luftburen fiende att landsätta på. Hur anser Andersson att vi ska gå till väga för att ha en chans att göra det så obehagligt som möjligt för vår lede fi?"

Andersson såg fundersamt ut över fältet innan han med viss tveksamhet i rösten svarade:

"Vi behöver bygga kulsprutevärn runt fältet som kan täcka alla vinklar, helst då utan att vi beskjuter våra egna mannar. Sedan behöver vi placera ut batterierna från Lv 6 så att de effektivt kan skydda banorna med sina robot 70."

Han tystnade några sekunder innan fortsättningen kom:

"Om det blir VDV som dimper ner i skallen på oss, vilket är troligt, lär däremot inte Lv 6 kunna göra så mycket åt just den saken. Det kommer antagligen att i så fall ske genom HALO-hopp från hög höjd, men kanske de kan ta förbekämpningen. Det vill säga om vår vän Ivan skickar sina förbannade Mi-24, eller *Fullbacks,* i stället för Ch-59."

"Potemkins vapen har kanske inte direkt övertygat när de tidigare har satts in i strid, men Ch-59 är en potent kryssnings-robot."

Robert vände sig om och såg kritiskt tillbaka längs vägen de kommit medan han fortsatte sin monolog med orden:

"Alla tillfartsvägar måste bevakas. Här pratar vi värn med dubbla vakter och trådbunden radio som backup om fi på något sätt lyckas störa ut vår radiokommunikation. Vi har inte tillräckligt med soldater för hela det här området, så vi måste vara smarta, Andersson. Hur tror vi att förbekämpningen går till?"

Fänriken var tyst några ögonblick och sa sedan:

"Spetsnaz. De vill ha Ärna intakt och då är det dumt att slå sönder infrastrukturen med kryssningsrobotar. Jag tror att flygbasen har en viktig roll i Kremls krigsplanering med tanke på sitt läge. Vi borde begära understöd av mer personal."

"Ja, min vän, det borde vi. Tyvärr var Rikshemvärnschefen mycket tydlig med att vi har de kort på handen som vi sitter med just nu. Vi får därför vara glada över att Lv 6 och Flygvapnets närskyddsplutoner kunde släppas till oss."

Han svalde och harklade sig innan han tog upp tråden igen:

"Om statsministern bara tillåtit ÖB att beordra A-mob hade situationen varit en annan, men som spelplanen ser ut just nu får vi helt enkelt laga efter läge. Andersson, ni ansvarar för att det byggs värn kring fältet. Jag tar det yttre försvaret. Är det uppfattat?"

"Det är jävligt uppfattat, chefen", svarade Andersson med spår av bister nykterhet i rösten. "Vi får helt enkel svina efter förmåga i anfallsmålet när det väl smäller."

Med de orden skyndade fänriken i väg för att samla alla gruppbefäl till en improviserad ordergenomgång. Robert såg efter honom några ögonblick och tänkte att Andersson var bra.

Visserligen var han ung, men trots det bra med en intuitiv förmåga att se helheten och fatta rätt beslut vid rätt tidpunkt. Att ställa kritiska frågor till honom skulle ytterligare skärpa det intellektuella svärd som han var rädd att de snart skulle komma att behöva.

Fundersamt fingrade Robert på sin AK4 medan han tänkte tillbaka på den där ödesdigra höstdagen ute i skärgården drygt ett halvår tidigare. Det hade inte direkt blivit bättre sedan dess när det gällde de ryska infiltrationsförsöken.

Flera sabotagegrupper hade upptäckts, där alla hade en gemensam nämnare. Det fanns nämligen inte några nationalryssar i dem. Däremot fanns det allsköns ombud som mot betalning tagit på sig att utföra Kremls order.

De diplomatiska protesterna blev därför en smula lama när man inte kunde visa upp några ryska medborgare. Samtidigt försökte Kremls propaganda sprida narrativet att det i stället var USA som låg bakom de misslyckade sabotageförsöken, något som ytterligare ansträngde de redan hårt påfrestade väst-östliga diplomatansträngningarna.

Djupt inom sig hoppades Robert att det skulle lugna ner sig. Ryssland hade så oerhört mycket att förlora på ett krig mot det teknologiskt överlägsna Väst. Borde inte den pragmatiska Potemkin förstå detta enkla faktum?

Trots allt hade Natoländernas vapen en egenhet att faktiskt fungera när de sattes in i strid, vilket inte alltid varit fallet med de ryska motsvarigheterna. Däremot hade större delen av Europa, vilket även inbegrep Sverige, konstant avrustat sedan Murens fall.

Visserligen hade det skett en viss tillnyktring efter 2014, men än så länge verkade det mest var storslagna ord som inte följdes upp av så mycket egentlig handling, möjligen bortsett från Polen.

Tog man exempelvis Tyskland som ett varnande exempel hade landet för närvarande inte någon krigsmakt som faktiskt kunde föra krig ens i självförsvar på det egna territoriet. Den tyska förbundskanslern hade heller inte visat några avsikter att i närtid vilja rätta till detta.

"Ska jag vara helt ärlig har inte vi det heller", muttrade han sedan tyst för sig själv.

Oavsett ÖB:s alla ansträngningar var det långt ifrån någon avskräckande organisation som just nu höll på att göras i ordning för det scenario som alla fruktade.

Hela krigsorganisationen påminde mer om ett *man tager vad man haver,* än om en välutrustad motståndare som var vässad till tänderna för att möta och kasta ut en ovälkommen fiende.

Samtidigt som ÖB tvingades prioritera hårt bland knappa resurser hade alltså Ryssland över hundra tusen man redo att falla in i de Nordiska länderna. Visserligen vann man inte ett anfallskrig med den siffran, men man kunde ställa till med rejält med jävelskap medan ytterligare tusentals soldater lastade upp sig i tågvagnar med destination Östersjön, eller *Mare Balticum* som var innanhavets latinska namn.

"Operation *Mare Balticum* skulle onekligen vara ett mycket passande kodnamn för invasionen av Sverige och Finland", muttrade Robert irriterat innan han gick bort mot nästa konvoj av Pb 8:or som kom rullande in på garnisonsområdet.

Kapitel 2

Ärna flygbas
Uppsala
Sen eftermiddag 5:e maj 2017

Det var den värsta mardröm man kunde tänka sig, och nu höll den på att ta klivet in i verkligheten.

Efter det att HMS *Karlstad* under föregående dag sänkt den ryska fregatten *Kedrov* hade Helvetets portar öppnats på vid gavel. Den ryska krigsförklaringen lät heller inte vänta på sig.

Nästan direkt efter det att Potemkin via rysk TV levererade det förtäckta hotet om omedelbar vedergällning hade de i förväg utplacerade spetsnazförbanden effektivt skridit till verket. Sabotagen och lönnmorden på nyckelpersoner inom både Försvarsmakten och civilsamhället drog som en stormfront över landet. Det hela var en modern version av skotten i Mainila som ledde till det finska vinterkriget.

Nu bekräftade det intensiva radiotjattret att det otänkbara trots allt blivit verklighet. Detta skedde alltså trots att flera så kallade experter under de senaste veckorna gjort bestämda uttalanden om att Ryssland absolut inte skulle göra något annat än att upprört skramla med sina vapen. I ljuset av det gångna dygnets händelser gjorde den faktiska utvecklingen dem alla till *vatniks*.

Experterna, eller vad man nu valde att beteckna dem som, menade att Kreml enbart hoppades att på så sätt uppnå en psykologisk effekt. Den effekten ansåg de var ämnad till att skrämma Väst till passivitet och eftergivenhet, en taktik som visat sig effektiv nog i det förflutna. Tyvärr avvek alltså Kreml från experternas manus denna gång eftersom de tvärsäkra uttalandena uppenbarligen inte nått hela vägen fram till den röda muren runt Moskvas maktcentrum.

Sänkningen av *Kedrov* var precis den förevändning som Potemkin behövde för att legalisera sitt planerade anfall. En timme tidigare började de första rapporterna komma in om att polischefer och andra personer i ledande befattningar i framför allt Stockholm, men även på andra platser i landet, börjat lönnmördas. Samtidigt hade ÖB till slut utfärdat order om allmän mobilisering efter det att statsministern kommit till insikt om att kriget stod för dörren, oavsett vad den social-demokratiska regeringen tyckte om saken.

När mobiliseringsordern slutligen kom befann sig kapten Robert Liss och hans soldater således redan på plats vid sitt skyddsobjekt, ordentligt nedgrävda och förskansade sedan flera dygn tillbaka.

De senaste dagarna hade man arbetat hårt med att bygga värn, allt för att göra flygbasen så pass lättförsvarad att det skulle kosta en anfallare dyrt att försöka erövra den.

Trots allt gick deras uppdrag ut på att skydda Ärna från att nyttjas av fienden i händelse av ett ryskt anfall mot landet.

Ett anfall som nu alltså skett.

Det hade redan varit intensiva luftstrider mellan svenska jaktplan och deras ryska motsvarigheter. Ute på Östersjön anföll alla tillgängliga svenska marina enheter de ryska land-stigningsfartygen, tydligen med goda resultat. Särskilt väl hade det gått för de svenska ubåtarna som snabbt kommit att bli de ryska sjömännens värsta mardröm.

Robert hade fått utförliga och målande rapporter som glädjande nog kunde meddela att flottan tillfogat ryssarna flera svidande nederlag i skärgården. Minst en av de tysta svenska ubåtarna hade sänkt flera av fiendens landstignings-fartyg av *Ropucha*-klass, vilket troligen var mycket kännbart eftersom ryssarna inte hade särskilt många av dessa kvar.

Trots de inledande, och i viss mån överraskande segrarna, var dessa ändå bara irriterande nålstick för motståndaren som satt på resurser som fick de egna tillgångarna att blekna i jämförelse. Uppgifter hade gjort gällande att den ryska armé som dragits samman bestod av mellan hundra femtio och tvåhundra tusen man, i jämförelse med Sveriges och Finlands betydligt sparsammare siffror.

Oavsett vad man kunde tycka om utgångsläget var det här det elände som Robert övat för i så många år, men som han hoppats på att aldrig behöva möta ... ett hopp som nu alltså hade krossats totalt.

Med ens rycktes han ur sina dystra dagdrömmar av att Andersson harklade sig innan han sa, med misstron tydligt drypande ur rösten:

"Chefen. Om jag vore lite hälsosamt konspiratoriskt lagd skulle jag säga att det där kvalar in på listan över synnerligen misstänkt verksamhet med tanke på det rådande omvärldsläget."

Med hela armen pekade han upp längs vägen i riktning mot Fredriksdal där två cyklister just kom vinglande in mot dem från den större huvudleden. Även på det här relativt stora avståndet kunde Robert se att det var en man och en kvinna. De var båda troligen någonstans i tjugofemårsåldern, vilket med god marginal var vad han skulle benämna som den vapenföra åldern.

Mannen tjoade glatt som ett upprymt barn när han ställde sig upp på pedalerna för att öka farten. På så sätt kom han snabbt två cykellängder före kvinnan som bara skrattade åt sin partners exalterade entusiasm, utan att försöka komma i kapp. Avståndet till de båda bedömde Robert var strax under tre hundra meter, men de närmade sig snabbt.

"Rapportera genast in det, Andersson", sa han till fänriken. "Två misstänkta spetsnaz närmar sig postering två på cykel. Om de verkligen är ryssar är de en smula sena på bollen, men ingen har någonsin påstått att Ivan är felfri. Även spetsnaz kan drabbas av tillfällig informationsförvirring, eller läsa fel på kartan. Precis som vi."

Sedan klappade han soldaten bakom kulsprutan lätt på axeln med orden:

"Lystring, Germain och Stensson. Se nu till att vara riktigt uppmärksamma på de där två, men även på det som händer runt omkring oss. Det där kan mycket väl vara en avledande manöver i avsikt att få oss att titta åt fel håll när det verkliga hotet smyger sig på. Det är i alla fall en klassisk spetsnaztaktik att utöva *maskirovka* även i detaljerna."

Sölve Germain, laddaren, såg upp på Robert och svarade:

"Absolut. Det är jävligt uppfattat, kapten. Det är trots allt bar åkermark framför oss. Med andra ord finns det inte så mycket där som ens en lurig liten spetsnäsa kan gömma sig i, men jag ser till att ha ögon i nacken."

"Ja, det stämmer att åkern inte erbjuder mycket till skydd", svarade Robert bistert utan att ta ögonen från paret. "Låt bara inte det du ser i vägens riktning lura dig. Bakom oss finns det byggnader som en infiltrerad fi lätt kan nå, exempelvis via Garnisonsvägen."

Han slängde en blick på Andersson och fortsatte sedan med tydligt allvar i rösten:

"Vi vet alla att det riktiga kriget har börjat där ute. Fienden kommer därmed att använda alla sina tillgängliga resurser mot oss. Vi får alltså inte ta något för givet i det här läget. Antaganden är som bekant alla misslyckandens moder. I krig leder ett misslyckande omedelbart till döden och det delas inte ut några priser till tvåorna. Jag har alltså ingen lust att bli tvåa i den här tävlingen, vilket jag antar att Germain inte heller vill."

Robert tystnade medan han sammanbitet såg bort över sandsäckarna som utgjorde skyddsvärnet. Där borta hade paret nu endast ett femtiotal meter kvar till den hastigt upprättade vägspärren. Roberts redan fasta grepp kring vapnet hårdnade ytterligare när han såg att kvinnan fortfarande låg bakom mannen, vilket betydde att hon var delvis dold av dennes kropp.

Beslutsamt klev han bort från värnet och ställde sig på vägens motsatta sida där han hade bättre sikt mot kvinnan. Hon sträckte just fram en hand och började famla efter något i styrets cykelkorg. Med en isande ond föraning höjde Robert sin automatkarbin och tog sikte på henne, samtidigt som han med full kraft röt så det ekade över fälten:

"Halt. Jag kommer att skjuta skarpt utan vidare varning om ni inte stannar."

Vid denna bistra uppmaning ställde sig mannen tvärt på bromsen, vilket kvinnan inte var helt beredd på. Följden av den sena inbromsningen blev att hon med full kraft körde in i mannens bakhjul. Rent automatiskt kom handen upp ur cykelkorgen för att försöka återvinna kontrollen över cykeln. I handen såg Robert något som kunde ha varit en handgranat, men lika gärna också något helt annat.

Det plötsliga stoppet fick kvinnans framhjul att vika sig och hon kraschade handlöst ner i diket. För en sekund förlorade Robert henne ur sikte, varför han ögonblickligen växlade mål och vred vapnet mot mannen som nu stod stadigt med båda fötterna i marken, gränsle över cykeln. Han såg främlingens hand som instinktivt rörde sig mot den öppna jackan. För Robert såg det ut som att ynglingen sträckte sig efter en pistol i ett dolt axelhölster.

Högt skrek han:

"Visa händerna, annars skjuter jag."

Mannen slet fram handen och nu höll han i något som mest troligt var en svart automatpistol. Det fanns inte längre någon tid att tveka. Läget var skarpt och han måste agera utifrån att det inte längre var fred, precis som han gjort ute på *Båtharen* i höstas. Utan ytterligare tvekan öppnade Robert eld.

Från fem meters avstånd kunde han helt enkelt inte missa det tydliga målet. De båda kulorna från Roberts AK4 slog med stor kraft in i mannens bröstkorg, vilket brutalt vräkte honom av cykeln. Ett ensamt skott från en pistol ekade genom luften i samma veva som knallarna från automatkarbinen.

Sedan skedde flera saker samtidigt.

Dels skrek soldaten Stensson bakom kulsprutan att han var träffad, dels kom ett mörkt föremål, stort som en tennisboll, farande genom luften. Det hotfulla föremålet landade bakom sandsäckarna sekunden innan en dämpad explosion hördes när den ryska handgranaten briserade.

Därefter öppnade även Andersson eld med sin AK4. Strax därefter hördes ännu en explosion, denna gång från diket. Robert rusade fram, hela tiden med pipan pekande mot den ryska spetsnazagent som fortfarande låg utsträckt på vägen, intrasslad i sin cykel. I ögonvrån såg han hur Andersson gjorde samma sak, med skillnaden att han hade siktet inställt på diket där kvinnan försvunnit.

När han nådde fram till liket sparkade Robert undan den ryska automatpistol som fortfarande satt i mannens hand. När vapnet var säkrat böjde han sig ner och la ett par fingrar mot halsen för att säkerställa att där inte fanns någon puls och att hotet därmed var neutraliserat.

Efter att ha konstaterat att mannen var lika död som en slaktad gris klev han förbi kroppen. Något motvilligt såg han ner i det djupa diket vid sidan av vägen.

Andersson hade med hög precision träffat den kvinnliga agenten med minst tre skott i bröstet, precis innan hon skulle kasta sin andra handgranat. Nu hade denna granat i stället exploderat intill henne och slitit sönder högra benet, som låg söndertrasat och blodigt i en underlig vinkel ut från kroppen.

Med en äcklad min grimaserade Robert åt synen och tittade bort. Döden var aldrig vacker, men på så nära håll var den mycket värre än vad man någonsin såg på TV, eller för den delen på nätet.

I det verkliga livet fanns det ingen pixlad censur som kunde dölja de hemskheter som en explosion kunde ställa till med hos en mänsklig kropp. Visserligen hade han utövat dödligt våld året innan, men Robert kunde knappast påstå att han var van vid att se lemlästade kroppar.

"Då har alltså kriget kommit till oss också. Det var bara en tidsfråga innan det skulle ske, men jag hade rätt. De använde sig av agenter i stället för robotar. Alltså har ryssen verkligen planer för Ärna", sa fänriken med en minst lika äcklad grimas som den Robert visat upp. "Täck mig. Jag måste kolla hur det gick för Germain och Stensson.

De skyndade tillbaka till värnet och såg hur Germain just höll på att lägga ett tryckförband över en skada i Stenssons vänstra överarm. Robert noterade att han själv blödde från flera ytliga sår i ansiktet, plus från en lite allvarligare skada i höger ben. Över den senare skadan satt ett redan genomblodat bandage som vittnade om att det inte var någon liten skråma det handlade om.

"Hur illa tog det?"

Stensson tittade på honom och sa:

"Den förbannade spetsnäsan träffade mig i överarmens muskel med sitt turskott. Samtidigt fick Germain splitter i sig från den där jävla handgranaten."

Han spottade en seg loska över sandsäckarna innan han återupptog berättelsen:

"Jag är faktiskt väldigt tacksam att de ryska granaterna bara innehåller sextio gram sprängämne, i stället för hundranittio. Hade det i stället varit en svensk spränghandgranat av modell 56 hade vi utan tvivel lämnat det här värnet i vågrätt läge. Troligen i flera mindre bitar, om det velat sig riktigt illa."

Robert böjde sig fram och la handen på Germains axel när han sa:

"Sölve. Vi får vara tacksamma över de allmosor som trots allt ges, men ni kan ta det lugnt. Nu tar vi över det här och ser till att alla vet vad det är som pågår. Under tiden är du och Bengt i goda händer hos våra sjukvårdare. Hjälp är på väg."

Just som han sa det gick flyglarmet.

Kapitel 3

Ryskt landsättningsföretag
Ärna
Kväll den 5:e maj 2017

Andetaget som fyllde major Maxim Sergejevitj Kirejevskijs lungor med luft var djupt. Trots den hastiga planeringen inför detta uppdrag var det fyllt av en försiktig optimism.

Fienden hade visat Ryssland sitt fula tryne och nu skulle straffet komma i form av eld och stål. Svenskarnas upprepade och oprovocerade angrepp på den ryska staten skulle upphöra här och nu, ett faktum han var övertygad om skulle ske på mindre tid än det tog dem att genomföra denna militära specialoperation.

Medan stridslugnet långsamt spred sig i kroppen reste han sig från britsen i den ryska *Iljusjin* Il-76MD-90A.

Detta fraktflygplan, som specialanpassats för de ryska luftanfallsstyrkorna, var den maskin som fått den stora äran att transportera honom och hans närmare etthundra fyrtio man starka anfallsstyrka in mot Ärna flygplats i Uppsala.

Deras uppdragsdirektiv var att med alla medel säkra den viktiga flygplatsen. Krigsplaneringen hade slagit fast att Ärna behövdes för invasionsföretagets räkning. Genom basens strategiska läge medgavs att man öppnade en direkt luftbro för det fortsatta anfallet in genom landet längs Riksväg 72 och sedan vidare mot Norge.

Genom att de ryska styrkorna kunde skära av Sverige i tre delar via gränserna Uppsala – Karlstad – norska gränsen, samt längs sträckan Gävle – Oslo, skulle man tvinga fienden att ta strid på tre frontavsnitt. Enligt GRU:s bedömning saknade landet förmåga och resurser att göra det.

Det fredsskadade landet i väst hade med all önskvärd tydlighet glömt vem deras mäktiga granne var. Det var alltså Kirejevskijs uppdrag att påminna svenskarna om vem de hade satt sig upp emot.

Planen sa att Sverige och Finland skulle vara kuvade inom en månad från anfallsdatum. Med dessa två nationer på knä hade man fri väg för vidare framryckning på bred front mot Natolandet Norge, vilket man behövde ta innan USA hann med att bygga upp sin styrka där.

Tog man Norge skulle Nato inte längre ha någon grund att stå på för anfall mot den ryska norra flanken, varvid kriget därefter flyttade över till kontinenten. Samtidigt skulle de ryska attackubåtarna av exempelvis *Yasen*-klass, med stor iver jaga de amerikanska konvojerna och dess slagkraftiga hangarfartygsstyrkor över Nordatlanten.

Så länge man höll kriget på en konventionell nivå, utan att eskalera till kärnvapen, ansågs det att Ryssland hade en stor chans att vinna i det försvagade Europa. Utan sina allierade där skulle USA bli isolerat. På sikt betydde det att den Store Satan skulle bli så pass försvagad av de följande blockaderna att en invasion på den nordamerikanska kontinenten skulle bli möjlig inom fem till åtta år.

Kirejevskij såg hur lastrampen i planet fälldes ner. När den väl var i hoppläge sa han med engagerat tonläge till männen:

"Nu gäller det, kamrater. Vi ska visa de naiva svenskarna hur en väldisciplinerad rysk militär specialoperation de facto går till i verkligheten. Målet är, som ni alla redan vet, att ta Ärna flygplats med banorna intakta. Det innebär att vi måste göra allt för att spara infrastrukturen som vi behöver för egen del. Alltså inget skjutande mot flygledartornet."

Han tystnade ett ögonblick för att hämta andan innan han fortsatte:

"Vi kommer på grund av detta att landa relativt oskyddade mitt ute på fältet, men våra vänner inom GRU spetsnaz har förbekämpat de svenska helgsoldater som vaktar flygplatsen. Bekämpningen ska även gälla de tre Robot 70-system som anses vara stationerade i området. I det fall ett eller flera system fortfarande är intakta kommer vi göra ett Halo-hopp från tio tusen meters höjd. Det ligger som bekant gott och väl ett tusen meter högre än vad systemet har förmåga att nå. Svenskarna kommer med andra ord inte ha något att sätta emot våra segerrika styrkor."

Med de orden gick han fram till den öppna lastrampen och slängde en kort blick på lampan i taket. Den visade visserligen fortfarande rött, men den digitala klockan under lampan räknade ner sekunderna tills de kunde fällas.

Helt kort slöt Kirejevskij ögonen innan den brölande hopp-signalen ljöd. När han öppnade ögonen igen lyste lampan grönt. Samtidigt kastade sig de första soldaterna ut över den öppna rampen i ett tätt lämmeltåg som lämnade *Iljusjin*-planet bakom sig. När sista man passerat följde Maxim efter, ut mot det fria fallet ner mot Jorden.

Känslan av den totala friheten kom i samma ögonblick som flygplanet försvann bakom honom och det fria fallet tog över. Nu skulle de med svindlande hastighet dyka mot marken som låg långt nedanför dem. Skärmarna skulle sedan lösas ut på sjuhundra sextio meters höjd. Den korta responsen var för att man på så vis minskade den utsatta tiden när de svenska markstyrkorna hade fritt fram att öva målskytte mot dem.

En snabb blick på högra armens höjdmätare talade om för Kirejevskij när han passerade åtta tusen meters höjd. Han hade då en gränshastighet i fritt fall på närmare tvåhundra åttio kilometer i timmen. Mycket snabbare än så skulle han inte falla innan det var dags att lösa ut skärmen.

Någonstans nedanför honom fanns de tjocka molnen med en uppskattad molnbas på runt två tusen meters höjd. När den väl var passerad kunde eventuella utkikar på marken få syn på dem och inleda bekämpning.

Här hoppades Maxim verkligen att GRU:s förbekämpning hade varit framgångsrik och lyckats neutralisera det svenska försvaret. I annat fall skulle det bli många brickor att samla in innan dagen var över. Han visste att det enda som kunde få Potemkin att darra på handen när det gällde operationer i andra länder var stora initiala förluster. Dessa skulle trigga de sedan tidigare välkända soldatmödrarnas protestaktioner. Att stämpla soldatmödrarna som främmande agenter hjälpte inte, utan gjorde bara protesterna mer subtila.

När han passerade ner genom molnen var det som att kliva in i en våt och kall dimma som omslöt honom på alla sidor. Maxim drog ännu ett djupt andetag för att sedan slänga en ny blick på höjdmätaren. Den visade på drygt arton hundra meter när han var fri från molnen.

Under sig kunde han nu se de båda banorna som bildade ett skevt och klumpigt tecknat X. I ena änden av taxibanan låg en mindre ansamling hus, omgivna av grönska och bilvägar. Ju närmare han kom, desto fler detaljer framträdde.

Kirejevskij stelnade till.

GRU hade inte med ett ord nämnt att det fanns pansrade stridsfordon bland de svenska försvararna. Normalt sett använde inte Hemvärnet pansarbilar, varför deras existens på platsen antydde att det fanns fler kvalificerade enheter än bara Hemvärn och spridda resurser från Lv 6 där nere.

Om det var de fordon han misstänkte kunde det betyda att även de kvalificerade krigsförbanden från Livgardet fanns på plats med minst en eller flera plutoner som understödde Hemvärnet. Det var något som genast skulle göra striden mer invecklad, även om Kirejevskij var övertygad om att de skulle fixa även det.

Den stora oron var bara att han därmed skulle få räkna med betydligt mycket högre egna förluster än vad han kalkylerat med från början.

Över radion uppmanade han sina underlydande:

"Lystring samtliga. Pansarterrängfordon upptäckta. Utlös skärmarna på sexhundra meter i stället. Då blir det en hård landning, men kortare tid för motståndet att bekämpa oss."

Han bockade i minnet av när gruppcheferna bekräftade att ordern var uppfattad. Så fort de första ryska kärrorna kunde landa skulle även de ha tungt pansar att tillgå, men fram till dess var de utsatta för pansarterrängbilarnas kulsprutor och automatkanoner.

Inom sig svor han ve och förbannelse över det bristande informationsunderlaget från GRU. Om man bara vetat att motståndaren hade pansar tillgängligt hade de kunnat fällas med egna BMD-4 och Sprut-SD, i stället för som nu med bara lätta vapen. Därmed hade de tunga resurserna fått gå till Gotland och 76. Luftanfallsdivisionens invasion av Visby.

En ny blick på höjdmätaren fick honom att instinktivt flytta handen till utlösningshandtaget. Sekunden senare drog han i det. Till sin omedvetna lättnad hörde han det fladdrande ljudet när skärmen vecklades ut ovanför honom, direkt följt av det hårda rycket när farten stoppades upp. Trots det kom marken rusande emot Kirejevskij med enorm hastighet.

När han slutligen fick markkontakt böjde Maxim på knäna för att inte skada sig när han la sig ner i ett kontrollerat fall. Sedan behövde han så snabbt som möjligt komma upp på knä för att knäppa loss sig från den hindrande skärmen innan de ettriga motståndarna fick korn på honom.

Någonstans hörde han hur en medeltung kulspruta ilsket öppnade eld när svenskarna började bekämpa dem. En eller flera kulor for förbi Maxim på ett obehagligt kort avstånd och han släppte skärmen som flaxande försvann bakom honom.

Fri från det virvlande tygsjoket med sina hindrande linor kastade sig Kirejevskij på mage i gräset. Samtidigt började han trassla för att få loss sitt vapen.

Ytterligare kulor kastade upp små gejsrar av jord när de slog ner i gräset, alldeles för nära för att det skulle kännas helt tillfredsställande.

Till slut fick han loss den fastspända automatkarbinen, men först efter en rad kraftfulla svordomar som inriktade sig mot landets militära och politiska styre som gav dem utrustning av högst diskutabel kvalité. Med vapnet i handen öppnade Maxim eld mot ett svenskt sandsäcksvärn vid ena banänden. Det låg väl dolt mitt emellan två byggnader och hade därmed flankskydd på bägge sidor.

Några meter ifrån honom träffades en rysk soldat av minst två kulor i huvudet. Kirejevskij såg en röd bloddimma slå ut som en aura kring mannen när han dog. Det var krigets pris, tänkte han utan någon större empati eller känsla av förlust. Medan blicken obevekligt vandrade vidare föll soldaten ihop i en oformlig hög på marken.

När Kirejevskij till slut lyckats krångla fram kikaren fick han syn på värnet som svenskarna byggt i skydd av den större byggnaden. Det var onekligen ett välkonstruerat värn, insåg han efter att ha studerat det. Det skulle med andra ord bli svårt att nedkämpa det med enbart handeldvapen. Svärande ropade han till sig en menig soldat vid namn Nikolaj Karlovitj Melnikov.

När Nikolaj andfått landade intill honom med en tung duns pekade Kirejevskij helt lugnt mot värnet och sa sammanbitet:

"Jag vill att kamrat Melnikov slår ut det där värnet med en av våra nya stridsdrönare. Är det uppfattat, Karlovitj?"

Melnikov tittade bort över fältet där spårljusen ritade vita streck genom luften innan han nickade och började kränga av sig ryggsäcken. När han väl kunde ställa upp väskan framför sig plockade han fram en liten quadcopter, under vilken det hängde en specialpreparerad handgranat.

Med väl inövade rörelser ställde Nikolaj drönaren framför sig på gräset innan han startade den med hjälp av en något klumpig fjärrkontroll. På skärmen kunde de följa drönarens inflygning mot värnet. När quadcoptern efter diverse krumbukter tagit sig genom det blyfyllda lufthavet lät piloten den hovra på trettio meters höjd över målet.

Utan att visa någon större brådska siktade Melnikov in sig för att träffa mitt emellan skytt och laddare. När han väl var nöjd fällde han granaten. I samma ögonblick som granaten föll såg en av de överraskade soldaterna upp för att härleda var det surrande ljudet kom ifrån.

Granaten briserade exakt där Melnikov siktat, vilket genast fick kulsprutan att tystna. Nöjd med utfallet tog Melnikov hem drönaren för att ladda om inför nästa insats. Under tiden beordrade Kirejevskij anfall mot det nu tystade värnet.

Kapitel 4

Ärna flygbas
Uppsala
Sen kväll den 5:e maj 2017

Efter flera timmars intensiva strider mot de ryska luftanfalls-styrkorna hade de till slut tvingats till en taktisk reträtt ut från regementsområdet.

Övermakten blev helt enkelt för stor, vilket inte lämnade dem något annat val än att genomföra ett ordnat tillbaka-dragande. Därmed tvingades de samtidigt att överge sina i förväg iordninggjorda motståndsnästen som trots allt hade tjänat dem väl under försvaret av Ärna.

Robert kände att han i det läget var tvungen att skänka en tacksamhetens tanke till Andersson. Fänriken var den som med stor noggrannhet planerat och genomfört uppförandet av värnen och mineringarna, vilka kraftigt försenat ryssens avancemang och drivit upp fiendens förluster.

Nu hade däremot hemvärnsmännen, tillsammans med flygvapnets närskyddspluton och två plutoner från Livgardet, dragit sig tillbaka till industriområdet öster om Länsväg 272. Där förde man nu striden med alla tillgängliga medel för att orsaka motståndarna maximalt med skada, samt fördröja deras avancemang.

På det sättet betydde det att Hemvärnet till viss del även tagit initiativet ifrån den väldrillade fienden, vilket medgav att man i större utsträckning valde hur striden skulle föras.

De första ryska anfallsstyrkorna hade luftlandsatt med över hundra man i en väl planerad, och till synes perfekt utförd operation, på och omkring själva fältet.

För närvarande hade Robert ingen exakt siffra på antalet fientliga operatörer som dumpats över dem. I stället fick han gå på de spridda, och i många fall förvirrade, rapporter som lämnades av de stridande befälen. Tyvärr hade de en tendens att dubbla antalet soldater de stod emot, vilket gjorde det svårt att till fullo få en korrekt bild av motståndarens verkliga resurser. Samtidigt visste han att det var en tendens som inte var helt ovanlig första gången som luften omkring en fylldes med hett bly.

Ett lysande exempel på denna stridspsykos var den svenska segern över ryssen vid Narva år 1700. Då trodde Peter den Stores soldater att den numerärt underlägsna svenska armén var betydligt mycket större än deras egen, varvid vild panik uppstått och många i stället drunknade i floden.

Om hans befäl verkligen hade drabbats av stridspsykos ville Robert inte uttala sig om, men en sak var han däremot helt säker på. Den här motståndaren kom till striden mycket väl förberedd på sin uppgift. Dessutom var fiendens soldater genomgående ordentligt samövade, vilket inte alltid var fallet med det ryska soldatmaterialet.

Robert mindes speciellt det andra kriget i Tjetjenien där uppskattningar gjorts att Ryssland förlorat runt fjorton tusen man. Stor skuld till förlusterna berodde på sedvanligt dålig krigsplanering, tillsammans med ett lika uselt genomfört underrättelsearbete.

Den gången led bristerna från ledningen till otaliga grovt misslyckade operationer, vilket fick lite extra krydda av de ideliga överraskningsanfallen från välmotiverade tjetjenska rebeller. Det var lärdomar som Robert studerat och nu tänkte göra sitt yttersta för att kopiera till svenska förhållanden.

Det som fungerat väl en gång hade ofta en viss tendens att fortsätta fungera på en motståndare som var trög på att ta till sig ny lärdom.

Initialt hade luftlandsättningsregementet tagit smärtsamt höga förluster ute på fältet, men med hjälp av ett nytt vapen hade ryssarna skaffat sig ett stort tekniskt försprång mot de svenska försvararna.

Vapnet i fråga var användandet av små, lättrörliga FPV-drönare. Det var ett försprång som Robert och hans män inte varit förberedda på, eller tagit höjd för att kunna bekämpa.

Tack vare drönarna kunde fienden nå de soldater som i en normal strid skulle ha varit väl skyddade bakom sandsäckar och inne i de bunkrar som anlagts på området under de senaste dagarna.

Det tekniska övertaget tvingade alltså till slut Robert att dra tillbaka trupperna, för att på så vis krympa fronten och få till ett tätare försvar.

Tyvärr var ryssarna beredda på det, varför de oförtrutet fortsatte sitt anfall, trots att de egna förlusterna snabbt sköt i höjden.

Lite drygt två timmar efter luftlandsättningen var den svenska kontrollen över flygfältet definitivt förlorad. Trettio minuter efter det landade det första ryska fraktflygplanet ute på den intakta banan. Denna *Iljusjin* tillförde tungt pansar till de ryska operatörerna i form av tre uppgraderade T-72 stridsvagnar.

Som tre dödliga urtidsmonster hade världens vanligaste stridsvagn långsamt krälat sig ut ur *Iljusjin*-planets öppna buk. Med sina respektabla hundratjugofem millimeters automatladdade kanoner var de ett dödligt hot mot försvararna.

Omedvetet rös Robert till innan han missmodigt spanade genom kikaren bort mot den fientliga frontlinjen. Blicken sökte sig något trevande över det öppna gärdet och vidare fram till återvinningscentralen.

Där kunde han tydligt se den intensiva striden mellan ryska VDV och svenska soldater. I området där bataljen var som allra värst tvingades soldaterna att trassla in sig med varandra i något som bäst beskrevs som extremt korta stridsavstånd.

Faktiskt var avstånden så pass korta att man redan från början beordrat bajonett på. I det moderna kriget var det nästan en bortglömd taktik, men de svenska soldaternas knivar hade redan fått smaka ryskt blod.

Det var nästan läge att dra paralleller till det första världskrigets skyttegravsstrider, tänkte han sorgset och undrade hur många fall av PTSD det här skulle generera efter det att kriget var över.

Bekymrat vände han sig mot telegrafisten och sa:

"Hur går det egentligen med våra begärda förstärkningar? Vi kan omöjligt fortsätta hålla terrängen som det ser ut nu. Snart måste vi genomföra ytterligare reträtter om vi inte ska få oacceptabelt höga förluster. Ivan har lyckats med första delen av sin plan, att erövra Ärna. Om vi inte får hjälp snart går även del två i lås."

Han tystnade några sekunder innan de slutliga och smått ödesmättade orden lämnade hans läppar:

"Del två är alltså ett totalt nedkämpande av det svenska försvaret. Den framgången önskar vi dem inte."

Kvinnan som bemannade radion var i trettioårsåldern. Hon mötte Roberts blick och svarade sedan, med tydligt darr på stämman:

"Livregementets husarer var på en skarp övning utanför Örebro när skiten träffade fläkten nu i eftermiddags. De har av ÖB beordrats komma till vår assistans, men har fördröjts på grund av en intensiv luftbekämpning av de stora genomfartslederna."

Robert grymtade buttert medan han ännu en gång lät kikaren svepa över industriområdet. Efter svepet frågade han avvaktande:

"Vilken typ av luftbekämpning är det vi pratar om här? Har ryssen satt in kryssningsrobotar, eller är det direktverkande stridsflyg som tagit över svenskt luftrum?"

"Som det verkar är det drönare av typen *Shahed*, chefen. Rapporterna jag har fått så här långt är något osäkra på vilken modell som fienden har satt in. Det råder däremot ingen tvekan om att det är just *Shahed* det är frågan om."

Robert svor intensivt för sig själv. *Shahed* var inte en rysk drönare, även om han tagit del av underrättelseuppgifter om att ryssarna köpt in ett mindre parti för utvärdering bland de stridande förbanden.

Shahed-drönaren tillverkades i stället av Iran och hade bland annat använts under det jemenitiska inbördeskriget. Att dessa nu dök upp i den ryska arsenalen under namnet *Geran-1*, var bara ytterligare ett tecken på att Teheran med stor aggressivitet försökte flytta fram sina positioner i kriget mot de västliga idealen. Hur Teheran ansåg att det fascistiska Ryssland stod närmare dem rent ideellt lämnade han som en tankeövning till andra att ge sig i kast med.

De iranska mullorna hade däremot tagit en tydlig sida när de inte tvekade att visa världen var deras sympatier låg. Med grumliga förhoppningar, ställda till en högre rättvisa, tänkte Robert att det tids nog på något sätt skulle straffa sig för de religiösa fanatikerna att ligga med djävulen.

"Det är uppfattat, signalist. Vad är statusen på husarerna?"

"Även det är något oklart, chefen."

Kvinnan mötte på nytt hans blick innan hon fortsatte:

"Initialt verkar det bara vara några få lättare personskador, men som jag förstår det har vägen blockerats av en eller flera förstörda motorvägsbroar. Röjningsarbeten pågår på flera platser, men dessa försvåras av upprepade drönarattacker. Vi kan nog tyvärr inte räkna med att de hinner fram till oss på den här sidan midnatt, eller ens under resten av natten heller."

Signalisten tystnade några ögonblick innan hon la till:

"Så vida inte ÖB kan trolla fram lite kompetent luftvärn till oss, förstårs. Det skulle vi verkligen behöva eftersom HAWK inte klarar av det som fi skickar emot oss."

"Jag förstår vad soldaten menar, men tyvärr är det så att *Patriot* fortfarande ligger något eller några år in i framtiden. För stunden får vi helt enkelt laga efter läge och göra det bästa vi kan med det lilla vi har."

Robert knep ilsket ihop läpparna, samtidigt som han tänkte intensivt. Det gick inte att hålla terrängen under nuvarande omständigheter. Där borta i industriområdet riskerade deras trupper att inom kort bli helt kringrända. Om de, som det för stunden verkade, inte kunde räkna med Husarerna under det närmaste dygnet, då fanns det inte mycket han kunde göra. Den enda återstående valmöjligheten var därmed att på nytt göra en taktisk reträtt åt sydväst medan tid fanns. Då skulle man kunna ta sig ner mot den något större tryggheten vid Herrhagens bostadsområde.

Där fanns det åtminstone gott om skydd i terrängen i form av skogen norr om riksvägen. Trots allt ville han ändå tro att de svenska soldaterna hade ett större övertag mot sina ryska motståndare i svensk skog.

När beslutet väl var fattat gav Robert order till samtliga förband att de skyndsamt skulle dra sig ur den omedelbara stridskänningen. Trots allt ville han göra en ordnad reträtt ner mot riksvägen, inte en panikartad flykt som lätt kunde övergå till något riktigt otrevligt om de ryska förbanden beslutade sig för att jaga efter.

Det skulle bli ett tillbakadragande som inte lämnade några öppningar för deras fiende att ställa till med mer djävulskap än nödvändigt. I det aktuella läget var det taktiskt bättre att ge upp terräng än att se hela förbandet gå förlorat i en strid som man ändå inte hade möjlighet att vinna.

Här tänkte han i termer som fördröjningsstrid, där det hela gick ut på att med minimala egna förluster orsaka fienden så stort lidande som möjligt. Att så ett frö av defaitism i den enskilda soldaten var på så sätt möjligt, vilket skulle föra dem ett steg närmare en slutlig seger.

***

Det desperata ropet över radion var en oavslutad varning om annalkande fara.

Mitt i meningen sprakade rösten till för att sedan tystna tvärt. I samma stund hördes en mullrande detonation som fick den stillastående luften att vibrera av kraften i tryckvågen.

Rent instinktivt duckade Robert, men samtidigt visste han att det för tillfället inte var de själva som besköts. Den okända kvinna som förgäves försökt ropa ut en varning var troligtvis redan död, men han hade hört början av det avklippta ropet. Hon hade skrikit:

"Pansar, T-72 … kommer in från … "

Ryssarna hade under den senaste dryga timmen tillförts ytterligare tre stridsvagnar av modellen T-72 och hade nu sex sådana aktiva. Deras spaning sa att fyra av dem patrullerade området runt flygfältet för att skydda det viktiga brohuvudet mot svenska anfall. De två kvarvarande vagnarna användes offensivt i den pågående striden för att försöka tvinga tillbaka försvararna från deras positioner.

Eftersom all tung materiel, som stridsvagnar, var tvunget att flygas in hade fienden för stunden inget outtömligt lager av dem. Däremot hade svenskarna endast pansarterrängbilar att sätta emot de ryska stridsvagnarna.

Det innebar som bäst att en föråldrad tjugo millimeters automatkanon ställdes mot en hundratjugofem millimeters slätborrad kanon på T-72:an. Av den anledningen ville Robert inget annat än att slå ut vagnarna innan de själva slogs ut. Frågan var bara hur det skulle gå till.

Pansarskott hade de gott om, värre var då att hitta rätt läge att avfyra dem från. Att skjuta mot en stridsvagn från en position rakt framför vagnen var liktydigt med självmord, det var i alla fall något som de flesta soldater visste. Helst skulle man ta dem bakifrån där pansaret var som klenast, eller åtminstone från sidan. Tyvärr lät det sig inte göras helt enkelt.

Efter kriget i Irak 2003 var dessutom ryssarna väl medvetna om att automatladdningen var vagnens stora svaghet. Av den anledningen gav sig de två stridsvagnarna aldrig in bland de svenska linjerna för att inte riskera att skjutas bort av de rikligt förekommande pansarskotten.

I stället agerade de bägge vagnarna som en sorts offensivt artilleri från skyddet bakom de egna positionerna. Det tillät i sin tur heller inte att de svenska soldaterna kom i någon bra skjutposition där de på ett säkert vis kunde knäcka vagnarnas pansarskal. Man riskerade nämligen att själv skjutas ihjäl innan man ens hunnit få in stridsvagnen i siktet.

I tysthet förbannade han fredisarnas katastrofala påverkan på de gångna trettio årens kraftigt tärande försvarsbudgetar. Tänk om regeringarna som härjat under dessa år kunnat se längre än till nästa mandatperiod. Då kanske Hemvärnet haft tillgång till mer effektiva pansarvärnsvapen, som till exempel robot 57 NLAW.

Irriterat såg han ner på klockan.

Det hade bara gått lite mer än fem timmar sedan de första fallskärmsjägarna från VDV landade ute på flygfältet, men det kändes som det dubbla. Majskymningen hade långsamt börjat övergå i natt, vilket på sitt sätt var utmanande för de stridande på båda sidor.

Mörkerutrustning var inget som fanns tilldelat Hemvärnet, även om Livgardisterna hade det. Av den anledningen hade Livgardets soldater fått inta den föga avundsvärda centerpositionen i striden, med Flygvapnets närskydd på flankerna. I det här momentet fick hemvärnsmännen täcka bakåt för att skydda flankerna och centerns rygg.

Ryssarna drev envist på, trots signifikant höga förluster. Oavsett tycktes inte fienden ändra sin taktik, utan fortsatte med sina köttvågsanfall. Det enda som verkade ha ändrats den sista timmen var att det inte längre var VDV som genomförde anfallen. Av insignierna att döma var det i stället män från 27. Motoriserade infanteriregementet, som var beläget i Mosrentgen, söder om Moskva.

Robert ansåg, till skillnad mot de ryska officerarna, att hans mäns liv var mer värdefulla än att kastas bort till ingen nytta. Av den anledningen retirerade de för att ytterligare tvinga fienden fortsätta sina vettlösa anfall mot kulsprutorna.

Varje meter terräng som ryssarna tog kostade dem blod och bortslösade liv. Frågan var bara om Robert och hans män skulle få slut på kulor innan ryssarna fick slut på soldater.

Han visste inte hur länge de skulle klara av att upprätthålla sin stridande förmåga, eftersom det gick åt enorma mängder ammunition. Dessutom var inte ens en utpräglad försvarsstrategi, likt deras egen, helt utan egna kännbara förluster. Det var något som Robert tvingats bevittna sedan striderna inleddes.

Bland Hemvärnets personal hade han nu totalt åtta svårt sårade soldater som fraktats bakåt för vård. Samtidigt kunde de räkna in hela sjutton döda. Småblessyrer, utan kraftiga blödningar, tog de däremot hand om själva med hjälp av sina stridssjukvårdare.

Här hade han också sett prov på ett svenskt jävla anamma, eller sisu som finnarna kallade det. Det var nämligen flera lindrigt skadade soldater som vägrade låta sig transporteras någon annanstans än till den absoluta fronten. En av männen uttryckte det hela på ett direkt poetiskt vis genom att säga:

"Ingen jävla ryssjävel ska ostraffat komma med kriget till min by. I vart fall inte så länge som jag kan hålla i en bössa."

Ja, hur man än såg på det var det åtminstone inget fel på den egna stridsviljan, tänkte Robert sorgset när ännu en kraftig detonation skakade om honom. Denna gång betydligt mycket närmare än den förra.

Kapitel 5

De förbannade små drönarna var ett helt nytt och minst sagt oroväckande moment i det moderna krigets förande. Det var inte nog med att fienden hade ballistiska robotar, kryssnings-robotar och glidbomber. Nu måste de alltså även förhålla sig till något som tills helt nyligen bara hade varit ett barns lyxiga leksak.

Med en lång och irriterad blick mot himlen ovanför dem muttrade major Gustaf Leuhusen en radda svordomar riktade till Kreml i största allmänhet och dess diaboliska diktator Vladimir Potemkin i synnerhet. Den illa misshandlade, och de senaste årtiondena sorgligt eftersatta Försvarsmakten var inte ens i närheten av att vara dimensionerad för den nya tidens krig, det var en sak som var helt säker.

Politikernas kravställning möttes inte alls av den satta budgeten och inte ens på pappret kunde man hantera att möta en kvalificerad motståndare i mer än någon vecka, vilket en rakryggad ÖB utan omsvep en gång hade erkänt.

Försvarsmaktens ledning gjorde nog vad den kunde med det som fanns att tillgå, men ingen hade ens funderat i några banor rörande nya innovativa vapen, som dessa små FPV-drönare.

Visserligen hade de första fungerande stridsdrönarna gjort sin försiktiga entré på slagfältet för mer än trettio år sedan, under Israels invasion av Libanon. Senare hade USA använt sig av stora vingdrönare, beväpnade med *Hellfire*-robotar, i sin jakt på Talibaner och Al Quaida-terrorister i Afghanistans bergsområden. Obemannade flygfarkoster var alltså ingen nyhet när det kom till krigföring. Däremot var dessa små *First Person View*-drönarna ett nytt och mycket dödligt inslag som de inte hade sett tidigare.

Nu var det alltså upp till honom och 31. Jägarbataljonen vid Livregementets Husarer att realitetsanpassa sig till den nya verkligheten för att inte konsekvensutsättas ännu mer, vilket i sig var något av en utmaning på det dynamiska slagfältet.

De sabla tingestarna var som små ettriga bin som kastade sig över konvojen och stack den med sina giftiga gaddar. Först var det de större *Kamikaze*-drönarna som med sina tyngre sprängladdningar flög in i broar och viadukter och fick dessa att störta samman över de stora motorvägarna. Sedan, när konvojen var tvungen att stanna upp för att antingen röja eller hitta nya vägar förbi området, då kom de mindre FPV-drönarna och kastade sig över enskilda fordon och soldater.

Att med de takmonterade kulsprutorna försöka skjuta ner farkosterna var inte det lättaste. Drönarna var på tok för små och lättrörliga för att utgöra enkla mål. Därför kunde de allt som oftast utan större problem manövrera sig ur de jagande kulkärvarna. Det stora flertalet drönare undgick därmed att skjutas ner, varefter de störtade in i det utsedda fordonet som sprängdes bort från jordens yta.

För att få stopp på eländet hade förbandet till slut, i höjd med Arboga, övergett E18. I stället började man leta sig fram mot målområdet via de mindre vägarna, men även där fanns det enstaka broar. Ett av dessa betongmonster befann sig här, vid Kolbäck i Västmanland. Här hoppade länsväg 252 över den gamla Västeråsvägen genom en hög bro som till-kommit någon gång under åttiotalet.

Bron var ett tacksamt mål för både drönare och eventuella kryssningsrobotar. Med tanke på hur förstörd den var gissade Gustaf på att det kunde röra sig om antingen en kryssnings-robot med en väl tilltagen stridsspets, eller möjligen en rysk glidbomb. Var det en glidbomb var det troligen av den mindre modellen FAB-500, snarare än en *Kamikaze*-drönare med sin tjugo kilos laddning.

Oavsett vad som blev brons slutgiltiga baneman var vägen oframkomlig och det fanns inte så många alternativ att tillgå. På sin högra sida hade man nämligen järnvägen, som med sitt bullerplank var ett effektivt hinder, även för terränggående fordon. Då blev det enda återstående alternativet att ta sig in i bostadsområdet på den vänstra sidan av vägen, för att på så sätt leta sig förbi rasmassorna. Målet var då att ta sig ut på Västeråsvägen igen på andra sidan Kolbäck ... om det nu gick. Enligt kartan fanns det en järnvägsbro där, under vilken vägen gjorde en nittiograders krök.

Han hoppades att fienden hade missat den.

Noggrant studerade han kartan för att försöka hitta en lämplig rutt när han hörde surret från ytterligare minst en av dessa förbannade påhitt. De verkade flyga fritt omkring som om ryssen redan hade totalt luftherravälde. Med vakande ögon såg han upp och tittade ut genom vindrutan på den *Galt* han satt i, bara för att upptäcka en svart drönare som befann sig endast tjugo meter bort. Av allt att döma hade piloten upptäckt antennerna på terrängbilen och därefter bestämt sig för att skjuta bort en officerare.

Gustafs flygspanare öppnade eld, men Gustaf själv visste att det inte var värt att vänta och hoppas på att kulorna skulle träffa. Med ett öga på drönaren och ett på dörrhandtaget famlade han förtvivlat efter en väg ut ur bilen. Handen landade på handtaget i samma stund som drönaren nådde målet.

***

Hampus Andersson upptäckte den lilla quadcopter-drönaren som var på väg rakt emot dem. Med en kraftfull svordom öppnade han genast eld med sin kulspruta, men drönaren började i samma stund göra flera kraftfulla undanmanövrer som fick Hampus att missa.

Hjälplöst insåg han att det på inget sätt var ett barns leksak som var på väg mot honom. I stället var det den kalla *Döden* personifierad som kom i form av en kraftfull sprängladdning, placerad under drönaren. Han kunde till och med se tänd-röret som stack ut någon decimeter under de surrande rotorbladen.

Med en sista eldskur försökte han förgäves att på nytt skjuta ner drönaren, men missade med en hårsmån, vilket räckte. En miss var en miss, hur nära man än varit att träffa. Den sista tanken gick till flickvännen där hemma i Vivesta, sekunden innan det surrande lilla fanstyget kastade sig över honom.

Den sista metern dök drönaren nästan lodrätt rakt ner i *Galtens* tak, vilket den träffade bara någon decimeter framför Hampus kropp. Laddningen som satt fast vid quadcoptern bestod av sex hundra gram plastiskt sprängmedel som vid träffen detonerade ögonblickligen. Det var fullt tillräckligt för att tämligen skonsamt döda Hampus med omedelbar verkan. Samtidigt sprängdes det också upp ett hål i terrängbilens tak.

Insidan av fordonet hettades på mindre än en sekund upp med flera hundra grader över kokpunkten. Det fick i sin tur bränsletanken att explodera och i en sekundär detonation av eld slita resterna av bilen i bitar, tillsammans med all den ammunition som transporterades bak i bollhavet.

Det enorma trycket fick dörrarna att flyga av sina gångjärn. Med den ena dörren slungades även major Leuhusens kropp ut ur eldinfernot. Uniformen stod i ljusan låga när majoren slog i marken. Om det inte varit så att han redan dödats av själva explosionen skulle han i stället dött vid kontakten med asfalten, eftersom rygg och nacke bröts som på en gammal murken kvist. Därmed gick befälet hastigt över till kapten Ray

Smith som färdades i en pansarterrängbil 203 A i slutet av konvojen.

Smiths vagn hade ingen skog av avslöjande antenner, vilka ofta utmärkte chefsfordonen. Bilen hade därför inte heller dragit på sig någon av drönarpiloternas intresse.

Däremot noterade den ryska löjtnanten Arsenij Nikolajevitj Koresjtjenko hur en officer klev ur en pansarterrängbil. Arsenij satt i vardagsrummet i deras säkra hus, flera kilometer från den fångade konvojen, där han flög den spaningsdrönare som från hög höjd övervakade insatsen.

Koresjtjenko kunde se hur mannen till synes chockad blev stående stilla medan han stumt betraktade den sprängda terrängbilen några billängder framför sig.

Den kvalificerade gissning han kom fram till var att han nu tittade på chefens tvåa, men gruppen hade för tillfället gjort slut på alla sina drönare. De behövde därför skicka upp ett nytt gäng i luften innan man kunde ta itu med konvojen på nytt.

Löjtnant Koresjtjenko var, tillsammans med sin grupp på fyra man, en infiltrerad spetsnazagent som hyrt en airbnb-lägenhet inne i Hallstahammar, sju kilometer bort. Just airbnb var som gjort för infiltrerande agenter eftersom allt sköttes över internet och med minimal kontroll utifrån.

De hyrde bostaden via en tysk server och med tyska namn. Med det gjort kunde de sedan resa in och passera tullen utan några problem. Lasten med drönare mottog de några dagar senare med hjälp av en belgiskregistrerad lastbil.

Nu hade de full kontroll över E18 och de omgivande mindre vägarna in mot Västerås och sedan vidare mot Stockholm. Med hjälp av spaningsdrönaren *Orlan-10* var det inte mycket som undgick gruppens ögon. Det var bland annat de som försett det ryska Su-34 attackflyget med precisa måldata för bron som glidbomben FAB-500 sprängt i bitar.

Nogsamt noterade Koresjtjenko vilket fordon det var som officeren klev in i. En kort stund efter det att mannen hoppat in i vagnen satte sig konvojen på nytt i rörelse, denna gång in i villaområdet. Han antog att de tänkte göra ett försök att köra runt den blockerade vägen norr om målområdet.

"Vi tar itu med dig i sinom tid, *moy drug*", smålog han när officeren försvann. "Du kommer inte att komma undan."

Ju mer de kunde röra runt i grytan och beröva de svenska soldaterna deras ledarskap, desto större oreda skulle det bli bland försvararna när ingen hade en samlad bild av vad som skedde. Trots allt var inte frågan *om* Sverige skulle besegras, utan bara hur lång tid det skulle ta. Ju snabbare det gick, desto större resurser skulle sparas för att kunna sättas in mot Nato i nästa steg.

Kapitel 6

Till och med i drömmen tvingades han genomleva det senaste dygnets infernaliska helvete.

Det var skottlossning, exploderande granater och skrik från fallna och sårade kamrater. Det fanns inget annat sätt, än genom döden, som det gick att undfly krigets fruktansvärda mardröm.

Med en uppgiven grymtning slog en allt annat än utvilad Robert till sist upp ögonen när hjärnan insåg att det inte skulle bli någon mer sömn. Det var behagligt mörkt bak i skuffen på den Personbil 8 där han valt att försöka få några timmars nödvändig vila. Trots det trodde han först att bilen träffats av en granat, men när ögonen väl anpassat sig till de dåliga ljus-förhållandena kunde han se fänrik Andersson som satt böjd över honom. Med en mild hand skakade Andersson hans axel. Grötigt sa Robert:

"Fänrik? Vad är det som händer?"

Andersson harklade sig innan han besvarade frågan:

"Efter drygt en timmes tillfällig stridspaus har angriparen nu börjat anfalla igen. Flera ryska transportplan har dessutom siktats när de gått in för landning på Ärna. Det verkar med andra ord som att ryssarna har fått nya friska förstärkningar."

"Men för helvete. Må lede fi få evig infanterield i röven", utbrast Robert med ett ovanligt irriterat tonfall i rösten. "Var ända in i Fantomens randiga kalsonger är vårt stolta svenska Flygvapen någonstans? Hur kan Ivan den förskräcklige få lov att uppträda helt obehindrat i vårt luftrum?"

"Tyvärr verkar det som att större delen av det kvarvarande jaktflyget är upptaget med att bekämpa ryskt stridsflyg över Gotland och vidare in över södra Sverige."

Andersson harklade sig lågmält innan fortsättningen på redogörelsen kom:

"Det pågår fortfarande kontinuerliga överskeppningar av soldater och materiel från Kaliningrad. Det ryska jaktflyget har också varit synnerligen aktivt i luftrummet över södra Sverige, vilket i hög grad har sysselsatt våra JAS-piloter. För övrigt gäller samma sak i Stockholm. När det kommer till huvudstaden vet vi för närvarande inte riktigt hur det har gått för statsledningen."

Här pausade sig den yngre mannen på nytt innan ett tunt leende syntes på läpparna när han sa:

"Däremot vet vi med säkerhet att kungen och drottningen tog sig ut via Bromma i sista sekunden. Det skedde för övrigt tack vare understöd av kvalificerat hemvärn i form av en reducerad pluton ur *Svea HvUndkompani*. Kronprinsessan hade precis lämnat Gävle när fienden angrep staden. Hon anslöt senare till resten av kungafamiljen i London."

Här tystnade fänriken åter en gång medan han hämtade andan. Robert spetsade öronen när redogörelsen fortsatte:

"Samtidigt stannade ÖB ... som nu mera heter Stefan Krimla efter det att Carl Lettin dödats, kvar i Riksbunkern i Berget i Stockholm tillsammans med statsministern och flera av de tunga statsråden. När striderna kom för nära och Ivan hotade att omringa dem för att sedan inta Berget, tvingades de dessvärre omgruppera. Den omgrupperingen skedde inte utan dramatik nu under natten."

"Omgruppera? Vart?"

Robert hade nu satt sig upp och gned sömnen ur ögonen, medan Andersson besvarade frågan med bibehållet lugn:

"Kolmården ... tror vi. Där finns ännu en Riksbunker, om än lite daterad. Problemet är bara det att de måste passera rakt igenom de hårdaste stridsområdena för att kunna ta sig dit. Eftersom det råder strikt radiotystnad vet vi alltså inte om ÖB och de andra har klarat sig. Fram tills det att vi har ett besked att förhålla oss till är det arméchefen som har den högsta makten."

Med en suck pekade Robert på den stängda bakdörren, samtidigt som han diskret såg ner på klockan. En och en halv timme av orolig sömn hade han fått, vilket troligen var lika mycket mer än vad hans underlydande soldater fått. Däremot måste han som högsta ansvarig kunna ta kloka och rationella beslut som oftast baserade sig på förvirrad eller otillräcklig information. För att klara det måste skallen vara klar.

"Ni sa att motståndaren har återupptagit striden?"

Andersson nickade medan han tog klivet ner på marken. När de båda stod utanför bilen pekade fänriken bort mot fronten, runt två hundra meter bort:

"Ja, som bekant befäste de sina ställningar och började gräva ner sig ungefär samtidigt som chefen gick och la sig. Nu har däremot vår främsta linje utsatts för hårt kontrollerade nålstick av ryska spaningsförband. Det sker troligen som ett led i att orientera sig om var våra soldater befinner sig, vilket talar för att det är nyanländ trupp som tagit över. Här har våra killar bitit ifrån sig bra och ryssarna har därmed lidit en del förluster. I gengäld har de fått koll på vår samlade förmåga till samordnat försvar, samt tilldelade resurser."

"Då förbereder de sig med andra ord för ett nytt anfall för att försöka bryta igenom våra försvarslinjer. Vi kan nog lugnt utgå ifrån att det den här gången sker med bättre understöd än hittills."

Med en tung suck kvävde Robert en gäspning innan han fortsatta med orden:

"Okej, fänrik. Order kommer. Jag vill att vi så diskret som möjligt, för att inte i onödan dra på oss en massa oönskad uppmärksamhet från våra objudna gäster, drar oss tillbaka till de förberedda ställningar jag gav order om tidigare. Hur har förresten det befästningsarbetet gått?"

"Det har faktiskt gått över förväntan bra. Bönderna på de omkringliggande gårdarna har varit mycket tjänstvilliga med att ställa upp med sina maskiner och gräva skyttegravar, vilket skett i rekordfart. En av killarna kom dessutom på den smått geniala, och samtidigt lite komiskt grymma idén, att köra ut flera lass med pinfärsk kogödsel som har dumpats på strategiska platser i terrängen."

Här kunde inte Andersson hålla tillbaka ett skratt innan han på nytt ordnade anletsdragen och sa:

"Förhoppningen är att de ryska soldaterna, hellre än att vada genom skit, väljer en annan anfallsväg som vi enkelt kan kontrollera. Av den anledningen kan vi befästa denna med en högre koncentration av dödlig försåtminering. Eftersom vi dessutom har vinden i ryggen, och stanken därmed ligger rakt mot Ivan och hans vänner, lär de inte missa att det nog mest är skit med idén att anfalla oss. Skulle nog säga att det är snudd på ett biologiskt vapen som fi får smakprov på´."

"Skitbra idé", flinade Robert när han fick upp en inre bild av en rysk soldat täckt från topp till tå av stinkande kogödsel. "Jag skriver en notering i krigsdagboken om denna innovativa lösning. Hur är statusen på Husarerna?"

"De har passerat Västerås och är på väg mot Sala. På den sträckan finns det inga broar att prata om, men ryssen jagar dem fortfarande med drönare."

"Just det ja, drönarna. Det är en sak med de där förbannade sakerna som stör mig", muttrade Robert. "De är på tok för små för att kunna manövreras från exempelvis Kaliningrad, varför det torde befinna sig infiltrerad rysk trupp på vårt eget territorium. Går det att pejla signalerna tillbaka till källan?"

Nu såg Andersson något besvärad ut när han svarade:

"Visst, alla radiosignaler går att pejla … om man har rätt utrustning, vill säga. Det har inte Hemvärnet och för övrigt knappt Försvarsmakten i övrigt heller. Om vi ska kunna hitta piloterna får det i så fall bli på det gamla Gestapo-sättet … det vill säga att vi börjar sparka in dörrar."

Här tystnade fänriken ett kort ögonblick innan han fortsatte:

"Tyvärr är insparkande av dörrar något som vi under rådande omständigheter helt saknar resurser till. Det här vet ryssarna givetvis om och använder det därför som väntat emot oss. Försvarsmakten är i sin nuvarande paketering helt enkelt inte redo att kämpa i dagens moderna krig, eftersom vår utrustning, doktrin och resurser helt är anpassade för det förra kriget. Lite som när de gamla generalerna under det första världskriget ställdes inför kulsprutor, jaktplan, första generationens stridsvagnar och snabbskjutande artilleri på slagfältet. Det gick som bekant inte heller så bra."

Robert noterade en viss syrlighet i Anderssons röst, väl medveten om att den yngre kollegan länge hade lobbat för att man skulle införa drönare på förbandsnivå. Anderssons förslag hade hela tiden varit att varje kompani skulle ha en drönaravdelning för spaning och riktad stridsinsats, men inte helt oväntat hade initiativet lämnats utan gensvar från högre ort.

"Jag förstår din frustration, Kaj", sa han med en mild ton i rösten. "ÖB måste kanske prioritera en styrka som kan jaga fiendens drönarpiloter. I alla fall om han vill att vi ska stå pall för det som Moskva avser att fortsätta kasta emot oss. Jag vet att det här är ett nytt inslag i hotbilden och ett som vi är dåligt förberedda på, men i krig måste man anpassa sig snabbare än fienden. Den som ligger tvåa är som regel död, varför vi föredrar den gula ledartröjan. Eller hur?"

Andersson flinade när han svarade:

"Det är absolut jävligt uppfattat, chefen. Men tror han inte att gult syns lite väl bra när vi kutar omkring i den gröna klorofyllen?"

Robert blängde med låtsad stränghet på honom, utan att kommentera inlägget ytterligare. I stället sa han:

"Okej. Det är noterat, min mycket unga vän. Nu vill jag att ni omgående ger order om tillbakadragande. Se samtidigt till att minera de stridsställningar som ligger närmast de fientliga linjerna. Ivan kommer utan tvivel vilja undersöka var vi har tagit vägen och då kan en utlöst handgranat eller personmina vara en bra vägvisare ... till den ryska versionen av Helvetet."

"Absolut, det ska jag göra." Andersson slängde ett snabbt ögonkast på klockan." Vi siktar på att dra oss tillbaka senast om ... femton minuter."

Med det sagt skyndade han bort i den ljusa vårnatten medan Robert stod kvar och fundersamt såg efter honom.

Att lägga ut koskit i terrängen var kanske inte en dödlig fälla, men väl en illaluktande sådan. Det rådde ingen tvivel om att initiativet skulle ge Ivan en mycket obehaglig och stinkande överraskning. Samtidigt var det onekligen en enkel, billig och innovativ lösning i brist på annat, dessutom skulle det bli svårt att smyga sig på någon när man stank ladugård.

Med en i det närmaste uttråkad min undersökte Robert, med väl inövade rörelser, sin automatkarbin. Han ville helt enkelt försäkra sig om att magasinet var ordentligt laddat och att mekanismen fungerade som den skulle. Ett ofrivilligt eldavbrott under strid var inget man ville vara med om, varför vapnet skulle behandlas med varsam respekt och kärlek. Ungefär lite på samma sätt som man behandlade en älskad vän. I så fall svek vapnet dig aldrig.

När han försäkrat sig om att allt var som det skulle gick Robert bort till en synbart medfaren terrängbil 1312. Den gamla trotjänaren till terrängfordon stod dold under flera skickligt arrangerade kamouflagenät en bit bort. Antennerna skvallrade om att det var en radiolänkbil, avsedd att upprätthålla sambandet mellan de stridande enheterna.

Roberts tanke med besöket var att han via krypterad radio-länk skulle få en uppdatering över den pågående striden ute i landet.

När han klev in i sambandshytten möttes han av ett lågt hummande från kvinnan som satt lutad över det lilla nötta skrivbordet med lurarna tryckta mot öronen, febrilt skrivande på ett papper.

För att inte störa henne satte han sig i en ledig stol och väntade på att kvinnan skulle bli färdig. Utanför hörde han ljudet av automateld när ännu en postering fick ovälkommet besök av en rysk spaningsgrupp.

Kapitel 7

Vänge, Riksväg 72
Väster om Uppsala
6:e maj 2017

Det lilla samhället Vänge, längs Riksväg 72, hade enligt den senaste befolkningsstatistiken drygt tretton hundra invånare. Huvuddelen av den befintliga bebyggelsen bestod av villor som uppförts under miljonprogrammets fantastiska årtionde då kvantitet varit viktigare än en mer grundläggande kvalitet.

Denna irriterande brist på god byggnadskvalitet var något som man under de senaste årtiondena gjort sitt bästa för att försöka korrigera genom omfattande om- och tillbyggnader. Det lilla villasamhället hade av den anledningen varit lite av en idyll, därtill med ett visst mått av Bullerbykänsla.

Åtminstone var det så fram tills den gångna nattens brutala möte med ödet. De ryska barbarerna hade under de senaste timmarna låtit förstöra allt det som gångna tiders boende kämpat så hårt med att bygga upp.

Robert suckade tungt inombords när han lyfte blicken och såg bort mot det som återstod av den gamla tolvhundratals-kyrkan. Större delen av det en gång vackra tornet låg nu i stället krossat och utspritt på kyrkogården nedanför. Där hade även flera gravar utsatts för tung eld från både eldrörs- och raketartilleri, vilket skulle bli svårt att reda upp när det väl blev fred igen.

Precis som i alla tidigare konflikter som fienden deltagit i saknade ryssarna all respekt för civila liv och kulturella värden. Tvärtom sågs just kulturhistoriska värden som en prioriterad måltavla när man ville utplåna alla spår av den nationella samhörigheten i de länder man valde att attackera.

Roberts plan hade inte varit att stanna upp för att ta striden här, men krigsguden Mars, eller om det kanske var Tor eftersom de befann sig i Norden, hade velat annorlunda. Ryssen bestämde sig nämligen för att bedriva terrorverksamhet mot det lilla samhället – helt emot krigets lagar.

Följaktligen hade deras motståndare under natten med stor iver anfallit det lilla samhället med flera av sina Mi-24 *Hind,* samt attackflyg av modellen Su-24 *Fencer.*

För att inte utelämna de oförberedda byborna helt åt sitt öde hade Robert tvingats avbryta den pågående reträtten. I stället hade man under det skoningslösa bombardemanget fått hjälpa den kraftigt underbemannade räddningsstyrkan från de närliggande distriktens blåljusenheter att evakuera civilisterna så gott det nu gick.

De splitterskyddade stridsfordonen packades därför fulla till bristningsgränsen, för att sedan köra skytteltrafik genom regnet av granater, bomber och robotar.

Nu, när natten långsamt höll på att övergå till ännu en dag fylld av död och lidande, kunde Robert nedslaget blicka ut över ett till stora delar ödelagt samhälle. I det fallet tjänade de svartbrända ruinerna av kyrkan som det tveklöst största blickfånget.

Det pågick ännu envisa och mycket svårsläckta bränder bland byggnaderna i den lilla byn. Räddningstjänsten gjorde visserligen sitt bästa för att förhindra ytterligare spridning, men de kämpade i ett hopplöst underläge medan striderna ännu rasade.

Inte heller tvekade ryssarna ett ögonblick att anfalla både ambulanser och räddningstjänstens röda bilar när dessa tjutande for mellan den ena katastrofen till den andra. Det var som att piloterna såg det som en sport att se vem som kunde förstöra flest civila blåljusfordon.

Stilla undrade han över hur lång tid det skulle ta att utreda alla krigsbrott när striderna väl bedarrade och Ryssland var besegrat.

Mellan villorna i den bortre änden av samhället hördes sporadiskt återkommande skottlossning. Svenskarna hade lärt sig och tagit efter sina finska kollegors taktik, varför man nu utövade den nordiska versionen av gerillakrigföring mot angriparna.

Det skedde genom att man inringade ryssarnas spaningsgrupper i mottin, varefter dessa nedkämpades till sista man. Under natten hade Robert även nåtts av rykten att ryssar som slängt ifrån sig sina vapen för att ge upp ändå fått en kula i sig. Däremot kände han att de för stunden inte hade någon möjlighet att utreda eventuella krigsbrott som begåtts av hämndlystna svenska soldater i stridens hetta. Det fick bli en fråga för juristerna efter det att kriget slutligen var över.

Med en grimas av vämjelse vände han sig slutligen mot fänrik Andersson med orden:

"Hur går det med evakueringen av de civila? Vi kan inte hålla tillbaka fienden mycket längre som det ser ut nu. Fi tillförs hela tiden nya förstärkningar, något jag inte kan påstå gäller oss. Den påbörjade reträtten måste fortsätta för att vi inte ska riskera att bli helt inringade och snärjda här, eller kanske ännu värre – bekämpade ute på gärdena utan skydd."

Andersson höll upp ena handen i en tystande gest, medan den andra pressade den gamla fältapans hörlurar tätare mot örat. Efter nästan en minut såg han upp och mötte Roberts blick med orden:

"Styrkeledaren tror att de flesta har gett sig av nu, även om det fortfarande finns några envisa dårar av äldre årgång som vägrar ge sig av. De har i stället för flykt valt att barrikadera sig i sina källare. Jag antar att de sätter sin tillit till Gud högre än det svenska Hemvärnet."

"Det är som det alltid är. Alltid några kufar som tror att de kan rida ut stormen utan att drabbas av den. Tyvärr inte en helt oväntad reaktion. Nu har de i alla fall blivit varnade för att himlen är på väg att rasa ner i deras huvuden. De har därmed även fått chansen att ta ett eget beslut", svarade Robert.

Med ännu en blick bort mot kyrkan sa han sedan:

"Okej Andersson. Ge ny order om tillbakadragande till de förberedda ställningarna som våra vänner inom LRF har gjort i ordning åt oss."

Han skulle just kliva in i den gamla terrängbilen, som var ett arv från något okänt och nedlagt regemente, för att följa sin egen uppmaning när ny skottlossning hördes. Denna gång kom den däremot från en plats väster om dem och lät tyngre än vanliga handeldvapen. När han förvånat såg dit upptäckte han flera pansarterrängbilar som i full fart kom körande längs vägen. Deras tunga kulsprutor öste hett bly mot fiender som Robert inte såg från sin nuvarande position.

Andersson satte på nytt hörlurarna mot öronen innan han med glädje i rösten sa:

"Det är husarerna, chefen."

"Det var fan på tiden att de hittade hit. Kriget riskerade att vara över annars, innan de hann sättas in i strid", suckade Robert, utan att kunna dölja den lättnad han kände över att förstärkningarna äntligen hade anlänt.

Efter ännu en utdragen skottsalva från en tung kulspruta fortsatte han med orden:

"Nu kör vi ett jävligt bestämt och framåtlutat våldsmandat mot fienden och ser till att hålla dem borta från de sista civilisterna. När det väl är gjort går vi i ställning vid Bärby som planerat, tillsammans med våra nyanlända vänner."

"Den ordern ska det bli mig ett sant nöje att förmedla."

Fänriken log med hela ansiktet innan han vidarebefordrade de nya direktiven, som på alla sätt tjänade som en vitamininjektion för de minst sagt slutkörda förbanden. Samtidigt som han gjorde det stannade en av pansarterrängbilarna intill dem uppe på den höjd som lät dem blicka ut över Vänge. Ur bilen hoppade en kapten med sotigt ansikte och vakande ögon.

När blicken föll på Robert skyndade han fram och hälsade med ordern:

"God morgon, kapten. Ray Smith. 31. Jägarbataljonen vid Livregementets Husarer anmäler sig för tjänstgöring. Ber om ursäkt för förseningen, men den lede fi har jagat skiten ur oss med sina improviserade attackdrönare."

Smith tystnade några ögonblick medan han noga tycktes söka av området. När Ray åter tog till orda sa han, med tydlig ilska i rösten:

"De jävlarna dödade major Leuhusen och var sedan nära på att få mig också, men vi överlistade dem och nu är vi här. Hur ser den pågående situationen ut, förutom det uppenbara? Var behöver ni oss bäst?"

Robert skakade hjärtligt den framsträckta handen innan han med en svepande gest pekade ut över samhället framför dem. Sedan sa han:

"De jävlarna luftlandsatte vid Ärna i går kväll. De gjorde det bra och inte alls lika … slarvigt som vi tidvis har sett andra ryska operationer utföras vid otaliga tillfällen."

Han drog medvetet på orden för att understryka för kapten Smith att de hade en kvalificerad motståndare. Därefter fortsatte Robert att säga:

"Först var det bara ett drygt hundratal man, troligen VDV ur den 106:e luftlandsättningsdivisionen, som landsatte med lätt utrustning. Dessvärre, åtminstone för vår egen del, hade de några innovativa vapen med sig i bagaget som vi inte har ställts inför tidigare. Följaktligen har det heller inte funnits någon taktik för att möta det nya hotet."

Här tystnade Robert abrupt. I stället studerade han för ett kort ögonblick kaptenens sotiga ansikte innan han fortsatte:

"Ni har med önskvärd tydlighet själva fått stifta bekantskap med de vapnen, i alla fall efter vad jag kan se. Hur som helst drev de bort oss från våra förberedda försvarspositioner med hjälp av de där små jävla FPV-drönarna. Vi har därmed varit stadda på ständig reträtt sedan dess."

Robert svalde och drog in ny luft i lungorna för att kunna fortsätta med sin genomgång:

"Den enda egentliga anledningen till att vi stannade upp här var för att Ivan tycker att det är en sport att skjuta på obeväpnade civila. Jag antar att det känns bättre för dem att skjuta på någon som inte kan skjuta tillbaka, vilket är det typiska skolgårdsmobbarbeteende som vi har sett från ryska stridskrafter tidigare."

Roberts blick mörknade när han sa det sista. Sedan fortsatte han:

"Av just den anledningen var vi nödgade och tvungna att skydda civilisternas tillbakadragande från frontlinjen. Det var under utrymningen som de där Fencerplanen och Hindarna kom dånande som en förbannad bisvärm. Helt oprovocerat började de sedan att skjuta på allt som rörde sig. Speciellt på Räddningstjänstens bilar, eftersom de syns rätt bra. Ryssen bryr sig som bekant inte om några konventioner och bryter ingångna avtal snabbare än bläcket hinner torka på pappret avtalet är skrivet på."

"*Shaitan-Arba*", muttrade Smith ilsket och noterade sedan att Robert studerade honom med ett frågande uttryck i ansiktet.

"*Shaitan-Arba* ... det var Mujaheddins ord för Mi-24 under kriget i Afghanistan. Det betyder Djävulens vagn, vilket med tanke på hur helikoptern användes var ett välfunnet namn."

Robert gav till ett snabbt leende vid förklaringen innan han fortsatte sin avbrutna dragning:

”Okej, tack för det. Denna ryska djävulsvagn, tillsammans med de där museiföremålen till attackflygplan, tyckte alltså att det var en utvecklande lagsport att beskjuta flyende civila och förstöra gamla kulturhistoriska byggnader”, han nickade menande mot kyrkan. ”Den där *Shaitan-Arba* kolossen är mycket tungt bepansrad och klarar enkelt av att motstå kulor från handeldvapen, inklusive kulspruta 58.”

Robert tog en kort paus för att hämta andan innan han fortsatte:

”Däremot klarar de som tur är inte av en fullträff från ett pansarskott. Efter att vi skjutit ner en av Djävulens flygande himlavagnar, och illa skadat en *Fencer*, drog Ivan tillbaka dem och skickade i stället fram infanteriet i form av illa utbildade kategori tre-förband. Antagligen för att köttvågor av *mobikis* är enklare att ersätta än de där flygande skrothögarna. Det infanteriet är dessutom för stunden betydligt mycket mer talrikt än de dryga hundra man som ryssarna inledde med i går kväll.”

Här stannade han upp och såg tankfullt ut över samhället. Sedan sa han:

”Det beror inte helt oväntat på att våra ryska kamrater fått flera vändor av förstärkningar under natten som gått. Jag vet inte hur många plan det är som obehindrat har kunnat landa på Ärna, men det är en del. Inte alla har varit militära kärror heller, så köttförlusterna fick åtminstone åka Aeroflot en sista gång innan de ställdes inför svenskt stål. Just nu täcker vi den sista reträtten av våra civila medborgare. När så många som möjligt är i säkerhet kommer vi att dra oss tillbaka till redan iordninggjorda ställningar i höjd med Bärby.”

Här tystnade Robert åter igen några ögonblick och tittade drömmande bort mot kyrkan innan han slutligen sa:

”Det är vid Bärby som vi planerar att stoppa ryssens fram-ryckning den här vägen … och nu när ni äntligen har kommit ser våra möjligheter betydligt mycket bättre ut än vad de gjorde för bara en timme sedan."

Han skulle just lägga till en ytterligare beskrivning av de ryska krigsbrotten när en dånande explosion fick marken att skaka under dem, samtidigt som en svart rökpelare strävade mot himlen när det sista av kyrkan for in i evigheten.

Smith såg bort mot rökpelaren och sa sedan:

"Jag törs nog säga att Ivan har fått nya förstärkningar. Det där var, om jag inte tar helt fel, en 152-millimeters granat. Den kom troligen från en rysk bandgående 2S5 *Giatsint*-S. Nu skulle vi verkligen behöva ett par enheter *Archer* för att kunna skjuta tillbaka."

"Vi har föga överraskande inte något tungt artilleri att svara med", suckade Robert uppgivet. "Allt vi har är ett par granat-kastare m/84, och de klarar inte av att nå Ärna härifrån."

"Jag ska anhålla om att krigsledningen försöker omdirigera *Archer* till vår position. Allt vi behöver är en enda och jag vet att alla inte har skeppats över till Gotland. Det finns några utspridda batterier omkring Stockholm som jag hoppas att arméchefen kan tänka sig att avdela till vår front."

"Det vore ju bra om det gick att ordna. Du verkar minst sagt veta mer om resurstilldelningen än vad jag gör. Varenda gång jag bönfallit om mer resurser har jag bara fått höra att inget kan avvaras, eller att man ska försöka skaka fram något ur rockärmen. Kan du trolla fram en *Archer* kommer jag bara applådera på samma sätt som jag gjort om du dragit fram en vit kanin ur mössan."

Ett visst mått av sarkasm kunde med de orden skönjas i Roberts röst.

Kapitel 8

Längs Riksväg 72
Väster om Uppsala
6:e maj 2017

Det ryska attackflygplanet av modell Su-24 kom med lite för hög hastighet flygande mot dem från öster.

Robert såg den rovdjursliknande siluetten redan på långt avstånd och ropade snabbt ut en högljudd varning om fientlig flygare över radion. I samma stund som varningen gick ut vred föraren av terrängbilen ratten hårt åt vänster, varvid de snabbt lämnade den exponerade och utsatta positionen uppe på riksvägen.

Med dammet yrande som en skogsbrand kring de grovt mönstrade däcken körde de i hög hastighet in på gårdsplanen vid Långtibble gård. Just som terrängbilen kom i ett bedrägligt skydd av byggnaderna avfyrade *Suchoj*-planet alla sina rakettuber.

Den första raketen träffade mitt i den stora silon framför ena ladugården, varvid den efterföljande explosionen spred ut delar av densamma i större eller mindre bitar över hela den nygrusade gårdsplanen.

Nästa raket träffade en av de tre vita lastbilar som stod snyggt parkerade till höger om den av damm omgärdade terrängbilen. Explosionen totalförstörde bilen som inte ens skulle betinga skrotvärde när elden så småningom falnade. Chauffören hade nu stannat i skydd bakom ladugården, vilket åtminstone för stunden placerat dem i någorlunda säkerhet, även om detta snabbt kunde ändras.

Efter att ha sett raketernas effekt på silon och lastbilen misstänkte Robert att det just nu någonstans fanns en bonde som skar tänder i frustrerad ilska. Samtidigt slog resten av raketerna ner runt omkring dem, som om det vore Egyptens gräshoppor. Det fanns ingen som helst möjlighet för honom att överblicka ifall några av deras egna fordon träffades av bombardemanget. Det enda han kunde göra var att hålla tummarna när *Suchoj*-planet dånade fram över dem i säkert åtta hundra kilometer i timmen. Han kunde tydligt se hur planet bankade höger för att i en lång gir komma runt inför nästa anfall.

Med tanke på att piloten, skytten eller vem fan det nu var som sköt måste ha gjort slut på raketerna i den första vändan borde således nästa anfall utföras med automatkanonen. Riktigt så långt kom däremot inte besättningen ombord på Su-24:an.

Ett suddigt vitt streck kom in från väster och träffade den vänstra av de två *Saturn/Ljulka*-motorerna. Attackflygplanet förvandlades ögonblickligen till en blomma av eld och rök när jaktroboten satte punkt för ryssens anfall.

Intresserat kunde Robert se hur den högra motorn av kraften i explosionen slets ur sitt fäste. Wobblande for den med ett fräsande genom luften och lämnade resterna av den brinnande flygkroppen bakom sig.

Helt utom kontroll störtade motorn först ner i en åker, innan den studsande som en flat sten på en spegelblank sjö for in i en mindre träbyggnad. Det lilla huset krossades lika enkelt som ett gigantiskt plockepinn när det drygt femton-hundra kilo tunga motorpaketet i praktiken fick kåken att explodera.

Bara några sekunder senare kom två fullhängda JAS-39 *Gripen* rytande på låg höjd över slagfältet. De bägge piloterna vaggade uppmuntrande på vingarna i en kamratlig hälsning till infanteristerna under dem, därefter försvann de vidare i riktning mot Ärna.

Det var på håret att de gick fria från talltopparna, så nära marken flög piloterna för att smita under den ryska radarn.

Precis innan planen försvann ur sikte hann Robert se hur båda Griparna avfyrade varsin Rb 75 attackrobot, vars ursprungliga namn från tillverkaren var AGM-65 *Maverick*.

"Yes. Äntligen fick vi se lite svenskt stål i luften. Sug på det ni, förbaskade orcher", jublade Robert upprymt, för tillfället glömsk av att han som chef borde hålla tillbaka de värsta känsloyttringarna inför manskapet.

Det var hur som helst svårt att inte jubla över att ryssarna just blivit av med ett av sina attackflygplan. Han var dessutom i gott sällskap när det kom till glädjeyttringar över det nyss inträffade. Över radion hördes allmänt jubel när roten med *Gripen* vek av för att med högsta möjliga hastighet ljudbanga sig bort från det farliga området innan Ivan fått fart på sitt luftvärn. Enligt den framskjutna spaningen bestod detta av *Pantsir*-S1, det som inom Nato gick under namnet SA-22 *Greyhound*.

Visserligen fanns det inte ett enda dokumenterat fall att detta någonsin lyckats med att skjuta ner något över huvud taget, men det var dumt att chansa. Även en blind höna hittade ibland ett korn och ingen ville vara just det kornet.

"Var det ett jävligt framåtlutat våldsmandat som chefen kallade det?"

Den unga chaufförens ansikte strålade av glädje och Robert kunde inte göra annat än glatt dunka honom i ryggen när han svarade:

"Det var det. De där *Gripen*-kärrorna såg verkligen till att svina i anfallsmålet vid precis rätt tidpunkt, åtminstone ur vår synvinkel sett. Det blev en dyrköpt läxa för fienden eftersom jag har för mig att ett sådant där plåtschabrak kostar knapp femtio miljoner dollar att skruva ihop. Nu tar vi oss den sista biten till grupperingsplatsen, soldat. Sedan ser vi banne mig till att storma skiten ur Ivan och hans röda tölparmé."

Mannen vid ratten kastade i en skorrande växel och gjorde sedan en klumpig U-sväng på gårdsplanen. Inte helt framgångsrikt försökte han undvika de glödande och förvridna plåtarna från silon, tillsammans med brinnande plankor från ladugården. Inom kort var de uppe på den stridsärrade vägen igen och körde den sista dryga kilometern bort mot Bärby. Där väntade de av lantbrukarna färdigställda stridslinjerna som en gång för alla skulle stoppa det ryska anfallet.

I alla fall var det planen att man i den bästa av världar skulle visa fienden var det berömda blå skåpet skulle stå, tänkte Robert. Nu var tankegången en aning mer melankoliskt än glädjeyttringen alldeles nyss hade gett uttryck för.

I krig brukade de flesta planer grusas på ett eller annat sätt på grund av omständigheter som ändrade spelreglerna helt utom kontroll för de som dragit upp riktlinjerna. Av den anledningen hade Roberts mantra alltid varit:

"Håll det enkelt. Håll det jävligt enkelt och krångla aldrig till det i onödan."

***

De hastigt grävda jordvärnen visade sig vara betydligt mer imponerande och professionellt utförda än vad han föreställt sig att det skulle bli.

Visserligen kunde man inte vänta sig så mycket annat när det visade sig att konstruktionen letts av en gammal kustjägarsoldat. Denna erfarna lantbrukare hade en gång i tiden varit med och svinat i pisset runt *Whiskey*-klassens ubåt U-137 vid denna för Sovjet så genanta grundstötning som skett ute vid Torhamnaskär 1981.

Där hade de svenska kustjägarna verkligen fått leva ut sina inre demoner, vilket förhoppningsvis fått de oförstående ryska matroserna att darra av skräck. Robert smålog vid tanken när han böjde på huvudet och klev in i den gedigna jordbunker som skulle få tjäna som stridsledningsplats.

Under tiden som det nu ganska sargade Hemvärnet, tillsammans med närskyddsplutonen, gjorde sig i ordning vid befästningarna, uppehöll husarerna de ryska angriparna i en utdragen fördröjningsstrid.

För att det inte skulle bli alltför uppenbart för fienden vad som höll på att tilldra sig höll man hela tiden en ordnad, men medvetet långsam reträtt tillbaka längs riksvägen och den öppna terrängen i dess omedelbara närhet.

Öppenheten gav få skydd för en anfallare, men var till en stor fördel för en väl nedgrävd försvarare som bara hade att sikta och skjuta. Fortsatte ryssen att följa sin vanliga stenålderstaktik skulle köttvågor av outbildade soldater kastas mot de svenska ställningarna, utan hänsyn till den enskilda soldatens liv och hälsa. Robert hoppades bara att de hade tillräckligt med pipor till kulsprutorna för att kunna upprätthålla en kontinuerlig eldgivning.

Just nu stod huvuddelen av striden i skogspartiet vid Långtibble gård, vilken redan förstörts av det ryska *Suchoj*-planets raketer. Ljudet från den intensiva striden hördes utan några problem bort till de nya försvarslinjerna. Robert bad en tyst bön att jägarna skulle hålla ut bara ett litet tag till, så att de hann komma i ordning.

Överallt omkring dem ropades högljudda order, medan soldater nedhukade sprang med ammunitionslådor till kulsprutor och handeldvapen. Någon upplevd ammunitionsbrist var det åtminstone för stunden inte tal om, konstaterade Robert nöjt. Ett gammalt ammunitionslager i anslutning till Ärna hade försett dem med rikligt med 7,62-ammunition till både automatkarbiner och kulsprutor.

När han klev in i bunkern såg fänrik Andersson upp från en karta som låg på ett hastigt uppställt campingbord, placerat mitt i det lilla utrymmet. Taket bestod av bastanta trästockar som såg ut att vara avverkade helt nyligen. Allt var ordentligt dolt under åtminstone en halvmeter av sammanpressad jord.

Det var kanske inget som skulle stå emot en direktträff från något grövre än en kulspruta, men det skyddade i alla fall mot splitter och tryckvågor. Lite skydd var alltid bättre än inget skydd alls, resonerade han pragmatiskt.

"Våra granatkastare är strax grupperade enligt chefens order", sa Andersson dröjande och pekade sedan på kartan där den lilla granatkastarplutonen fanns utmärkt.

Fänriken mötte allvarligt Roberts blick innan han fortsatte med orden:

"När vi öppnar eld blir det signalen till husarerna att dra sig tillbaka. Sedan kan vi möta Ivan under ordnade former och med allt vi har. Förhoppningsvis blir det en blystorm de inte är beredda på, vilket även kan slå hårt mot moralen hos de mindre erfarna rekryterna."

Robert studerade fundersamt symbolerna på kartan. Tyst höll han inne med vad han tänkte om de överdimensionerade röda anfallspilarna. De pekade med talande aggressivitet rakt mot de mer slimmade blå motsvarigheterna. Sedan sa han:

"Fienden har kommit för att ta sig friheter med vårt land. De har försökt förr, men alltid fått känna på hur det känns att mötas av svenskt stål. Så kommer det även att bli denna gång, Andersson. Så fort granatkastarna är klara kan ni ge order om eldöppnande. Nu har vi en unik möjlighet att dräpa orcherna så som Carolus Rex en gång gjorde vid Narva."

Andersson skrattade när han sa:

"Dräpa orcherna som Carolus Rex gjorde vid Narva. Ja, det är jävligt uppfattat chefen. Tyvärr har vi inte samma fördel av snöglopp som vår konung Karl hade, den unga hjälten."

"Var det lite för melodramatiskt?"

Robert såg på Andersson med ett skevt leende när fänriken svarade:

"Kanske bara lite, men det var odödliga ord. Lite i stil med Neil Armstrongs när han placerade foten på månen."

"Tack för det, fänrik. Det är inte varje dag man blir jämförd med en legend. Ska vi se till att svina i anfallsmålet nu och storma skiten ur Ivan? Låt det här bli en dag som Potemkin sent kommer att glömma."

"Det ska vi göra. Nu ger vi dem helt enkelt ett formidabelt eldhelvete som de inte trodde det var möjligt att mötas av när de embarkerade i Sankt Petersburg … eller varifrån det här gänget nu flögs in. Det kommer bli många arga och ledsna soldatmödrar i Moskva när det här är över."

Kapitel 9

Längs Riksväg 72
Väster om Uppsala
6:e maj 2017

Det var en minst sagt tröttkörd major Maxim Kirejevskij som tungt satte sig ner i den erövrade trädgårdsstol som stod uppställd intill ett likaledes konfiskerat bord. Med blicken hos en man som stod under galgen såg han ut över gårdsplanen intill den gård som han gjort till sin stabsplats.

De senaste arton timmarna hade utan konkurrens varit bland de mest intensiva och händelserika i hans trettionioåriga liv, vilket betydde en hel del för den minst sagt erfarne Kirejevskij. Han hade deltagit i varje konflikt som Ryssland varit involverad i under de senaste femton åren, vilket även innefattade den lyckade annekteringen av Krim 2014.

Anfallet mot Ärna flygplats hade varit ett skolboksexempel på en lyckad luftlandsättning, djupt bakom fiendens linjer. Det mesta hade gått planenligt och fienden hade drivits tillbaka inom den tidsram som satts upp före anfallet.

Den enda egentliga plumpen i ett för övrigt helt perfekt protokoll var inte ens hans eget fel, utan kunde i stället hänföras till GRU. Deras självsäkra information om fiendens förmåga hade i sann gammalsovjetisk anda varit kraftigt underdimensionerad, mer skapad för att se bra ut uppåt än som en sann reflektion på verkligheten.

Maxim misstänkte att det någonstans i underrättelsekedjan som vanligt fanns en lat och korrupt officer som högst medvetet hade valt att inte ägna operationen den grad av uppmärksamhet som det var meningen att han skulle göra.

Alltför ofta var agenterna kraftigt underbetalda och rejält överutnyttjade, varför de många gånger var snabba på att anse en inledande rapport vara klar. Det gjorde att de därefter kunde ägna sig åt något annat, som exempelvis den senaste älskarinnan i form av en kvinna, eller en flaska billig vodka.

Inte heller hade spetsnaz fullt ut lyckats med sitt uppdrag att infiltrera och störa ut de svenska försvarsförberedelserna.

Tanken var att spetsnazoperatörerna på marken skulle slå ut viktiga punkter i försvarslinjerna på och runt Ärna flygplats, för att på så vis sprida skräck och misstro hos de svenska försvararna. I vanlig ordning var det något som inte gått helt enligt plan.

Tyvärr hade Kirejevskij genom åren noterat att utfallet oroväckande ofta bara blev halvbra när GRU fick ansvaret för en operation. Han misstänkte att även det i sedvanlig ordning berodde på den i Ryssland så utbredda korruptionen.

Den var en nagel i ögat på vanliga ryssar som i någon mån alltid var de som drabbades hårdast. Att protestera var ofta inte lönt och kunde dessutom straffa sig om fel dignitär kände sig utpekad. Av den anledningen fortsatte korruptionen att holka ur och förvandla även de stoltaste projekten till ihåliga Potemkinkulisser, utan större värde.

Den ofrånkomliga följden av detta klantiga misslyckande innebar att de initiala operatörsförlusterna på själva flygfältet varit högre än vad Maxim ville erkänna ens för sig själv.

För Kreml betydde visserligen den enskilda soldatens liv inte ett piss. I Ryssland var ett liv billigt och det fanns en djup påse av offerlamm som man kunde gräva fram nya ur. För ansvarigt befäl innebar däremot varje kvalificerad operatörs frånfälle att mer ansvar lastades över på de kvarvarande männen, vilket i längden blev ohållbart om man skulle kunna fortsätta striden.

Av den anledningen var det viktigt att snabbt tillföra lågutbildad kanonmat som skulle hålla fienden sysselsatt med annat. Under tiden kunde de mer kvalificerade förbanden utföra de egentliga krigsuppgifterna.

Således sved manskapsförlusterna i Maxims själ, men efter det GRU-fiaskot hade det gått bättre. Två av de tre luftvärnspjäserna med kort räckvidd slogs ut och fienden hade efter hårda strider drivits tillbaka. Inom några timmar tvingades svenskarna slutligen till en hastig reträtt från sina förberedda positioner i flygfältets omedelbara närhet. Det i sin tur hade öppnat för influgna förstärkningar när brohuvudet och den säkra zonen successivt kunde utvidgas.

Det var alltså med en ganska stor portion av lättad tillfredsställelse som Kirejevskij äntligen kunnat ta emot det första *Antonov*-planet med ytterligare trupp. Detta tillät honom att i sin tur rotera personalen och dra tillbaka sina egna soldater för att reorganisera de kraftigt reducerade grupperna. Av erfarenhet visste han dessutom att stora förluster hade en menlig inverkan på moralen. Därför var det också viktigt att visa förbandet att man fortfarande hade momentum och initiativ.

När roteringen slutligen var klar och nya stridande enheter bildats från det lilla som återstod av 106:e luftlandsättningsdivisionen anslöt de på nytt till striden. Denna hade sedan oförtrutet rasat vidare med samma intensitet under större delen av natten och förmiddagen, men nu var det stopp.

Försvararna hade på ett mycket föredömligt vis bedrivit en effektiv fördröjningsstrid, vilket låst fast de ryska förbanden i nötande anfall som fortsatt att reducera trupperna. Nu hade dessutom svenskarna fått förstärkning av vad som verkade vara ett högt kvalificerat jägarförband.

Först hade Kirejevskij varit rädd för att det var den fruktade Särskilda operationsgruppen, men det visade sig tydligen vara den 31:a Jägarbataljonen från Livregementets husarer. Det var kanske inte riktigt lika illa som Soggen, men heller inte långt ifrån. När dessa mer rutinerade operatörer blandades ut med vad som fanns kvar av Hemvärnet och Flygvapnets närskyddspluton fick Kirejevskij och hans förband själva en synnerligen robust och mångkunnig motståndare emot sig. Dessutom var det en motståndare som mitt under brinnande krig, med konstant beskjutning, på något sätt lyckats gräva ner sig i väl befästa värn och löpgravar.

Om inte deras order varit extremt tydliga med att man med alla medel skulle säkra riksvägen hade de kunnat gå runt de svenska ställningarna, för att därmed vinna terräng. Tyvärr för Kirejevskij var det alltså något som inte lät sig göras under rådande förutsättningar.

Om de försökte gå runt försvararnas ställningar skulle de komma att lämna en effektiv vägspärr bakom sig. Då kunde fienden i stället ta striden med de motoriserade infanteriförband som enligt plan var avsedda att följa i en andra våg efter det initiala anfallet. Detta i sin tur skulle utan tvivel sätta kraftiga käppar i hjulen för den fortsatta planen att dela upp Sverige i tre stridsområden. Genom den uppdelningen kunde man separera de olika vapengrenarna från varandra och bakbinda stora delar av armén.

Misslyckades man med detta skulle det tvivelsutan utgå en omedelbar dödsdom från Kreml. Kirejevskij skulle därmed vara lovligt byte för varje *Politruk* som kom i hans väg. De lismande och militärt inkompetenta politiska kommissarierna älskade att visa sin makt. Därför tvivlade han inte för en sekund på att de gladeligen skulle sätta en kula i ryggen på honom så fort de fick en chans.

Därmed såg Maxim ingen annan utväg än att även han beordra att trupperna skulle gräva skydd i form av löpgravar och värn. Det var för stunden enda sättet de kunde agera på för att inte sopas undan av granatelden från svenskarnas väl dolda granatkastarbatterier.

Med en tung suck önskade han att de haft fler av de små drönarna, men under den gångna nattens strid hade dessa effektivt förbrukats. Inte helt oväntat hade några nya drönare heller inte anlänt, eftersom befälen i Kommandopunkten för stunden prioriterade andra typer av tyngre vapensystem.

Till dessa tillförda tyngre resurser hörde det bandgående artilleriet 2S5 *Giatsint-S*. Sex av dessa enheter hade flugits in för att ge dem kvalificerat artilleriunderstöd. Det var något som i teorin skulle ge dem ett övertag mot de lättare vapen som sattes emot dem från svensk sida.

Tyvärr vägrade svenskarna konsekvent att anpassa sig till den ryska manualen. Nästan omgående lyckades de förstöra två *Giatsint-S* med hjälp av sitt fördömda attackflyg.

En rote av de små JAS-planen hade överrumplande kommit in på absolut lägsta höjd över talltopparna och gjort dyrt metallskrot av två vagnar som precis rullat ur planets buk och ställts upp på gräset intill banan.

Visserligen visste han att de svenska piloterna var bland de bästa i världen när det kom till lågflygning under radarn, men att de skulle genomföra denna dödsföraktande uppvisning rakt mot invasionsföretagets hjärta hade han inte förväntat sig.

Bara för att göra ont ännu värre skadades även fraktflyg-planet av kraften i tryckvågorna och kunde därefter inte lyfta, varför man omgående fick bogsera bort det från startbanan. Tanken var att man skulle försöka reparera den förstörda motorn och lappa ihop de många hålen i vingen. Däremot misstänkte Kirejevskij djupt inom sig att flygplanet aldrig mer skulle lämna marken.

Erfarenhetsmässigt visste han sedan långt tidigare att de nödvändiga reservdelarna aldrig skulle hitta fram till fronten från det gamla krigsförråd där de låg ordentligt gömda ... och antagligen glömda sedan länge.

Med en rysk förbannelse, osande av diverse könsord och grova förolämpningar mot de som planerat detta korståg, konstaterade han att det enda förutsägbara i krig var att det aldrig gick att förutsäga ett jäkla något. Fienden ville av någon anledning sällan göra som man önskade av dem, vilket Kreml inte tycktes förstå. Just därför förstördes också allt som oftast de mest lovande planer.

Visserligen hade de planenligt vunnit flygfältet och höll där som bäst på att bygga upp en fungerande hubb för att kunna förse den fortsatta framryckningen med nödvändig materiel och ammunition. Den framryckningen hade å andra sidan tagit tvärstopp eftersom GRU i vanlig ordning missbedömt försvarsviljan hos fienden.

Precis som under den stalinistiska eran var realism inte gångbart i den ryska doktrinen. Allt som oftast ersattes den därför med spekulationer och rena önsketänkanden som sedan lades fram som fakta inför presidenten, vilken sedan agerade utifrån ett högst bristfälligt underrättelseunderlag. Det hela påminde otäckt mycket om historien som i Väst kallades för *Kejsarens nya kläder*. Alla visste att underlaget var felaktigt, men ingen vågade lägga fram korrekta fakta av rädsla för att sticka ut på ett negativt sätt, något som kunde sluta på fel sida om en gevärsmynning.

Försiktigt såg sig Kirejevskij om över axeln. Återinförandet av de politiska kommissarierna, eller mer allmänt kallade *politruker*, fick honom att instinktivt känna ett djupt obehag. Dessa förhatliga *politruker* kanske bar rysk uniform, men de var allt som oftast misslyckade officerare – barn till någon av Potemkins oligarker - som medvetet valt den politiska banan, snarare än den militära.

Den politiska korrektheten var nämligen i Kremls ögon mer värt än duglighet i fält, varför de som misslyckades på Frunze-akademin i stället gav sig in i politiken.

Den omedelbara effekten av det blev att den *politruk* som tilldelats Kirejevskijs enhet inte för ett ögonblick klarade av att se den yttersta komplexiteten i striden. Det spelade ingen roll hur många gånger som Kirejevskij försökte förklara att det inte gick att anfalla rakt mot en väl förskansad fiende när man inte hade rätt vapen tillgängliga.

Till en början hade han på ett övertydligt pedagogiskt korrekt vis försökt förklara att om de fortsatte att springa rakt in i motståndarnas intensiva kulspruteeld skulle det möjligen se heroiskt ut, som på gamla svartvita journalfilmer från *Det Stora Fosterländska Kriget*. Däremot, sa han, blev den enda effekten av detta att de fick slut på soldater snabbare än *Antonov*-planen hann fylla på med nya. Dessutom utan att man vann en endaste meter terräng.

Den lilla tunnhåriga mannen med sina runda nazistglasögon ville, trots de ihärdiga försöken att beskriva följderna, fortfarande inte förstå Kirejevskij. I stället fortsatte han med en dåres envishet kräva att de skulle anfalla, utan ett uns av strategi i botten.

För Moder Ryssland spelade inte några enskilda soldaters liv någon roll, påstod mannen. Det var endast segern som bar en historisk betydelse. Om man behövde offra några tusen man för att uppnå *segern* var det en satsning som ingen skulle ifrågasätta.

När *politruken* kommit så långt i sin utläggning tröttnade Kirejevskij på det meningslösa babblandet och beordrade en underofficer att spärra in karln i ett utslaget pansarfordon. På så vis fick han en chans att bedriva striden på det sätt som han blivit lärd av personer med betydligt mer erfarenhet än vad den där Kamenskij, eller vad fan den lilla karljäveln nu hette, hade.

Det hade varit tillfredsställande att få låsa in mannen, men samtidigt också mycket farligt. Det han behövde var en chans att göra sig av med den lilla oduglingen innan *politruken* fick en möjlighet att rapportera missdådet tillbaka till Moskva.

Nu var kanske just det inte ett stort problem eftersom det var krig, och i krig dog folk ... även politiskt tillsatta klantskallar dog om de träffades av något farligt. Exempelvis en svensk granat, eller liknande.

Om nu bara motståndaren kunde ha den stora vänligheten att sikta på det där förbaskade vraket i stället för på hans soldater. Då skulle Kirejevskijs problem lösa sig av sig självt i en handvändning.

Fast å andra sidan. Om nu inte svenskarna var villiga att offra en granat på ett redan utslaget fordon visste han flera medlemmar i förbandet som gärna skulle ställa upp för att göra processen kort med den lilla avskydda kommissarien. Kamenskij var på ett eller annat sätt redan död. Han visste bara inte om det själv ännu.

Kirejevskij smålog innan han såg ner på det foto som låg framför honom. Det var en bild tagen av en av deras *Orlan-10* spaningsdrönare. På den svartvita bilden, utskriven av en vanlig A3-skrivare, kunde han tydligt se den smala trädlinjen på andra sidan det öppna fältet.

I en imponerande uppsättning av nyligen grävda löpgravar befann sig svenskarna. Där var de ordentligt skyddade bakom höga jordvallar som det var svårt för de dumma granaterna från deras kvarvarande artilleri att penetrera. På det öppna fältet framför dem lurade döden i form av nedgrävda person-minor. Allt var övervakat av precisionsstyrda granatkastare och dödliga kulsprutor.

Att anfalla rakt fram över den öppna ytan var liktydigt med självmord, men likväl måste de på något vis ta sig igenom stål-badet. Utan drivning framåt kunde de inte uppfylla den hårt satta målbilden i krigsplaneringen. Med andra ord var han så illa tvungen att finna ett sätt som gjorde att de kunde ta sig över det närmare fyra hundra meter breda ingenmansland som låg mellan dem själva och de nedgrävda svenskarna.

Muttrande lät Kirejevskij blicken svepa vidare över fotot, mot vägen, och sedan till nästa skogsdunge. Där kunde han ana ännu fler väl befästa linjer. Det var ingen tvekan om att terrängen var till försvararnas fördel. Utan stöd från attack-flyget kunde Kirejevskijs styrkor inte nå ett läge där de var starkare än de försvarande svenskarna.

För stunden var hans order från Kommandopunkten att inte blanda in attackhelikoptrarna, eftersom man än så länge hade alltför få av dessa på plats. I stället fick man på något sätt försöka kringgå befästningarna. Om det var möjligt skulle man flankera dem för att sedan sätta in ett anfall mot sämre försvarade platser.

Tyvärr gällde det bara att först försöka hitta dessa sämre försvarade platser. Även om också svenskarna tagit förluster hade förstärkningarna samtidigt höjt motståndarens moral. De svenska soldaterna stred verkligen som lejon från Norden. Frågan var bara om det nordiska vildlejonet verkligen kunde besegra den ryska björnen?

Kirejevskij hade för avsikt att bevisa det omöjliga i den tesen. Svenskarna var måhända envisa som åsnor, men de saknade den förmåga till uthållighet som Ryssland besatt. Landet skulle till slut besegras, det var bara en tidsfråga ansåg han.

Med en ny beslutsamhet i blicken såg han ner på klockan. Det var många timmar kvar innan mörkret infann sig, vilket kunde ge hans operatörer en taktisk fördel. Det enda som han kunde göra fram till dess var att beordra vad som fanns kvar av artilleriet att fortsätta beskjuta svenskarna.

Dumma artillerigranater kunde däremot inte göra det som små smarta drönare kunde.

Kirejevskij önskade av hela sitt hjärta att hans högre chefer skulle förmå sig till att förstå att de behövde många fler av dessa små, billiga och synnerligen effektiva dödsmaskiner. De var helt enkelt morgondagens ammunition, tillförd i dag till ett krig som utkämpades enligt gårdagens förutsättningar.

Han kunde skjuta femtio granater mot en dold bunker utan att uppnå samma resultat som en enda liten FPV-drönare kunde göra.

Den fjärrstyrda farkosten kunde lätt hitta dörren och flyga in för att sedan sprängas inne i det kompakta utrymmet. Ingen skulle överleva den smällen. Bunkern slogs därmed ut av en drönare för några tusen rubler, vilket sparade både tid, ammunition och eldrör.

De behövde med andra ord fler drönare. Många fler.

Kirejevskij var helt övertygad om att dessa små flygande tingestar var det nya slagfältets mest överlägsna vapen, på samma sätt som stridsvagnen varit hundra år tidigare.

Kapitel 10

Försvarslinjen vid Bärby, Riksväg 72
Väster om Uppsala
Kväll den 6:e maj 2017

Det intensiva regnet av ryska granater hade vid det här laget pågått under större delen av eftermiddagen. Det gjorde att de nakna åkrarna runt Bärby nu mera liknade ett sterilt månlandskap med sina kratrar av uppvräkt jord.

"Det ser ta mig fan ut som på Västfronten 1917", sa fänrik Andersson misslynt när han stack upp huvudet ur löpgraven under en av de sällsynta uppehållen i granatmonsunen.

Robert misstänkte att den tillfälliga respiten helt enkelt berodde på att de ryska kanonerna behövde fylla på med mer ammunition. Han hade för sig att han för inte så länge sedan läst att den ryska doktrinen gällande artilleriet inte ändrat sig nämnvärt de senaste hundra åren. En massiv beskjutning var med andra ord att betrakta som normal.

"Jag är böjd till att hålla med. Det är faktiskt mer likt det första världskriget än vad man kunnat ana så här sjutton år in på det nya milleniet", konstaterade Robert med ett neutralt tonfall.

Efter ett djupt andetag fortsatte han:

"Det är samma sönderskjutna ingenmansland som vid Verdun 1916 och fienden är så pass nära att vi kan se dem sticka fram skallen för att spana på oss. Det enda nya är i så fall de där drönarna, men de har vi å andra sidan inte sett till på ett tag."

Andersson duckade när en spegelreflex från ett kikarsikte blänkte till. Sekunden senare slog en surrande kula in i jordvallen där han nyss haft sitt huvud.

”1916 hade de nog inte lika bra kikarsikten som vi har i dag”, konstaterade han och blinkade jorddamm ur ögonen. ”Fast det verkar i alla fall som att Ivan för stunden har slut på sina förbannade drönare.”

”Ja, man får väl vara tacksam för det lilla”, svarade Robert stilla innan han tog en chansning för att skaffa sig en överblick på läget. Huvudet dök upp och såg sig sedan kvickt omkring innan han drog ner det i skydd igen.

”Vi håller fortsatt fältet”, sa han sedan. ”Ivan är därmed låst på sin sida av åkern. För stunden verkar ingen av oss ha den offensiva kraften att genomföra något avancerat anfall, vilket har skapat ett dödläge. Frågan är bara vem som först kommer kunna bryta det.”

Andersson sneglade upp mot himlen och tycktes för ett kort ögonblick mäta solhöjden med blicken innan han sa:

”Kan så vara, men inom en timme går solen ner. I skydd av mörkret kommer de säkert försöka igen ... troligen på någon av våra flanker. Svaret på chefens fundering är med andra ord att den ryska köttmuren på något sätt kommer att bryta dödläget och tvinga fram en avgörande strid.”

”Ryska liv betyder inget för Potemkin. För regimen i Kreml har det alltid varit så. Det finns så mycket folk i det där landet att de bara behöver kalla in nya slaktkor från någon avlägsen provins. Med andra ord får vi helt enkelt möta dem där de väljer att komma, och göra det med all vår kraft”, sa Robert stilla medan han studerade molnen.

”Ingen måne och inga stjärnor i natt”, fortsatte han sedan. ”Utan mörkerutrustning får vi svårt att se vad som händer.”

”Fast det har vi ett lite udda botemedel för”, sa fänriken glatt. ”Våra kära bönder har låtit meddela att de har dieselaggregat och strålkastare som vi kan sätta upp. När vi anar att orcherna är på ingång slår vi på ljuset och fimpar dem.”

Skrockande betraktade Robert den yngre mannen innan han svarade:

"Jag beundrar verkligen din entusiasm, Andersson. Hur länge tror du det tar innan Ivan har skjutit sönder ljuset? Om de fortsätter låta granaterna hagla ner över oss finns det inte en chans att vi kommer att ha en enda hel lampa kvar när det verkligen gäller."

Andersson kliade sig i huvudet innan han satte på sig hjälmen igen och sa:

"De kommer inte kunna skjuta sönder de portabla strålkastarna tillräckligt snabbt. Vi kommer att ha fritt skottfält, som på en tivoliskjutbana, under flera minuter. Chefen måste komma ihåg att i Ryssland uppmuntras inte egna initiativ. Det måste först gå ut en order från högre befäl innan soldaterna börjar skjuta mot strålkastarna i stället för mot oss."

En ny detonation skvallrade om att *Giatsint*-vagnarna nu fyllt på från depån och var klara att på nytt bombardera dem. Utan att sticka upp huvudet ovanför vallen spanade Robert så gott det gick över fältet. Han kunde snabbt konstatera att granaten legat ungefär femtio meter kort.

"Deras eldledare är verkligen inte den skarpaste kniven i lådan", muttrade han just som nästa explosion skickade en plym av jord och sten mot himlen runt fyrtio meter framför dem och tio meter åt höger.

"Det kan så vara. Vi bör nog ändå se till att dra oss i skydd innan de själva inser att de lider av kompetensbrist och utser någon som är mer snabbrörlig i tanken", svarade Andersson när den tredje granaten landade ungefär lika långt bort som den förra.

Hukande skyndade de fram genom löpgraven i samma stund som flera kulsprutor gick i gång på den högra flanken. Ryssarna skickade uppenbarligen fram ännu en av sina många självmordspatruller av nymobiliserade meniga, vars stora krigsuppgift helt enkelt tycktes vara att dö för fosterlandet och demoralisera de svenska försvararna.

Utan någon större ansträngning kunde Robert för sin inre syn se vad kulorna gjorde med de ryska män som hade oturen att komma i vägen.

Tyst undrade han om de ryska skyddsvästarna verkligen kunde stoppa en helmantlad kula, kaliber 7,62? Med den ökända ryska korruptionen i åtanke skulle det inte förvåna honom ifall västarna bestod av något helt annat material än kevlar och keramiska plattor. Under kriget i Georgien hade inte direkt den ryska utrustningen imponerat på omvärlden, mindes han småleende.

Något träffade jordvallen framför dem och sedan kom en dämpad puff som inte kunde härröra från något annat än en offensiv rysk handgranat.

Robert sträckte på sig och fick upp vapnet i samma stund som han upptäckte fem ryska soldater som hukande kom springande rakt emot dem, beundransvärt nog utan att lyckas utlösa någon av alla de nedgrävda personminorna. I samma andetag noterade han att samtliga soldater däremot tycktes ha hittat de utspridda gödselbarriärerna. Den fräna stanken av färsk koskit svepte in dem i en brun dimma.

Svärande sköt han snabbt tre skott på måfå och kunde glatt konstatera att han nog kunde karva in ytterligare ett streck någonstans på vapnet. En av de stinkande soldaterna stöp nämligen i marken och blev liggande i en oformlig hög.

Bredvid honom öppnade samtidigt Andersson eld, vilket sänkte ytterligare en av ryssarna. Sedan tog Robert sikte och förpassade nummer tre till en existens som nästan garanterat var bättre än den från vilken mannen kom.

Med bara två man kvar kastade sig ryssarna till marken innan ännu en handgranat kom flygande genom luften, men vinkeln var inte den bästa och missen var ett konstaterat faktum. För att återgälda omtänksamheten slet Robert fram en egen spränghandgranat som han med enkelhet lobbade över vallen. Sedan drog han snabbt ner skallen och räknade sekunderna innan en mycket tydlig detonation talade om för honom att granaten briserat.

Försiktigt tittade han upp och såg hur en av männen där borta tydligen hade fått nog. Nedhukad vände han ryggen mot de svenska befästningslinjerna och sprang för allt han förmådde tillbaka samma väg som han kommit ifrån, mot det skyddande diket längs landsvägen.

Det mannen inte tänkt på, och som var en viktig detalj i sammanhanget, var att han fortfarande bar på sitt vapen. I enlighet med folkrätten var han därför ännu att betrakta som stridande, varför Robert tog noggrant sikte och satte en varm avskedshälsning i västen på honom.

Mannen stöp som en slaktad oxe och visade sedan inga tecken på att vilja resa sig igen, varför Robert slöt sig till att det troligen var precis som han misstänkt med de ryska så kallade skyddsvästarna.

"Anfallet avvärjt", sa han till Andersson med ett nöjt tonfall i rösten.

Fänriken nickade bara till svar innan de snabbt skyndade sig bort för att inte stå kvar på samma plats som de visat sin närvaro på för eventuella ryska eldledare. På vägen genom löpgraven passerade de två hemvärnsmän som just gjorde en kulspruta eldberedd, men utan att skjuta när det inte fanns ett tydligt mål.

Utan vidare intermezzon duckade de in i ännu en välbyggd bunker. Där möttes de upp av Ray Smith som just avslutade ordergivning till två sergeanter. Männen skyndade tyst i väg innan kaptenen höjde blicken och såg på de båda hemvärnsofficerarna.

"Nå väl, kära olyckskamrater. Vi biter ifrån oss rätt bra. I alla fall med tanke på våra förutsättningar", sa Smith med en djup underliggande ton av allvar i rösten.

Sedan pekade han på två provisoriska pinnstolar innan han själv satte sig bakom ett spartanskt bord i grå plast. För några sekunder såg han på Robert innan han fortsatte:

"Mina spanare säger att ryssen troligen kommer försöka sig på ett jägarlett flankanfall så fort som solen gått ner. Vi förbereder därför några trevliga överraskningar åt dem till dess. Märk väl att jag tror att vi kommer få en jobbig natt med många anfallsförsök mot oss. Det viktiga är att vi hela tiden ser till att ligga före vår motståndare, rent planeringsmässigt. På så sätt kan vi styra striden till vår egen fördel och tillfoga fienden några riktigt svidande förluster." Han tystnade för ett ögonblick innan han sken upp och tillade:

"Jo, förresten. Det var faktiskt en rätt bra idé det där med strålkastarna. Den där lantbrukaren borde få civilmedalj när det här väl är över."

"Jag har redan gjort en notering om initiativet i krigsdag-boken", svarade Robert snabbt med en blick mot Andersson. "Om ödet råkar komma emellan och vi inte själva klarar oss för att kunna utfärda rekommendationerna kommer det i alla fall stå där. Jag är övertygad om att både ÖB och regeringen efter kriget kommer vilja belöna dem som underlättade vår kamp."

"Om vi nu bara kunde skicka fram en aggressiv bondearmé mot ryssarna. De kan till exempel få börja med att bogsera bort de där stridsvagnarna till närmaste metallåtervinning", muttrade Andersson med ett lätt sarkastiskt tonfall. "Och då tänker jag framför allt på det där förbannade bandartilleriet som leker första världskriget med oss."

"Ja gärna det. Absolut inte mig emot", svarade Smith med ett snett leende. "Det skulle onekligen bli bra på bild också, med en uppretad bonde som har en T-72 påkrokad bakom traktorn. Garanterat att *New York Times* och *Washington Post* skulle ta in den bilden på löpet. Vi kanske ska skicka fram en combatcam och ta lite reklambilder. Kommer säkert att reta upp en del höga ryssar. Lite psyops för att urholka den ryska moralen kommer bara att gynna oss, inte dem."

Här kunde faktiskt inte Robert hålla tillbaka ett elakt flin. Tanken på jovialiska bönder som stal rysk utrustning hade lite av lyteskomikens tarvliga skimmer över sig. För sin inre syn kunde han tydligt se den komiska scenen, komplett med en kortväxt ilsken rysk löjtnant som svärande kom springande efter ekipaget med viftande armar. Högt sa han:

"Nåväl. Nu när vi har skämtat på orchernas bekostnad. Vad har ni förberett för överraskningar för Saurons armé då, kapten?"

Kapitel 11

För Alexandr Babtjenko var ordern han fått solklar, helt utan utrymme för egna tolkningar: *Infiltrera den svenska försvarslinjen och döda befälen. Signalera när uppdraget är utfört.*

Tillsammans med sina tre underlydande operatörer ur den 106:e luftlandsättningsdivisionen smög sig Alexandr nu fram mot fiendens kraftfulla befästningar. Han kände en tyst inre tillfredsställelse över att de kunde utföra uppdraget i skydd av mörkret.

Efter vad han förstått av de spridda spaningsunderlagen led svenskarna nämligen brist på mörkerutrustning. Efter de senaste trettio åren av grovt eftersatt försvarsarbete var det mycket som saknades för motståndarna, men tyvärr gällde samma sak även det egna landets militär, påminde han sig med en grimas. Fast i det fallet var det korruption, snarare än bristande försvarsvilja, som var orsaken.

Enligt de senaste spaningsuppgifterna hade motståndaren förskansat sig extra hårt runt Bärby gård. Det var med andra ord högst troligt att det var just där som den framskjutna staben höll till, för att direkt och utan mellanhänder kunna leda den pågående striden. Utöver fästet vid Bärby sträckte sig sedan försvarslinjen vidare ner mot, och sedan över riksvägen, för att därefter försvinna in i skogen på andra sidan.

Man hade några timmar tidigare gjort ett tappert försök att runda försvarsbarriären genom nämnda skogsparti, bara för att där stöta på högst kvalificerade svenska jägarsoldater. Dessa slog framgångsrikt, och dessutom utan några större problem, tillbaka den ryska framstöten. Försöket hade lett till betydande egna manskapsförluster. Man tvingades därmed planera om den pågående insatsen eftersom svenskt jaktflyg med lite för stor framgång börjat angripa luftbron till Ärna.

Där hade GRU som vanligt gjort en grov missbedömning.

De ansåg nämligen att det svenska flygvapnet skulle vara utslaget inom ett dygn från det att anfallet inleddes. Givetvis var det ett önsketänkande.

Även om många Gripenplan slagits ut tillsammans med sina piloter, hade utplaceringen på de spridda vägbaserna räddat tillräckligt många plan för att svenskarna fortfarande skulle kunna ställa till problem för invasionsföretaget. Som ett resultat av detta började nu även bristen på soldater att märkas allt mer.

I det alltmer desperata läget hade man i stället börjat titta på om det gick att innästla en mindre grupp ryska operatörer via den norra flanken, för att den vägen oupptäckta kunna nå fram till fiendens stabsplats. Major Kirejevskij ansåg nämligen att om man kunde slå ut den svenska förbandsledningen i en lyckad kommandoräd, då skulle det uppstå total förvirring bland motståndarens trupper.

I det läget skulle sedan ett snabbt och beslutsamt anfall mot den svenska centern med stor trolighet bli framgångsrikt. Därefter kunde man rulla upp fronten med ett totalt ryskt genombrott som följd.

Eftersom Babtjenko blott var en enkel underofficer kunde han inte på allvar säga emot sin major. Däremot hindrade det honom inte från att för sig själv hysa vissa tvivel om huruvida svenskarna verkligen skulle låta sig bli distraherade av att några enstaka befäl sköts bort.

Allt vad han hittills sett under det korta kriget sa honom att de förekommande rapporterna om dålig moral inom den svenska krigsmakten var kraftigt överdriven retorik. Det verkade alltmer som det enbart var fabricerade lögner för att rättfärdiga deras egen bristfälliga taktik.

Det hade sagts att Sverige, som kraftigt flörtat med Nato i decennier, till slut var på väg att gå med i den Nordatlantiska försvarsalliansen. Det påstods till och med att den nuvarande svenska statsministern i hemlighet var djävulsdyrkare och tillika Führer i ett nordisk nazistparti med mål att utplåna Ryssland. Det gjorde att den militära specialoperationen mot Norden de facto var att betrakta som aktivt självförsvar.

Att svenskarna först helt oprovocerat hade skjutit ner ryskt jaktflyg som ämnade avvisa ett spionplan från det ryska luftrummet, visade med all önskvärd tydlighet på deras onda planer jämtemot Moder Ryssland. Dessutom hade man också sänkt en fredlig *Krivak*-fregatt som utfört patrullering ute på internationellt vatten i Östersjön, även det en oprovocerad attack enligt ryska RT.

Med dessa klara och i grunden oomstridda fakta i ryggen var Babtjenko helt övertygad om att den speciella militära operationen mot landet var rättfärdigad. Däremot var han som sagt inte fullt lika övertygad om avsaknaden av svensk motståndskraft.

Det senaste dygnet hade han nämligen med egna ögon fått uppleva hur beslutsamma de svenska soldaterna var att ta livet av både honom och hans kollegor. Den beslutsamheten vittnade om något helt annat än upplöst moral.

Mycket försiktigt föste han några grenar på den buske som dolde honom åt sidan. Där, kanske tio eller högst femton meter bort, såg han de otydliga grönskimrande konturerna av den svenska löpgraven i form av uppkastad jord.

Vallen var något mörkare än den svarta bakgrunden. I hans nattkikare syntes den som en stadig svartgrön skugga i den bleka svärta som utgjorde den svenska majnatten. De befann sig för närvarande cirka en halv kilometer norr om gården, just där skogen stack ut som en klack i den omkringliggande åkermarken. Här var änden på löpgraven, men de hade redan noterat att flera hotfulla skuggor, som härrörde från olika former av pansarfordon, stod strategiskt utplacerade i fortsatt nordlig riktning från befästningsverket räknat.

Att försöka sig på ett överilat flankanfall riskerade att man bara förlorade oproportionerligt många soldater, utan att man uppnådde några operativa fördelar. Dessutom skulle en sådan manöver skapa ytterligare ett problem, givet att man för närvarande hade ont om trupper. Det var bara en bråkdel av de plan som överlevde den svenska jakten som fördelades till deras stridsområde.

Huvuddelen sattes för närvarande in mot Uppsala och Stockholmsområdet där svenskarna stred med kvalificerade förband med högt tekniskt stridsvärde. Även om det ryktades att regeringen flytt från huvudstaden upprätthöll fortfarande Livgardet en hårdnackad försvarsstrid, vilket band stora mängder rysk trupp till området.

Samma sak gällde även Uppsalaområdet, vilket gjorde att det egna frontavsnittet prioriterats ner eftersom resurserna behövdes på andra platser.

Misslynt fortsatte Babtjenko att studera löpgraven genom nattkikaren.

Det skulle utan några större problem gå att smyga sig runt linjen och passera mellan det närmaste pansarfordonet och det nordligaste värnet. Fyra man kunde i det här läget visa sig vara mer slagkraftiga än en hel pluton, i och med att de smälte väl ihop med natten och kunde röra sig utan att synas eller höras. Deras kamouflage var dessutom IR-dämpande, ifall det fanns utrustning på plats som kunde upptäcka värmesignaturer i den svala nattluften.

Med några tydliga tecken visade han för sina underlydande hur de skulle göra, sedan gjorde de det utan att ett enda ord yppades. Med väl avvägda rörelser kröp de mot norr. Därmed passerades värnet på knappt tjugo meters avstånd. Efter det vek de på nytt av mot söder igen, men denna gång bakom de ovetande svenskarnas rygg.

Längtansfullt sneglade Alexandr med en blick bort mot den mörka befästningslinjen. Han ville så gärna smyga fram för att tyst och effektivt skära halsen av svenskarna som bemannade kulsprutorna. Tyvärr var deras order att gå efter cheferna, inte underhuggarna, varför Babtjenko fortsatte in i skogen.

När de kommit på tryggt avstånd från värnet samlade de ihop sig i den mörka skuggan under en yvig gran. Doften av kåda letade sig fram till Alexandrs näsa när han tog ett djupt andetag av den friska nattluften, sedan stämde han av att alla var på plats.

Vis av tidigare erfarenheter ville han säkerställa att ingen var skadad , eller halkat efter av andra orsaker. När kontrollen var klar reste han sig och började försiktigt röra sig framåt mellan träden, tätt följd av sina män.

De hade inte kommit långt innan han såg hur en ensam låga under en kort stund lyste upp ett skäggigt ansikte. Det var tydligt att en av fiendens soldater smugit till sig en liten bond-permis för att mitt under brinnande krig unna sig en cigarett.

Till och med efter det att lågan slocknat kunde Babtjenko föreställa sig hur soldaten lättjefullt blåste ut ett blåaktigt moln av stinkande cigarettrök. Med hånfullt krökta läppar tänkte han att mannen där framme just gjort ett oförlåtligt misstag. Att tända en cigg på natten, så nära fronten, var som att be om att bli dödad.

Uppenbarligen hade mannen sovit sig igenom lektionerna som behandlade uppträdande vid fronten nattetid. Det skulle bli hans sista misstag i detta krig, det var en sak som var säker.

Utan en sekunds tvekan höll han upp en knuten hand. All rörelse avstannade när gruppen gick ner på huk för att av-vakta vidare order.

Genom nattkikaren kunde Alexandr se hur cigg-mannen drog ner gylfen och ställde sig att pissa mot ett träd. Tyst funderade han på om detta var en tvångsutskriven dåre från något närbeläget hospital, för han gjorde verkligen allt fel som kunde göras fel.

Med långsamma rörelser förde han optiken från vänster till höger, men kunde inte se några tecken på en förläggning. En allvarlig min präglade Babtjenkos ansikte när han pekade på en av sina män, samtidigt som han gjorde en skärande rörelse över halsen. Det kunde inte råda någon som helst tvekan om avsikten med rörelsen. Soldaten gav honom en kort nick som bekräftelse på att han förstått. Tyst plockade han fram sitt ljuddämpade Dragunov prickskyttegevär innan han la sig till rätta på marken.

Med stor omsorg tog han sikte på den mörka siluetten invid trädstammen. När det inte längre rådde någon tvekan om utgången släppte skytten tyst ut luften ur lungorna, samtidigt som han pressade in avtryckaren.

Ett kraftigt dämpat ljud hördes när den stålmantlade kulan lämnade loppet och träffade svensken rakt i tinningen. Knäna vek sig innan mannen ljudlöst föll omkull, fortfarande med ett stadigt tag om sin *petukh*.

I flera sekunder rådde fullständig stillhet i andlös väntan för att se om någon uppmärksammat det hastiga frånfället. När inget hände skyndade två man fram till liket och drog tyst in den slappa kroppen under en gran. På så vis skulle den inte upptäckas med en gång, ifall någon av hans kamrater skulle råka passera förbi. När det var gjort fortsatte gruppen framåt.

***

Gården Bärby var stor som en mindre rysk by, konstaterade Alexandr något överraskad efter att han två gånger räknat antalet byggnader. Bägge gångerna fick han det till sjutton hus av olika typ. Fem av byggnaderna verkade tveklöst vara renodlade bostadshus av olika standard och storlek. Resten såg ut att vara förrådsbyggnader, ladugårdar och liknande underhållsbyggnader.

Den stora gårdsplanen var full av fordon, och då inte enbart militära sådana. Där fanns även en ansenlig mängd civila lastbilar, personbilar, ett par traktorer samt något som troligen varit en Harley Davidson motorcykel innan den kom i vägen för en hundratjugotvå millimeters granat.

Efter den mycket omfattande artilleribeskjutningen var gårdsplanen och den omgivande tomten täckt av nedslagskratrar. De flesta av byggnaderna och fordonen bar tydliga spår efter beskjutningen. I några fall kunde de inte betecknas som annat än fallfärdiga ruiner och utbrända vrak. Om någon haft oturen att befinna sig där när granaterna träffade hade vederbörande knappast haft en chans.

Babtjenko flyttade tillbaka fokus till gårdsplanen. Samtliga av de uppställda fordonen skulle erbjuda dem ett gott skydd från upptäckt när de smög sig närmare. För att ytterligare minska risken för oönskad uppmärksamhet hade gruppen redan delat upp sig och man närmade sig nu gården från fyra väderstreck. Om svenskarna mot förmodan stoppade en person skulle de övriga fortfarande kunna göra avsedd skada.

Genom kikaren såg Babtjenko att det fanns militär personal överallt på området, vilket gav extremt lite utrymme för misstag. Det skulle bli lite av en utmaning, men inget han inte klarat av tidigare. Av gradbeteckningarna att döma var det inga högre rankade officerare som rörde sig i närområdet. I stället såg han mest vanliga skyttesoldater, tillhörande både Hemvärnet och Flygvapnet. Däremot hade han ännu inte sett till några husarer runt de förstörda byggnaderna.

Han skulle just till att sänka kikaren när han upptäckte två män som klättrade ur ett åttahjuligt pansarfordon som stod parkerat tätt intill den stora ladugården. Med ett ondskefullt flin kunde Babtjenko konstatera att åtminstone den ena av männen var en kapten, vilket med andra ord gjorde honom till ett legitimt mål enligt ordern.

Med stort intresse följde han männens förflyttning över gårdsplanen och fram till löpgraven där de försvann ner i skydd. Över radion förmedlade han till de övriga vad han just hade sett. Sedan smög sig Babtjenko närmare efter att först ha lagt av sig det IR-dämpande överdraget och gömt det bakom en sten.

Kapitel 12

Längs Riksväg 72
Väster om Uppsala
Sen kväll den 6:e maj 2017

Den intensiva artilleribeskjutningen hade avstannat knappt en timme tidigare, varför det nu var oroväckande stilla. Lite grann som det beryktade lugnet före stormen, tänkte Robert stilla när han klev ur den parkerade *Patrian.*

Först stannade han till för att lyssna, men bortsett från en del finkalibrig eld från någon punkt längre bort längs fronten var det verkligen helt tyst.

Nästan lite *för* tyst.

Med rynkad panna och en växande oro i magen vände han sig mot Andersson som just hoppade ur pansarterrängbilen. Den yngre mannen la huvudet lite på sned för att lyssna in natten medan han ställde sig intill Robert.

"Ruskisarna har visst slutat ösa på med den tunga elden. Det var faktiskt lite av en överraskning. De har väl aldrig fått slut på ammunition, eller vad tror du?"

Andersson tog ett djupt andetag av den kyliga nattluften. Tyst betraktade han den mörka himlen med ett bekymrat uttryck i ansiktet. Efter några ögonblick fortsatte han sitt eget resonemang genom att besvara den retoriska frågan:

"Fast uppriktigt sagt tror jag inte att Saurons orcher får slut på granater i första taget. Är det något som ryssar älskar så är det att samla på saker. Det är väl därför som de har kvar gamla T55 i lager, så här sextio år senare."

Han vände sig och såg nu i stället Robert i ögonen:

"Nej, ärligt talat. Det är något annat fuffens som de har på gång. Det törs jag nog utan större risk ta gift på. Om de helt abrupt slutar skicka försenade påskhälsningar beror det med största sannolikhet på att de inte vill riskera att träffa egen trupp. Att bli dödad av vänlig eld är ett rätt förargligt sätt att kila vidare på ... även för en ryss."

Under tystnad började de i lugn takt promenera bort mot löpgraven som sträckte sig förbi gården, precis bortom den yttre tomtgränsen. Väl framme klev Robert ner för de fyra enkla trappstegen, sedan väntade han in Andersson.

När fänriken till slut stod nere i skyddet spände Robert blicken i honom när han sa:

"Fänriken tror alltså att ryssen har en infiltrationsgrupp i faggorna?"

"Ja, tyvärr. Det är jag faktiskt rätt övertygad om att de har", svarade Andersson och vände sig om.

Forskande såg han bort mot gårdsplanen de just lämnat. Sorgset noterade han bombkratrarna och de omkullvräkta fordonen, varav några ännu brann friskt och lyste upp natten medan himlen fylldes av stinkande rök. Därefter fortsatte han sin avbrutna utläggning:

"Kreml har visserligen aldrig visat någon större omsorg om sina soldater, varken nu eller tidigare. Har soldaten den stora fräckheten att gå och bli dödad, då skickar man bara fram nya ur ett aldrig sinande förråd av offerlamm som dundrar på som en levande köttmur."

Här tystnade den yngre mannen en kort stund innan han till slut tog upp tråden på nytt:

"Om man däremot är väldigt angelägen om att få fram information, ja då gäller det så klart att inte döda budbärarna innan de hunnit rapportera in vad de kan ha upptäckt. Det vore ju minst sagt försmädligt om deras spanare skulle gå och få en granat i skallen innan de fått en chans att berätta det som cheferna på andra sidan ingenmansland vill veta."

Ställd inför den yngre mannens enkla logik kunde Robert inte göra annat än hålla med. När han sträckte på huvudet och såg tillbaka mot gården kunde han som hastigast se en ensam man, iklädd m/90-uniformen. Soldaten kom just fram ur de dansande skuggorna från eldarna och hade tydligt siktet inställt på löpgraven. Fundersamt betraktade Robert den mörka figuren några ögonblick innan han slutligen sa:

"Om det är som ni tror, Andersson. Då får vi se till att vara extra uppmärksamma på vilka personer det är vi har omkring oss. Dyker det plötsligt upp ett nytt okänt ansikte måste vi försäkra oss om att det verkligen är en svensk och ingen infiltratör. Dessutom får vi nog kallt räkna med att ryssen har ett lager med svenska uniformer."

"Jag håller helt med chefen i den frågan, men det kan bli lite svårt att mitt under brinnande krig skilja agnarna från vetet", svarade Andersson fundersamt.

Utan onödig brådska började de gå längs löpgraven, bort mot den närmaste bunkern. Efter en snabb blick över axeln fortsatte Andersson, nu med lite lägre röst:

"De som Ivan skickar fram lär med största sannolikhet tala en alldeles utmärkt svenska, troligen med Stockholmsdialekt. Lika säkert kommer de också vara försedda med autentiska ID-handlingar som svårligen går att skilja från våra original-handlingar. Ryssarna är som bekant överdrivet formalistiska. Även om deras taktiska krigföring inte har ändrats nämnvärt sedan *Det Stora Fosterländska Kriget* är de noggranna vid just den bit som gäller formalia."

Han harklade sig och spottade sedan en loska över vallen innan han fortsatte sitt resonemang:

"Med det sagt lär handlingarna de visar upp med största säkerhet matcha en befintlig person i folkbokföringen, ifall vi mot förmodan skulle ha en möjlighet att kontrollera detta, vill säga."

Med dessa ord sagda kom de fram till bunkern. Fänriken väntade artigt medan Robert böjde ner huvudet och klev in i det trånga och mörka utrymme som lätt kunde mana fram klaustrofobiska känslor, även hos den mest härdade. Innan fänriken följde efter riktade han blicken mot de två soldater som stod vakt och sa:

"Ingen kommer in här som ni inte känner igen personligen. Det spelar ingen roll vilken grad personen påstår sig ha. Vet ni inte vem det är ska ni stoppa vederbörande … med våld om så är nödvändigt. Är det uppfattat?"

Den korpral som stod närmast ingången mötte Anderssons blick och svarade med en oväntat självsäker röst:

"Det är uppfattat, fänrik. Jag lovar att ingen utomstående kommer ens i närheten av den här bunkern utan att vi känner vederbörande personligen."

Andersson betraktade med allvarlig uppsyn korpralen några ögonblick innan han besvarade bekräftelsen:

"Det är gott. Här litar jag till fullo på ert goda omdöme, korpral." Andersson tystnade några sekunder innan han med ett flin tillade:

"Fast om ÖB skulle få för sig att dyka upp hoppas jag att ni inte skjuter honom."

Med de orden böjde han huvudet och följde efter Robert in i bunkerns dunkla inre.

****

Han tog en stor risk genom att improvisera på det här viset, det var Babtjenko väl medveten om, men utan risk vann man inget. Det var också en sanning som det var värt att ha med sig när kulorna började vissla runt öronen.

Med ett djupt andetag, för att dämpa den malande oron i magen, klev han ner i löpgraven och såg sig försiktigt omkring för att inte dra till sig onödig uppmärksamhet. Till höger om honom fanns ett kulsprutenäste med en ensam kulspruta 58 som bemannades av tre hemvärnssoldater.

Ett snabbt, men kritiskt granskande ögonkast på de tre sa Babtjenko att de verkade vara allt annat än uppmärksamma.

Ingen av dem hade gett honom så mycket som en endaste blick. När han vände huvudet åt andra hållet såg Babtjenko att diket sträckte ut sig på ett bekant vis. Det var lätt att få associationer tillbaka till striderna på Västfronten, hundra år tidigare. Längre hade man tydligen inte kommit, funderade han kort innan blicken svepte vidare.

Kanske trettio meter från var han befann sig såg han den bevakade ingången till en bunker.

Nyfiket betraktade han hur en av männen stannat upp. Det verkade som han sa något till vakten, men avståndet var för stort för att Babtjenko skulle ha en chans att uppfatta orden. Några sekunder senare böjde mannen på nacken innan han försvann in genom den mörka öppningen.

Utan att tveka började Babtjenko gå åt det hållet. Han var övertygad om att det skulle bli en snabb process att göra det han kommit för. Det tog inte många ögonblick innan de båda vakterna upptäckte honom. Korpralen, som nyss talat med den svenska fänriken, klev ut och höll upp en stoppande hand medan han sa:

"Skol'zkiy."

Babtjenko hörde överraskat det ryska ordet för halt. Det var på vippen att han svarade på sitt eget språk innan han i sista sekunden lyckades stoppa sig själv. I stället satte han upp ett förvånat ansiktsuttryck:

"Förlåt?"

"Hör ni illa, karl? Jag sa åt er att stanna", upprepade den till synes humorlösa korpralen barskt. Samtidigt som de hårda orden lämnade hans läppar höjde soldaten vapnet så att den hotfulla mynningen pekade rakt mot Alexandrs ansikte.

Eftersom Babtjenko i det här läget inte kände någon större lust att testa hur villig mannen var över möjligheten att få använda sin klumpiga automatkarbin stannade han lydigt, men lät avslappnat armarna hänga längs sidan av kroppen.

"Namn, grad och ärende", fortsatte vakten.

"Mats Stolpe. Löjtnant. Jag måste gå igenom försvaret av den södra flanken med kaptenen som just gick in i bunkern."

En kort tystnad uppstod, sedan sa korpralen:

"Ni har inte tillstånd att vistas här, löjtnant. Jag känner er inte och har uttryckliga order att stoppa all personal som jag inte känner. Vänligen lägg ner er legitimation på marken och backa sedan fem steg. Håll armar och händer synliga. Börjar ni dumt nog att treva efter något i fickorna skjuter jag utan någon ytterligare varning. Är det uppfattat?"

Babtjenko gnisslade tänder av missräkning, men tvingade sig att bekräfta att han förstått instruktionerna. Visserligen hade de fått svenska uniformer och vapen, men några färdiga ID-handlingar hade det inte funnits tillgängliga. Namnet Mats Stolpe hade han plockat ur luften, övertygad om att det skulle vara tillräckligt för att bereda honom fri väg fram till kaptenen och den där lilla fänriken han sett i chefens sällskap.

För att vinna tid sa han:

"Okej. Jag har mitt ID-kort i innerfickan. Jag sträcker mig långsamt efter det nu. Skjut inte."

Med försiktiga rörelser stack han in handen under vapen-rocken. Tillfredsställd kände Alexandr hur fingrarna genast nuddade vid kolven på den ljuddämpade automatpistol som satt i ett specialsytt hölster under vänster arm. Det här skulle trots allt gå bra, kände han.

Samtidigt som handen slöts runt kolven såg en självsäker Babtjenko hur Vasilij Kandinskij ljudlöst gled över kanten på löpgraven, bara några meter bakom vakterna.

De intet ont anande svenskarna var nu ordentligt klämda mellan två sköldar. De skulle med andra ord inte ha skuggan av en chans att överleva den här natten.

Synd om dem, men sådana var krigets regler.

Ett tunt och grymt leende syntes på Babtjenkos läppar när han började dra fram vapnet.

Kapitel 13

Den tysta rösten i örat sa korthugget till Peter Stedth att de ryska spanarna var under full kontroll. De utgjorde med andra ord inte längre något överhängande hot som man hade att ta hänsyn till.

Två av de fyra ryssarna var redan nedkämpade och hade precis börjat spela harpa i efterlivet. De andra befann sig inom synhåll för honom och Hannes Modahl där de stod vakt utanför bunkern.

Peters grepp om vapnet var ledigt och till synes avslappnat. Till det yttre gav han därför sken av att han var fullkomligt uttråkad av det påfrestande vaktuppdraget.

Inget kunde i detta ögonblick vara mer missvisande.

Den ryska operatören framför dem hade stoppat in handen under vapenrocken för att – som han påstod – ta fram sin legitimation. Både Modahl och han själv visste att mannens påstående var rent nonsens, avsett att vinna tid.

Det var mer troligt att han hade ett dolt vapen där, snarare än några förklarande papper. Eftersom han stod framför dem hade operatören med andra ord redan sett sin kamrat glida ner i löpgraven bakom dem, vilket fick honom att tro att de hade ett övertag mot svenskarna. På så sätt gjorde sig ryssen skyldig till flera grova missbedömningar, något som i krig betydde att man drog det kortaste strået och slutade i en anonym krigsgrav.

Att Peter till det yttre kunde hålla sig så lugn, trots att han visste att en rysk lönnmördare var på väg emot honom med dragen kniv, berodde enbart på lång träning och erfarenhet.

En erfarenhet som bland annat inhämtats under tjänstgöring i Afghanistan.

Uniformerna de för stunden bar var inte heller deras egna, utan tillfälligt lånade från ett par hemvärnsmän som villigt ställt upp när de fått höra den övergripande planen.

De båda soldaterna satt just nu på helspänn inne i bunkern där de ivrigt väntade på signalen att komma fram. Allt var en *maskirovka* som tänkts ut av kapten Smith. Andersson och Robert hade helt enkelt fått agera honungsfälla för att locka fram de ryska operatörerna, som på så vis exponerade sig själva och kunde neutraliseras.

Med andra ord tillhörde både Peter och Hannes 31. Jägarbataljonen och var en del av den omtalade *överraskningen*, något som deras ryska motståndare inte skulle vänta sig. Det krävdes helt enkelt ett stort mått av bedrägeri för att lura en bedragare att tro att han lurat motparten innan han själv gick i fällan.

Rösten i örat sa lugnt och sakligt:

"En meter, furir."

"Kontakt."

Peter sa detta enda ord högt och tydligt. Han kunde inte ens för en sekund känna den minsta empati för de båda män som frivilligt skrivit under sina egna dödsdomar genom att komma hit. Det fanns alltid ett val ... och de hade gjort fel.

Snabbt snodde han runt och stötte in den bajonettförsedda pipan på AK4:an djupt i ryssens oskyddade mage. Det vassa bladet hade inga som helst problem med att skära sig igenom muskler, kött och senor.

Mannen var helt oförberedd på anfallet. Väsande for luften ur honom innan den kraftlösa handen släppte greppet om den svarta kniven. Oförstående vände han blicken nedåt och stirrade med stora ögon på bajonetten som var inkörd ända till parerstången i hans kropp.

Utan att visa någon barmhärtighet vred Peter runt vapnet med ett knyck, varpå blodkärlen slets upp när såret vidgades. Bakom sig hörde han i samma stund tre snabba skott från Hannes automatkarbin när den sista motståndaren föll.

Med lugn tillfredsställelse tog Peter ett steg bakåt och drog med ett sugande ljud ut bajonetten ur motståndarens mage. Benen på den ryska spetsnazoperatören vek sig i slow motion när han döende föll omkull i leran, fortfarande ur stånd att fatta att han överlistats av en svensk helgsoldat.

Ur bunkern stormade nu kapten Liss och fänrik Andersson med vapnen skjutklara. De var fullt beredda på att möta vilket hot som helst, men insåg omgående att detta låg ordentligt eliminerat på den leriga marken.

Tätt bakom dem följde de bägge hemvärnsmännen som såg sig stridslystet omkring, bara för att inse att husarerna redan gjort grovjobbet åt dem. Hannes gick fram till den skjutna ryssen som trott sig kunna smita förbi dem. Med van hand sökte han igenom kroppen och drog fram radion, innan han på ryska sa:

"De svenska befälen har avrättats, kamrat. Ni kan inleda anfallet."

Med det sagt slängde han nonchalant ifrån sig radion på den döda kroppen. Efter en snabb blick på Robert lutade sig samtliga mot jordvallen och spanade bort över fältet. Nu var det bara att vänta på den ryska framstöt som skulle gå rakt in i den omsorgsfullt planerade fällan.

Det tog inte många ögonblick innan den tillfälligt pausade striden blossade upp på nytt. Det skedde efter att den första omgången av *mobikis* trampade rakt in bland de nyligen uppsatta försåten i form av truppminor, vilka spred tjutande död och förintelse bland de ryska spenderbara stridsparen.

Det var ett helvete som målades upp i ingenmanslandet. En syn som plågsamt nog för alltid skulle dröja sig kvar på de inblandades näthinnor.

***

En bländande blixt, som omedelbart följdes av en häftig knall och ett moln av eld och rök lyste upp natten. Det hela var en följd av att en rysk T-72 stridsvagn gick på en svensk stridsvagnsmina 6.

Robert tyckte sig i ljuset från slagfältets eld ana hur tornet slungades mot den svarta natthimlen. Vaksamt försökte han följa dess bana för att försäkra sig om att han inte befann sig på samma koordinater som tornet när det slutligen åter fick markkontakt.

Nu visade det sig inte vara någon fara med just den saken, eftersom trögheten i systemet gjorde att tornets wobblande färd genom luften gick snett bakåt, in bland de egna leden. Förhoppningsvis förstörde återinträdet av det flera ton tunga tornet dagen för en eller flera av deras oinbjudna besökare.

Samtidigt mindes han den ryska general som en gång surt sagt till en amerikansk kollega, som kommenterat det hela, att de tornlösa stridsvagnarna efter Irakkriget var ett resultat av sämre exportvagnar.

Hur det nu än förhöll sig med den saken, tänkte Robert roat, hade den amerikanska generalen fått rätt. De senaste dagarnas strider visade att även de egna stridsvagnarna hade en tendens att förlora sina torn på ett spektakulärt vis när ammunitionen hastigt antändes vid träff.

När han återigen tittade framåt såg han tre ryska soldater som på något förunderligt vis lyckats klara sig över fältet utan att möta vare sig kulor eller mineringar. I samma ögonblick som han upptäckte dem hoppade tätmannen ner i löpgraven, bara några meter från där han själv befann sig.

För att inte utgöra ett stort frestande mål för motståndaren att rikta sin Kalasjnikov mot tryckte sig Robert mot den leriga jordväggen. Irriterat kände han hur några smulor av grusig jord skavande letade sig in under kragen.

Ryssarna var på väg rakt emot honom. Det var tydligt att de inte upptäckt faran som väntade framför dem. Utan att tveka klev Robert fram ur skuggorna och sköt den första mannen rakt i bröstet från endast några meters avstånd.

Instinktivt duckade mannens kamrat fegt bakom kroppen. Frenetiskt försökte han hålla den upprätt, för att på så vis kunna skydda sig själv. Tyvärr var Robert inte på humör för några kurragömmalekar. I stället för att slösa ytterligare kulor på den mänskliga skölden slet han fram en av sina sista handgranater från stridsvästen.

Med en väl inövad rörelse lobbade han granaten i en ballistisk bana mot de båda kvarvarande ryssarna.

Granaten slog i jordvallen och studsade därefter snett in mot motståndarna innan den detonerade med en ljudlig knall som fick öronen att ringa. Trycket från detonationen kändes i både huvud och bröst, trots att han kastat sig till marken i samma stund som granaten lämnat hans hand. När Robert såg upp kunde han ögonblickligen konstatera att faran från just den här ryska fraktionen för stunden var över.

Det var ingen vacker syn som mötte hans sökande blick. Granaten hade detonerat mellan den döda mannen och hans kamrat. Med sina nittio gram av högexplosiv hexotol spred detonationen vasst stålsplitter omkring sig, tillsammans med över två hundra små stålkulor.

Blodet från de sönderslitna kropparna talade sitt tydliga och mycket grafiska språk, varför Robert med en sur grimas vände bort blicken. De döda var döda och utgjorde inte längre något existentiellt hot mot vare sig honom eller hans män. Nu gällde det i stället att inrikta sig på de ännu levande orcherna och försöka deaktivera även dem.

Ett tydligt fräsande från ett pansarskott hördes genom natten. Direkt därpå träffades ett ryskt APC-fordon i sidan, vilket ledde till att Potemkin och Kremls räknenissar skulle bli tvungna att totalavskriva både den undermåliga BTR-80:an som dess olyckliga besättning.

Elden från det brinnande fordonet, tillsammans med andra utslagna ryska vagnar, lyste upp natten med sina dansande lågor. Det var en natt som åter igen genljöd av skottlossning, skrik och dånande explosioner.

Fältet framför skyttegraven var som en visuell försmak av det vederstyggliga Helvete som enligt Dante sades vänta på de oförbätterliga syndarna. Dessutom med samtliga de sju kretsarna samlade på ett och samma ställe. Det var inte helt utan skadeglädje som Robert tänkte att Ivan och hans vänner på detta sätt fick en försmak på vad som väntade om de inte genast la ner sina vapen och gav upp.

I Sverige väntade bara död och lidande dem som objudna slog in dörren, tänkte han syrligt.

Tyvärr var det lite av en utopi att Ryssland skulle lägga ner sina vapen frivilligt. Åtminstone var det något som inte skulle ske så länge som den illegitima så kallade presidenten ... Vladimir Potemkin, andades där borta i Moskva, eller var han nu gömde sig.

Den lilla diktatorn, som själv var livrädd för att utsättas för ett mordförsök, hade inga planer på att lägga ner vapnen så länge som inte hela Europa var besegrat. Dessutom hade han ett nästan outtömligt förråd av bondpojkar från någon av de ryska provinserna att mobilisera.

Ryssland kunde utan problem kalla in hundratusentals män till krigstjänst. Undersåtar som sedan utan tvekan skickades in i den köttkvarn som skulle komma att symbolisera Europa så snart som Norden fallit under den ryska stöveln. Ännu en gång tänkte Robert osökt på de många likheterna mellan nutidens tsar Potemkin och Nazitysklands Führer Hitler. De var bägge två små män med orealistiska stormaktsdrömmar som andra var tvungna att dö för att infria.

Ännu ett ryskt pansarskyttefordon gick på en dold mina. Tydligen hade några särskilt dumdristiga soldater kommit på den geniala idén att färdas oskyddade ovanpå chassit. Robert kunde nämligen svära på att han i eldskenet såg två kroppar som slungades i väg som trasdockor från vraket. Sekunden senare blev han helt säker på sin sak när en illa tilltygad kropp brakade ner i marken bara några meter framför värnet.

Med en grimas av avsmak etsad i ansiktet betraktade han det svårt sargade liket. Det var i det här läget högst tveksamt om ens mannens mor skulle kunna identifiera sin son, med tanke på hur han såg ut nu.

Större delen av ansiktet saknades efter explosionen. Där det en gång suttit fanns i stället ett taggigt och ojämnt hål rakt in i kraniet. Det gick inte att avgöra vad som orsakat skadan, även om det såg ut som skallen träffats av en lossliten plåt.

Tack vare den brutna nacken låg dessutom huvudet böjt i en helt omöjlig vinkel. Om mannen på något märkligt vis hade varit vid liv skulle han därför utan problem kunnat studera sitt eget skulderparti, utan hjälp av någon spegel.

Kroppens eländiga skick sände rysningar genom Robert och påminde honom om något som var hämtat ur en ovanligt grafisk skräckfilm, vilken behandlade planetens undergång till följd av människans samlade dårskap.

Skillnaden var bara att det här var den grymma verklighet där sanningen alltid överträffade dikten.

Krig förde som vanligt med sig fruktansvärda konsekvenser för de människor som utsattes för dess vansinne, kunde han dystert konstatera. Människokroppen var otroligt skör och kunde alltför lätt tillfogas de mest horribla skador.

Med dessa tankar studsande runt i skallen tog han sig ur den tillfälliga förlamningen och sköt en salva mot några ryska soldater som kom rusande åt helt fel håll. En av dem föll platt medan kamraterna tvärstannade, förskräckt stirrande på den fallna mannen. Männen såg ut som att de blivit förhäxade där de lamslagna stod fastfrusna mitt i kulregnet. Efter flera sekunder av total inaktivitet vände de och började med långa kliv springa tillbaka samma väg som de kommit.

Först trodde Robert att de till slut fått nog av dårskapen, men snart insåg han att alla ryssar över hela fronten gjorde en totalomvändning och flydde tillbaka till de egna linjerna så fort som benen bar dem.

Snart upphörde skottlossningen helt. En olycksbådande och illavarslande tystnad spred sig över det sargade slagfältet.

Kapitel 14

Längs Riksväg 72
Väster om Uppsala
Tidig morgon 7:e maj 2017

Diset som hängde likt ett tjockt täcke över det söndertrasade slagfältet gjorde sikten i det närmaste obefintlig.

De enstaka kvarvarande bränderna blandade sin gråsvarta stinkande rök med de redan tunga sjoken av våt dimma, vilket ytterligare bidrog till den usla sikten.

Robert sänkte tveksamt kikaren innan han motvilligt drog ner skallen till den något större trygghet som trots allt rådde bakom det hastigt grävda värnets sandsäcksbetäckta krön. Oroat höll han upp en darrande hand framför ansiktet medan han knöt näven, men darrningarna kvarstod när han på nytt rätade ut fingrarna.

Sorgset insåg han att de senaste dygnens konstanta stress och brist på sömn slutligen höll på att ta ut sin tribut. Med ett djupt och något väsande andetag drog Robert in den kyliga morgonluften i lungorna. Hans förhoppning var att på så vis försöka få sina trasiga nerver under någorlunda kontroll igen.

Som genom ett under hade han klarat de senaste dygnens intensiva strider utan så mycket som en skråma, vilket inte var alla förunnat. Det var tydligt att hans nummer ännu inte hade kommit upp i Dödens grymma tombola. Dessutom - om hans slutgiltiga baneman dröjde sig kvar någonstans där ute, dold i det av dimma och rök inhöljda ingenmansland som skapats under striderna, då var hans öde i vilket fall som helst redan beseglat.

I slutänden handlade allt om vilka grymma planer som Ödet och dess budbärare, den obarmhärtiga Liemannen, hade för honom, resonerade Robert pragmatiskt.

Om det redan nu fanns en förutbestämd kula med hans namn på, ja då skulle denna trots allt till slut hitta sin väg fram till målet. I det fallet spelade det ingen roll vad han gjorde. Det var med andra ord ingen idé att oroa sig över sånt han inte kunde styra över.

Ödet var trots allt något mycket större än människans eviga och futtiga käbblande. Det var Ödet som bestämde balansen i universum. Därmed var det bara att lugnt foga sig i dess vilja. Döden var trots allt bara en passage från en existens till en annan. Frågan var väl bara i vilken form som Liemannen skulle komma och hälsa på.

Antingen kunde det vara en snabb visit där han aldrig hann reagera på vad det var som hände innan han överraskat skulle stå framför den omtalade Pärleporten. Eller i det motsatta fallet, en utdragen och plågsam död, fylld av ångest innan lidandet slutligen var över.

Han huttrade och slog armarna omkring sig i en åkarbrasa för att försöka få upp någon form av värme i kroppen. Den gångna natten hade varit förbannat kall, faktiskt alltför kall för Roberts smak eftersom det trots allt var i början av maj.

Maj var en månad som han normalt sett förknippade med solsken, knoppande björkar och ljuvlig vårvärme. Inte som nu när temperaturen endast marginellt låg lite över nollgradersstrecket. Kyla var definitivt inte något han föredrog under de rådande omständigheterna. Även för en härdad nordbo var kyla något som gjorde att den mänskliga kroppen fungerade sämre.

"Åtminstone gör *min* kropp det", muttrade Robert tyst, samtidigt som han gned de iskalla händerna mot varandra för att försöka få i gång blodcirkulationen.

Medan han gjorde vad han kunde för att försöka hålla sig varm betraktade han bekymrat en blodig och smutsig fänrik Andersson. Den yngre kamraten satt på ett ihoprullat – inte vikt - liggunderlag på marken. Avslappnat lutade han ryggen mot jordvallen, som om det inte fanns ett enda bekymmer i hela världen som hemsökte honom. När Andersson kände Roberts forskande blickar på sig lyfte han trött på huvudet. På något sätt lyckades fänriken få till ett skevt leende innan han med släpigt tonfall sa:

"Den här natten kommer jag sent att glömma, eller vad säger du, kompis?"

"Jag tror inte att någon som har varit med i natt någonsin kommer att glömma det här", svarade Robert innan han själv satte sig ner.

Det tog några evighetslånga ögonblick innan han fortsatte med orden:

"Ändå är det just att glömma skiten som jag helst av allt vill göra. Ordet *posttraumatisk stress* har fått en helt ny innebörd för mig under de senaste dagarna."

Med de orden tystnade han och såg i stället tomt ut i luften, tillfälligt fångad av minnet från natten som de just tagit sig igenom.

Gång på gång hade ryssarna försökt ta sig över det öppna fält som Robert tänkte på som *Ingenmansland*, med stor bokstav. Gång på gång hade svenskarna slagit dem tillbaka med stora ryska manskapsförluster som följd.

Samtidigt hade husarerna från 31. Jägarbataljonen jagat de ryska soldaterna som skotträdda hundar bakom deras egna försvarslinjer. Fienden skulle inte ha en chans att känna sig säker någonstans, resonerade man och genomförde svensk jägarstrid med gott resultat.

Nu hade larmet alltså till slut bedarrat. Det verkade därmed som att ingen sida längre hade någon offensiv kraft kvar för att genomföra ännu ett anfall.

Förvånat insåg han att inte ens finkalibrig eldgivning längre hördes. Tystnaden var på så vis öronbedövande, vilket väckte oväntade olustkänslor inom honom.

Efter de gångna dygnens strider hade explosioner, skrik och skottlossning blivit det nya normala. Dessa ekon vibrerade fortfarande inom honom, vilket fick den oväntade tystnaden att kännas skrämmande.

Nu hördes inte ens skogens fåglar sjunga den nya dagens välkomstfanfar. Inte heller hördes några syrsor spela i det lilla gräs som till äventyrs fanns kvar. Det var som att naturen själv höll andan i avvaktan på vad de galna små människorna skulle ta sig till härnäst.

Robert slet trött av sig hjälmen, tillsammans med de aktiva hörselkåporna. För några ögonblick slöt han ögonen och vände ansiktet mot den uppstigande solen, sedan andades han ut med en djup suck.

Uppgiven drog Robert handen genom det toviga håret innan han på nytt tittade på fänriken. Andersson hade slutit ögonen och det såg ut som han satt och mediterade. Robert skulle just till att fråga om han somnat när fänriken med ens tittade upp och såg på honom med uppspärrade ögon. Med oro i rösten sa han:

"Har inte ryssjävlarna varit otäckt stilla lite väl länge nu? Jag var så glad över andrummet att jag inte tänkte på att tiden gick. Kan de ha något nytt djävulskap på gång tro?"

Med oron tydligt ristad i ansiktet nickade Robert stilla.

Kollegan hade faktiskt helt rätt. Ryssarna *hade* varit tysta i närmare en timme nu, vilket var en respit som de sönderhamrade försvararna tacksamt och utan vidare eftertanke tagit emot. Alla var vid det här laget till bristningsgränsen trötta och skulle behöva roteras ut för att stridsvärdet skulle bestå. Tyvärr hade inga ytterligare förstärkningar anlänt efter det att husarerna sent om side slutligen lyckats ta sig fram till deras positioner.

Av den anledningen hade varken Robert eller någon annan orkat reflektera över det välkomna stridsavbrottet.

Oroligt la han huvudet lite på sned och lyssnade efter några tecken som kunde tyda på att fienden var i antågande. På något sätt var faktiskt den tryckande tystnaden nästan mer skrämmande än vad den blodiga striden varit.

När kulorna piskade sönder luften runt omkring dem likt en intensiv hagelstorm, då visste man i alla fall var man hade fienden. Däremot kunde ryssen vara var som helst när de höll sig stilla. Det kändes för Robert som det berömda talesättet om lugnet före stormen. En storm som riskerade att krossa dem, påminde han sig själv innan han riktade blicken mot fänriken igen.

"Har vi fått några nya spaningsrapporter? Något som kan ge oss en fingervisning om vad fi egentligen sysslar med?"

Andersson ryckte på axlarna innan han vinkade till sig en sergeant och upprepade frågan. Med en uttryckslös min i ansiktet nickade mannen och sa:

"Ja, fänrik. Vår framskjutna spaning meddelade precis att Ivan verkar dragit sig tillbaka från sina främsta linjer. Femte plutonen rapporterade alldeles nyss stridskänning med några enstaka ryska förband i höjd med Långtibble, öster om vår nuvarande position."

Sergeanten harklade sig och svalde innan han fortsatte:

"Det verkar därmed som att ryssen av någon för mig okänd anledning tillfälligt håller på att dra sig ur striden. I stället för att driva på framåt verkar de märkligt nog retirera. Ett resolut anfall till och de kunde ha brutit igenom. Jag vet inte varför ruskisarna inte griper den möjligheten, men jag klagar inte."

Robert stelnade till när en hemsk tanke plötsligt slog sina klor i honom. Det hela handlade egentligen om en gammal strategi som lärts ut på officershögskolan under sextiotalet, men som det talats tyst om under de senaste fyrtio åren av konstant nedrustning.

Skräckslaget tittade han på sergeanten. I ett tonfall som var mycket mer aggressivt än vad han tänkt sig utbrast Robert sedan:

"Vad i helvete är det du säger, karl?"

Med ens skelade mannen med blicken mellan fänriken och kaptenen, medan han nervöst drog efter andan för att i en defensiv ton svara:

"Ja, alltså ... fienden har oväntat dragit sig ur stridskänning. De retirerar också i tämligen god ordning från sina tidigare befästningar, kapten."

Robert kom hastigt på fötter och famlade klumpigt efter hjälmen innan han med skärrad röst utbrast:

"Satan i gatan, gubbar och kärringar. Att fienden drar sig tillbaka minst fem hundra meter från fronten kan i värsta fall betyda att de med omedelbar verkan förbereder sig för insats med CBRN-stridsmedel. Har ni verkligen inte fått lära er det under er utbildning? Ingen som ens kommit på tanken att en liten taktisk kärnladdning på, låt oss säga hundra ton, har en radie på stötvågen som sträcker sig cirka fem hundra meter?"

Nu såg den luggslitna sergeanten extremt olycklig ut och skruvade besvärat på sig. Det var helt uppenbart att mannen för stunden önskade att han befann sig på en helt annan plats än inför denna ilskna kapten.

"Men alltså, jag trodde bara de omgrupperade ..."

"Ja, det kan mycket väl vara just det som de gör. De har onekligen tagit en del mycket tunga förluster. Varje militär befälhavare med något så när förstånd i behåll ser till att ge sina män vila och ny glöd efter något sånt här."

Han gjorde en kort andhämtningspaus och sa sedan:

"Fast om de drar sig bort från fronten kan de också ha helt andra avsikter och vi har inte råd att chansa."

Robert tystnade på nytt, som för att med sin tystnad på allvar understryka vikten i det han sa, sedan fortsatta han:

"De ryska officerarna har offrat betydligt mer än bara blod, svett och tårar för att ta sig över den där åkerplätten under natten", han gjorde en menande gest med huvudet mot det dimtäckta ingenmanslandet och fortsatte därefter:

"Jag törs lova att inte ens den mest fascistiska versionen av Potemkin kan stå upp inför det ryska folket och säga att man vann striden genom att ta kål på både oss och sina egna trupper genom insats av taktiska kärnvapen. Nu har vi ingen tid att förlora. Beordra genast full stridsberedskap. Här måste vi med alla tillgängliga medel ta initiativet innan fienden gör det, och göra det med våra sista kvarvarande krafter."

Här såg den olyckliga sergeanten genast sin chans att kvickt komma undan en möjlig reprimand. Han var därför snabb med att bekräfta ordern innan han skyndsamt försvann bort för att förmedla vad som sagts till de närmaste männen.

Under tiden anropade Robert ivrigt bataljonsstaben för att meddela att ryssarna eventuellt förberedde sig för insats med massförstörelsevapen. Nu var varje sekund dyrbar om de inte ville råka befinna sig i vägen för en taktisk rysk kärnladdning, eller möjligen en insats av stridsgas. Den senare varianten var visserligen lättare att överleva än den förra, men samtidigt skulle deras förmåga att effektivt verka i striden sättas ner högst väsentligt. Just den nedsatta förmågan var något som alla som arbetat med skyddsmask och heltäckande klädsel kunde intyga.

Med en innerlig bön till högre makt hoppades Robert att det här var en av de gånger som han faktiskt hade fel, och inte som på ön *Båtharen* i höstas. Där hade han trots allt haft fruktansvärt rätt i sina misstankar. Med handen på hjärtat, så här ett halvår senare, hade han nog ändå haft mer tur än skicklighet den gången.

Hoppet var att ryssen verkligen bara drog sig tillbaka för att omgruppera och få sina sönderslagna förband att fungera igen, med en ny och tydlig ledarstruktur. Däremot var det en inre röst som sa honom att situationen var betydligt mycket allvarligare än så. Att det som nu höll på att ske låg närmare höstens *Båtharen*-incident än vad han ville medge.

Bataljonsstaben i Enköping meddelade nästan omgående att ytterligare förstärkningar, i form av mobiliserad personal, var på gång. Däremot skulle de behöva hålla ut minst ett dygn till innan de första av de nya resurserna kunde sättas in.

Samtidigt uppmanades de att göra allt som stod i deras makt för att upprätthålla en nära stridskontakt med fienden. Ledningen delade nämligen Roberts analys om att reträtten troligen innebar en omedelbart förestående insats av någon form av massförstörelsevapen. Eftersom vinden låg på från öster var gas det troligaste alternativet, då risken att själv drabbas var minimal.

Nu gällde det bara att hoppas på att de varit tillräckligt snabba och hunnit reagera i tid.

Kapitel 15

Längs Riksväg 72
Väster om Uppsala
Tidig morgon 7:e maj 2017

Inom bara några minuter, från det att ordern om den hastiga framstöten givits, kunde man höra det vibrerande mullret från åtskilliga tunga dieselmotorer.

Ett tiotal väl kamouflerade pansarterrängbilar startade upp från sina skyddade ställningar bakom de hastigt uppslängda jordvallar som utgjorde improviserade stötvågsskydd runt fordonen. En efter en kom de fram från grupperingsplatserna kring den vid det här laget kraftigt sönderskjutna gården.

En grupp leriga skyttesoldater från 213:e kompaniet kom nedhukade rusande över den ärrade gårdsplanen. De många kratrarna tvingade dem att sick-sacka sig fram innan de dök ner i löpgraven, för att slutligen stanna upp vid jordbunkern. En medelålders löjtnant, märkt av nattens intensiva strider, anmälde sig med en bister min till Robert och Andersson.

”Kapten, löjtnant Moseson med sju soldater anmäler sig.”

”Det är gott, löjtnant.”

Robert mötte den andre mannens intensiva blick och fortsatte sedan:

”Som tidigare sagts finns det en omedelbart överhängande risk att vår skrupelfria fiende förbereder insats av någon form av CBRN-stridsmedel. Den misstanken grundar jag på det faktum att de oväntat dragit sig ur stridskänning och börjat retirera minst fem hundra meter tillbaka österut.”

Här pekade Robert med hela handen i sagda riktning innan han skärpte tonen i rösten:

”Vårt jobb blir därför att skyndsamt återupprätta tät strids-kontakt med de ryska styrkorna, för att därmed hindra dem från att genomföra insats av nukleär eller kemisk karaktär. Av den anledningen inleder vi vårt skoningslösa motanfall med omedelbar verkan. Alla medel inom krigets lagar är tillåtna för att bekämpa fienden. Det är av allra högsta prioritet att vi förhindrar dem från att sätta in de här vapnen, som vi vet att de förfogar över. Är ordern uppfattad, löjtnant Moseson?"

"Ja, kapten. Det är jävligt uppfattat."

Mannen sträckte omedvetet på sig när han sa orden:

"Vi ska skyndsamt återupprätta vår stridskontakt med fi, för att på så vis förhindra att han sätter in CBRN-stridsmedel. Alla medel tillåtna för att förhindra fi's fortsatta reträtt från riskområdet. Jag lovar er kapten. Vi kommer jaga orcherna hela vägen tillbaka till Moskva, om det är vad som krävs för att freda vårt territorium,"

Löjtnanten mötte Roberts allvarliga blick innan han vände på klacken för att skynda tillbaka till sina väntande soldater. Samtidigt med honom lämnade också de första pansarfordonen området.

I hög fart körde de ut på det dimhöljda fält som ofelbart fick Robert att tänka på ett annat fält, även det höljt i dimma, utanför den tyska staden Lützen år 1632.

Den gången hade Sverige förlorat sin kung, men trots det vunnit slaget. Vem som skulle vinna det här slaget stod däremot fortfarande skrivet i stjärnorna, men Ödet hade en viss vana att belöna den driftigaste spelaren. Inte för att Robert kände att han kunde jämföra sig med Blå Brigadens chef, Gustaf Horn, däremot skulle de nu slå direkt mot den ryska centern, utan att ha full kännedom om vilka förstärkningar som ryssarna kunnat tillföra de senaste timmarna.

Fast det var så klart. Efter vad han sett under de senaste dygnen tycktes inte heller ryssarnas chef kunna jämföra sig med den kejserliga arméns generalissimus, Albrecht von Wallenstein. Den fyrtionioårige Wallenstein var under den tiden ansedd som en av de främsta militära ledarna i Europa.

Däremot stred han med en utdaterad militär strategi som vid Lützen kom att ställas mot den nya tidens svenska krigsföring. Det var små snabba och lättrörliga svenska förband mot stora trögrörliga tertier av pikenerare och musketörer.

Han hoppades att de nu, nästan fyra århundraden senare, skulle kunna upprepa Blå Brigadens framgångsrika koncept vid Lützen i en modern tappning.

När allt kom omkring var ändå svenskarna, trots sina höga förluster, i allra högsta grad fortfarande med i matchen. Den föregående nattens exempellöst hårda strider hade satt sina tydliga spår, men samtidigt hade det oprovocerade anfallet odlat fram ett svårtämjt skandinaviskt ursinne hos alla de som överlevt.

Det var det ursinnet som nu, i en sista kraftansträngning, skulle kanaliseras mot den urgamla fienden från öster. Det fanns nog inget som motiverade en människa så bra som att behöva strida för den egna hembygden i enlighet med den gamla karolinska andan, tänkte Robert för sig själv när han såg hur soldaterna försvann bort i den tjocka smogen.

Det redan hårda greppet om automatkarbinen hårdnade ytterligare när Robert till slut klättrade upp ur löpgraven, tätt följd av fänrik Andersson. När en pansarterrängbil passerade dem tog de betäckning bakom den medan de rörde sig fram mot de övergivna ryska linjerna. Med ens kände han sig tacksam mot dimman som skyddade dem från ryska drönares allseende ögon.

Bonden som varit behjälplig vid grävandet av löpgravarna hade innan krigsutbrottet hunnit med att plöja marken, men tack vare den kyliga våren var det ännu ingen gröda som kommit upp ur jorden. Det var kanske lika bra det, tänkte Robert bittert när han sparkade till en halvfrusen jordkoka. Den omkringliggande marken var vid det här laget troligen till bristningsgränsen fylld av allehanda OXA, eller oexploderad ammunition och minor. När kriget var slut skulle man tvingas till riskfylld minröjning innan bönderna kunde börja bearbeta jorden. De som inte ville vänta skulle gå till jobbet med fara för sitt eget liv.

Med andra ord skulle det nog inte bli någon vidare skörd att tala om på ett bra tag – oavsett utgången av den fortsatta striden. Krig var på alla sätt en katastrof som alltid följdes av humanitärt lidande.

Han såg sig omkring över fältet. Var än som blicken landade såg han sargade döda kroppar från ryska soldater som aldrig tagit sig längre än till den plats där de dött. Han såg även rikliga mängder av ännu brinnande, eller redan helt utbrända pansarfordon och bombkratrar.

Fundersamt kunde han inte låta bli att tänka över om det här totala vansinnet hade kunnat undvikas om landet varit medlemmar i Nato? Sossarnas hårdnackade motstånd hade ända sedan EU-inträdet mest varit en kuliss. Den byggde på en gammal unken politisk utopi som sa att alliansfriheten hade tjänat Sverige väl.

Vilken alliansfrihet var det förresten som man omhuldade så, undrade han missmodigt? Trots allt fanns en gemensam säkerhetspolitik för EU-länderna i det så kallade Lissabon-fördraget. Även om skrivelsen inte hade samma tyngd som Natos artikel 5, var det ändå tillräckligt för att man inte längre kunde tala om någon alliansfrihet. Det naturliga steget borde därför ha varit att efter EU-inträdet även sett till att ansöka om Natomedlemskap.

Med artikel 5 i ryggen var Robert nämligen övertygad om att det här kriget aldrig hade kommit längre än till planerings-stadiet.

Potemkin var visserligen en maktgalen diktator med en kraftigt uppblåst självbild, men till och med han förstod att inte utmana den starka försvarspakt som symboliserade det Nordatlantiska fördraget. USA och EU hade tillsammans en BNP som var tjugofem gånger större än Rysslands. Samtidigt förfogade man över en förmåga till uthållig krigföring som skulle nöta ner den ryska motsvarigheten på några månader. Att utmana denna övermakt utan att ha ett ess i rockärmen var liktydigt med självmord, vilket Potemkin borde vara högst medveten om.

Frågan var därför om det verkligen fanns ett fungerande ess de ännu inte sett, eller om även det var en Potemkin-kuliss, effektivt eroderad av rysk korruption.

Trots detta var det nu ändå bara en tidsfråga innan Natos soldater skulle komma att möta de ryska i strid. Något sade däremot Robert att galningen i Kreml nog ville skjuta den tidpunkten framför sig så länge som det bara var möjligt. Att behärska Sverige och Finland skulle avsevärt stärka Rysslands kort och göra Norge och Danmark extremt utsatta för ryska aggressioner, oavsett vad artikel 5 sa.

Samtidigt som Norden föll var Baltikum näst intill omöjligt att försvara på ett militärstrategiskt effektivt sätt. Därmed skulle de båda Natoländerna Lettland och Litauen falla nästan omgående.

De passerade ännu ett utbränt pansarfordon som Robert med viss möda identifierade som en pansarterrängbil 203 A.

Halvvägs ut genom en öppen stridslucka hängde en illa bränd kropp, tillhörande en svensk soldat. På marken intill låg ytterligare två trasiga kroppar med Livregementets korslagda sablar mot de tre kronorna på kragspegeln.

Minen i ansiktet hårdnade ytterligare när Robert såg detta. Allt det här var så onödigt. Kriget skulle otvivelaktigt dränera den kommande generationen på ofantligt många resurser, vilka det skulle ta lång tid att ersätta.

Kanske var det så att det var de döda som på sätt och vis var de lyckosamma i detta helvete som just nu skapades på Jorden? För dem var trots allt lidandet över, medan det för alla andra just hade börjat.

Erfarenheterna från tidigare mänskliga konflikter sa dessutom att lidandet inte automatiskt var över bara för att den omhuldade freden kom. Det var bara omständigheterna på plats som ändrades. Alla minnen och fysiska och psykiska handikapp bestod när landet skulle byggas upp … naturligtvis förutsatt att man lyckades besegra ryssarna. Annars var det ockupationens misär som väntade med förföljelser, mord och våldtäkter.

Ännu ett utbränt och totalavskrivet stridsfordon dök upp ur röken. Denna gång var det en ryss, även om han inte kunde namnge modellen. Robert såg hålet i tornet där den pansarbrytande granaten träffat. Inom sig rös han.

Hur kändes det egentligen att vara instängd som en sardin i en bräcklig konservburk när den träffades av en modern pilprojektil eller RSV-laddning?

Hann man känna något, eller var döden ögonblicklig? Inom sig hoppades han på det senare. Inte ens de ryska män som anfallit hans land förtjänade att dö en så hemsk död som det innebar att brännas levande. Då var det trots allt bättre att lampan tvärslocknade. På så sätt kunde de börja förhandla med vilken högre makt de nu trodde på, för att få tillbringa återstoden av evigheten i ljus och värme … eller skulle de kanske tvingas ner på bottenvåningen, funderade han vidare.

Någonstans framför dem hördes med ens ett vid det här laget alltför välbekant ljud eka över fältet. Ett ljud som Robert på alla sätt lärt sig att frukta. Över radion ropade någon högt, med gäll skräckslagen röst.

"Flygare – flygare. Skydd. Skydd."

Det omedelbara eldöppnandet bekräftade det han redan förstått. Ljudet kom från en dubbelpipig rysk automatkanon, vilken satt monterad i fronten på en Mi-24 *Hind*.

Robert svor svavelosande. Den stora, tungt bepansrade djävulsvagnen, var helt okänslig för finkalibrig ammunition från handeldvapen. Däremot var den så pass klumpig i luften, lite som en drucken humla, att bärbara pansarvapen ganska enkelt kunde skjuta ner den. Åtminstone om skytten var någorlunda kall och stadig på handen. Det gällde bara att hamna i en position där man kunde ta skottet.

Pansarterrängbilens rökkastare hostade till, vilket skänkte ytterligare tjock gråvit rök till det redan smogdränkta slagfältet. Någonstans framför honom öppnade en vapenstation eld med sin tunga kulspruta. Skottlossningen följdes snabbt av flera tunga vapen som riktades mot den ryska helikoptern. Ljudet från *Hindens* motorer ändrade nästan genast karaktär när piloten desperat försökte ta sig ur skottlinjen.

Nu verkade det som att undanmanövern inte gick fullt så bra som piloten avsett. Direkt efter det att motorn varvat upp tystnade den. Tre sekunder senare kändes en dov vibration som fortplantade sig genom marken när djävulsvagnen fick landkänning i en förödande krasch. Samma röst som tidigare i panik varnat för flygare, jublade nu i stället högt med orden:

"Bird is down. Bird is down. Tack gode gud för rysk inkompetens och korruption."

Pansarbilen började åter röra sig framåt för att så snabbt som möjligt komma bort från det öppna fältet. Risken fanns att ryssen hade fler helikoptrar på Ärna som de kunde skicka fram, eller kanske rent av stridsflyg. Det senare var däremot troligen fullt upptaget på annat håll eftersom det svenska flygvapnet bitit ifrån sig rejält under de inledande striderna. Något som dessvärre kostat både plan och piloter.

Flera dystra påminnelser om nattens blodiga batalj svepte förbi Robert medan de fortsatte över fälten. Resterna av ett JAS-plan låg nedskjutet längre bort på gärdet. Han kunde även se döda kroppar av obeväpnade civila som försökt fly från striden. Obarmhärtigt hade dessa däremot mejats ner av de invaderande orcherna. Deras försök till fördröjningsstrid för att evakuera de civila hade räddat många ... men inte alla.

Robert vände illamående bort huvudet när blicken föll på en liten flicka. Barnet kunde inte vara mer än högst fem eller sex år. Hon låg med uppspärrade ögon som oseende stirrade ut i evigheten. Den ena kinden var kladdig av blod och den andra låg tätt tryckt mot den leriga marken.

Ryggen på hennes blå och rosa vårjacka var perforerad av flera kulor från ett ryskt handeldvapen. Rött blod hade färgat plagget i en groteskt roströd ton. Det döda barnet brände sig omedelbart fast på näthinnorna. Aldrig att han skulle glömma den synen och de känslor som därmed lockades fram inom honom. Ilsket spottade han ur sig en rad svordomar om ryska svin som utan samvete dödade icke stridande civila och barn.

Inom sig svor Robert dyrt och heligt på att ryssarna skulle få ångra att de någonsin vågat sätta sin fot på svensk mark. Nu skulle de dö, varenda en av dem. Det var hans högtidliga löfte till Kreml och den illegitima presidenten Potemkin.

"Se Sverige, för att sedan dö brutalt", muttrade han mellan sammanbitna käkar.

De första svenska soldaterna nådde fram till det som återstod av Långtibble. Husen brann, men inga ryska soldater, mer än de döda på marken, syntes till. Allt var förött. Inga av gårdens hus hade lämnats orörda. De svarta rökpelarna steg som anklagande fingrar mot den tidiga morgonhimlen där en stilla östlig vind sakta drev röken mot dem, tillsammans med stanken av död.

Kapitel 16

Ryska förbandsstaben
Västerby gård, väster om Uppsala
Tidig morgon 7:e maj 2017

Marken under fötterna vibrerade ihållande, men Kirejevskij var, efter alla år vid frontlinjen, alltför van vid det konstanta stridsmullret för att bry sig nämnvärt om det.

Han var mycket väl medveten om att det pågick en intensiv strid på liv och död bara några kilometer väster om den ryska förbandsplatsen. Frågan var bara hur den striden utvecklade sig för deras egen del.

Antingen gick de segrande ur det hela, vilket innebar att de skulle få delta i segerparaden i Moskva den tjugofjärde juni. Det andra alternativet var förlust. Ett alternativ som i princip innebar att de var döda och bortglömda, eftersom Potemkin inte accepterade något nederlag.

Det svenska motståndet hade varit av en helt annan teknisk klass, och betydligt mer hårdnackat än vad han förletts att tro under genomgången hemma i Ryssland. Där hade det hetat att man förväntade sig en svensk kollaps inom en vecka. Därtill också ett dåligt samordnat och samövat svenskt försvar, utan möjlighet till försvarsgrensöverskridande insatser.

Allt detta visade sig i vanlig ordning vara fel, med mer önsketänkande än verkliga fakta som underlag. Något som ofrånkomligen lett till att deras stadiga avancemang helt kört fast.

I riktiga krig som det här delades det inte ut några tröstpriser till de olyckliga förlorarna, varför han som befäl inte kunde kosta på sig lyxen att ständigt se sig om över axeln så fort som en granat exploderade.

Att känslokallt offra de oerfarna *mobikis* blod för att vinna terräng var en del av den ryska strategin. Samtidigt var tyvärr tilldelningen av köttvågsmaterial kraftigt begränsat på detta frontavsnitt. Av den anledningen kunde han heller inte helt negligera de kalla fakta som från den strategiska kartan skrek ut att det höll på att gå galet.

I stället för att ytterligare fördjupa sig i de faktiska och dystra kostnaderna för detta krig tittade han uppfodrande på kapten Koroljov. Den yngre kaptenen stod på andra sidan det improviserade fältbordet. Hans händer var knäppta bakom ryggen medan han med en bekymrad rynka mellan ögonbrynen studerade samma karta som Kirejevskij själv kastade sina fundersamma blickar på.

En stor fördel med Koroljov var att kaptenen faktiskt inte kom från en släkt av militärer eller politiker. I stället var hans far, Petr Semjonovitj Koroljov, något så ovanligt i Ryssland som en fristående företagsledare, med flera förgreningar ut i Europa.

Det gjorde att Petrovitj Koroljov getts möjligheten att studera på University of Oxford, som var ett av världens mest prestigefyllda universitet. Det anrika lärosätet hade lagt den vetenskapliga grunden till världskända personligheter som exempelvis sir Isaac Newton och författaren Oscar Wilde.

Koroljov hade därmed en mycket bred bas av kunskap att luta sig mot när han fattade beslut, samtidigt som han inte var lika fantasilös som merparten av Kirejevskijs överordnade chefer.

För stunden hade Kirejevskij inga tillförlitliga uppgifter om hur striden egentligen utföll. De hade vid åtskilliga tillfällen under natten försökt bryta igenom svenskarnas försvarslinje, bara för att den hårda vägen upptäcka att de hunnit med att placera ut både truppminor och tyngre stridsvagnsminor i den förväntade framryckningsvägen.

Dessutom hade svenskarna haft den ofattbara fräckheten att täcka delar av terrängen med färsk kogödsel, vilket hårt drabbat männens moral eftersom de inte gillade att dränkas i stinkande skit. När soldaterna valde andra vägar runt de kontaminerade områdena klev de i stället rakt in i de svenska försåten, varför han tvingats beordra anfall rakt igenom gödselfällorna.

Kirejevskij var sugen att rapportera detta uppenbara krigsbrott uppåt, för att ge det internationella världssamfundet en anledning att mer noggrant studera Sveriges användning av biologiska stridsmedel. Samtidigt misstänkte han att det inte var någon klok strategi, eftersom det skulle tilldra sig fel sorts intresse från de som menade att det var Ryssland som var den part som begick riktiga krigsbrott.

Slaget mot den egna bataljonen blev heller inte mindre av att Husarerna agerat som ett fullfjädrat jägarförband. Med stor förslagenhet, och en teknisk överlägsenhet gentemot de flesta av de ryska kompanierna, bedrev de en strid som mer liknade kattens lek med råttan mitt inne bland förbanden.

Där inriktade de sig särskilt på att skjuta bort de stridande underofficerarna, vilka var ryggraden i den ryska armén. Det hade till slut tvingat honom att tillfälligt beordra trupperna att dra sig tillbaka till mer skyddade ställningar, där de för närvarande på nytt höll på att gräva ner sig.

Samtidigt retade det Kirejevskij något kolossalt att motståndarna så framgångsrikt utövat en taktik som han själv försökt sig på - och flagrant misslyckats med.

När Koroljov slutligen uppmärksammade att hans chef stumt stod och stirrade på honom sa han, helt utan någon noterbar osäkerhet:

"Våra svenska motståndare, eller snarare de hemvärnsförband som anses vara Sveriges lokalförsvar, var långt ifrån fulltaliga när vi satte in vårt första anfall. Det är något som vi kan tacka våra spetsnazförband för, även om framgången inte var så total som vi hade önskat."

Han harklade sig innan han på nytt tog upp tråden:

"Trots att fienden fått en viss förvarning genom sin egen signalspaning och europeiska kontaktnät lyckades man ändå störa den pågående mobiliseringen på djupet. Det fick som bekant till följd att svenskarna initialt hindrades från att ta kontroll över flera viktiga knutpunkter av för dem synnerligen strategisk betydelse. Tack vare det kunde vi till en början ganska lätt driva dem bakåt och uppfylla vårt första krigsmål. Dessvärre fick fienden i natt alltså förstärkning av anslutande trupp från K3:s Husarer, ett synnerligen kvalificerat förband. Det ledde fram till ett oönskat dödläge när de aktuella styrke-förhållandena jämnades ut, varvid de fientliga förbanden för stunden håller terrängen väster om oss."

När de orden var sagda svepte Koroljov med en generell gest handen över kartan. Kirejevskij kunde inte avgöra om det var menat som ett tydliggörande, eller ett utfall av nervositet över att inte ha mer att komma med.

I vilket fall som helst signalerade det i Kirejevskijs ögon osäkerhet, vilket inte var normalt när det gällde Koroljov. Han fortsatte därför att tyst studera kartan där blå markeringar märkte ut de svenska linjerna. Det gick närmare en halv minut innan han till slut sa, med en bitande underton i rösten som visade på hans stora missnöje med den rådande situationen:

"Korrekt, kamrat kapten. Jag är mycket väl medveten om att de svenska helgsoldaterna har bitit sig fast i och omkring skogspartiet vid Borganäs och Bärby gård."

Han gjorde en kort konstpaus för att låta betydelsen av att svenska deltidssoldater så effektivt lyckats stoppa den ryska krigsmaskinen. När han på nytt tog upp tråden var det med ett isande tonfall i rösten:

"Med sina blandade pansarfordon, och därtill lätta och extremt snabbrörliga granatkastarartilleri, behärskar de för närvarande den strategiskt viktiga åkermarken runt nämnda gårdar. Hela den här situationen har därför skapat ett sorts ingenmansland mellan deras linjer och våra soldater. Det är en dödens zon, om man i stället föredrar en mer målande beskrivning. Som vi alla vet har vi även tagit extremt tunga förluster när vi försökt kringgå detta lås, varför jag beordrade ett taktiskt tillbakadragande för att korta ner frontlinjen."

Här tystnade Kirejevskij tillfälligt medan han väntade på en kommentar från Koroljov. När ingen sådan kom fortsatte han syrligt:

"Och här var det alltså meningen att kapten skulle komma med sin egen uppfattning om det strategiska läget. Vad har ni att säga om utvecklingen, Petrovitj? Finns det något sätt för oss att hantera det hela utan att offra onödigt mycket av våra knappa resurser?"

Kirejevskij spände blicken i Koroljov. Han hade medvetet markerat allvaret i sin begäran genom att använda kaptenens fadersnamn. När majoren frågade, då svarade man. I alla fall om man var mån om den framtida karriären.

Det gällde att i varje situation göra sitt befäl nöjd. I värsta fall kunde det annars sluta med att man fängslades för korruption, vilket var ett annat sätt att uttrycka att man hamnat i onåd av oklara orsaker. Korruption var nämligen en allmänt förekommande situation i det strikt kleptokratiska Ryssland.

Att rikta sådana anklagelser mot någon var därmed en lätt sak att bevisa när man inte ville belysa sina egna brister. Straffet för korruption var fängelse enligt straffskalan, men ofta var det en dödsdom när den sittande makten betalade rätt person för att göra sig av med den misshagliga klienten.

Kirejevskij såg hur Koroljov tog ett djupt andetag för att försöka rädda ansiktet och sin framtida karriär. Själv trodde han sig ha en utmärkt uppfattning om det rådande läget på marken. Det var bara det att den kunskapen uteslutande baserades på information som hade inhämtats med hjälp av små spaningsdrönare.

Dessa quadcopters flög över det sönderskjutna ingenmanslandet på dryga femtio meters höjd för att försöka ge dem en hyfsat korrekt bild av de svenska försvarsansträngningarna. Förhoppningen var att höjden var tillräcklig för att minska risken att skjutas ner av de hagelgevär som verkade vara vanliga på den svenska landsbygden, men som också ingick som förstärkningsvapen bland arméförbanden.

Problemet var att den tjocka brandröken och dimman gjort det svårt att få en heltäckande syn på det aktuella läget från luften. Kaptenen hade å andra sidan i allra högsta grad varit med i nattens strider, vilket ett blodigt förband över högra armen vittnade om. Han borde därför ha en bättre syn på den fiende som stod emot dem på andra sidan de förbannade åkrarna.

Att deras specialutbildade operatörer skulle ha stött på patrull när de mötte deltidssoldater höll han nämligen för uteslutet. Visserligen hade det svenska Hemvärnet tillförts en rad förmågor och stärkt utbildning på senare år, men bestod fortfarande av delvis tjänstgörande personal. Därför måste Husarerna ha tillfört förmågor som han i dagsläget inte kände till.

Fundersamt tuggade Koroljov på underläppen efter att ha släppt ut andan. Sedan svarade han förvånansvärt lugnt:

"Kamrat major. Min uppfattning är att svenskarna inte kan vara fler än max ett par tre hundra man. De har tillgång till en handfull stridsfordon av blandat slag, mest pansarterrängbilar från Patria, samt mjuka fordon utan pansarskydd. Mest består dessa av den modell som går under beteckningen Personbil 8 inom Hemvärnet, men även äldre terrängbilar modell 11 och 13. Det är visserligen möjligt att det kan finnas ytterligare någon typ av splitterskyddade fordon för trupptransporter, men inget som vi har sett. Dessutom brukar de sällan ha tyngre beväpning än en FN MAG, eller Ksp 58 som svenskarna kallar den. Det gör att de inte kan företa sig ett offensivt anfall i och med att de då är alldeles för oskyddade."

Här gjorde Koroljov ett kort uppehåll för att samla sig och dra efter andan innan han fortsatte med förnyad styrka:

"Fienden har under natten spridit ut sig i en ganska lång försvarslinje som löper från axeln Borganäs ner till fästet vid Bärby gård. Eftersom vi för stunden inte kan anfalla rakt fram mot deras befästningar, samt att det strategiskt tar för lång tid att gå runt dem, gör att ett anfall blir alltför kostsamt med våra nuvarande resurser."

En kort paus innan han tog i och sa:

"Av den anledningen rekommenderar jag att vi sätter in två eller tre termobariska bomber mot skogsdungen och bränner ut dem, samt direkt därpå följer upp med artillerigranater med senapsgas. Det bör ge oss utrymme att köra över de som eventuellt överlever insatsen."

Kirejevskij tittade på nytt ner mot kartan medan rynkan mellan ögonbrynen blev alltmer markerad.

Svaret från Koroljov var det förväntade, helt enligt handboken som fastslog hur man bröt ett dödläge vid fronten. Egentligen var den gällande doktrinen att använda sig av små taktiska kärnvapen, men några sådana hade inte Kirejevskij tillgång till. Att inhämta tillstånd från högre ort skulle ta för lång tid. Dessutom skulle han troligen nekas av rädsla för att kärnvapen, även av taktisk storlek, skulle dra in USA i kriget. Av den anledningen hade han tänkt i liknande banor som kaptenen.

De fåtaliga hus som låg mellan dem och svenskarna hade man redan tänt eld på, varvid man på ett synnerligen effektivt vis samtidigt jagat civilbefolkningen på flykt.

Alternativet till flykt var att ryssarna gjorde processen kort med dem. Att avrätta civila bekom honom inte nämnvärt och uppmuntrades dessutom av högre befäl. Enligt den militära handboken, under avsnittet psy-ops, skulle avrättningarna injaga synnerlig skräck i fienden. Bara ryktet om de grymma ryssarna skulle därmed vara tillräckligt för att driva undan civilbefolkningen.

Kunde man på det sättet driva hundratals, eller kanske till och med tusentals internflyktingar rakt i armarna på fiendens trupper, ja då skulle dessa få händerna fulla med att slussa bort de oskyddade civila från det förväntade slagfältet. Under tiden kunde ryska förband osedda rycka fram i skuggan av flyktingvågen och slå motståndaren i grunden. Flyktingarna skulle därmed tjäna både som mänskliga sköldar och utgöra en del av krigföringen genom vilseledning.

Problemet just på denna plats var att det inte fanns så många civila som kunde agera mänskliga sköldar, varför det helt enkelt varit mer effektivt att bara skjuta ihjäl dem man hittade. Att fortsätta den brutala linjen var dessutom för stunden det enda alternativ som fungerade.

Det svenska motståndet hade otvivelaktigt visat sig vara av ett betydligt segare virke än vad den ryska ledningen låtit förstå innan de skeppades ut. Visserligen var de inte många, samtidigt som både deras träning och vapen bitvis var av en diskutabel kvalité, men viljan hos den svenska soldaten gick det inte att ta fel på.

Han var tvungen att påminna sig om att detta var samma folk som för trehundra femtio år sedan hade lagt en stor del av Nordeuropa under sig. Det var tydligt att den karolinska andan fortfarande puttrade under den till synes fredliga ytan.

Långsamt lät Kirejevskij blicken gå från kartan, vidare till Koroljov innan han sa:

"Jag håller med er, kamrat kapten. Det är en väl formulerad plan ni lägger fram. Min bedömning är att vi gör så. Jag vill att vi omgående drar bort samtliga av våra stridande förband från fronten. Vi låter helt enkelt svenskarna tro att de fått en välförtjänt stridspaus. Under tiden som de lättat andas ut och slickar såren förbereder vi insats av FAE och gas. Verkställ."

"Ja, major. Det ska bli mig ett sant nöje."

Koroljov gick upp i enskild ställning innan han lämnade den något improviserade stabsplatsen. Med långa kliv begav han sig till de närmaste underbefälen där den nya ordern skulle verkställas. Kirejevskij såg efter honom några ögonblick innan han till slut plockade upp fältradion, ställde in den krypterade frekvensen och anropade 152:a helikopterflottiljen där Mi-24 helikoptrarna väntade.

Mycket tydligt, och i skarpa ordalag för att understryka vikten i sin begäran, framförde han förslaget till flygledaren.

Förvånansvärt nog bifölls begäran genast och bekräftades av den administrativa ledningen. Attackhelikoptrarna skulle därmed vara på plats inom tjugo minuter lovades han, vilket Kirejevskij översatte till att de var minst en timme bort. Med detta besked kände han sig ändå lugn eftersom de nu skulle få en chans att bryta ryggen av det hårdnackade motståndet. Nu gällde det bara att de gamla bandhaubitsarna av modell 2S5 *Giatsin-S* fanns inom skjutavstånd med sina senapsgas-granater.

Det kombinerade anfallet av tärande eld och bitande gas skulle utan tvivel skapa fullständigt kaos bland svenskarna. De var naiva och trodde alltid att motståndaren skulle vara renhårig, något som han tyckte att till och med Sverige borde ha lärt sig inte var fallet genom de senaste årtiondena av ryska krig.

Kirejevskij var bara väldigt glad att den naiviteten gjorde att motståndaren inte kunde svara tillbaka med samma vapen.

I ett slag kunde de med lite tur utplåna hela den svenska försvarslinjen, för att sedan upprätta en skyddad väg vidare in i landet, vilket i sin tur skulle dela nationen och försvåra det övergripande försvaret. Operation *Mare Balticum* kunde på så vis uppnå sitt mål att kontrollera Sverige och inloppet till Östersjön.

Sakta dog det intensiva stridslarmet ut varefter som de ryska cheferna nåddes av ordern om reträtt. Att inspirera den ryska soldaten att lyda order var i det här fallet ganska enkelt. Trots allt ville ingen vilsen bondpojke från Kurgan stå rakt under en termobarisk bomb när den gick av.

När den tryckande tystnaden inom kort infann sig klättrade Kirejevskij beslutsamt upp på bandvagnens tak och satte kikaren mot ögonen.

Det han såg framför sig var ett sterilt månlandskap, helt söndertrasat av den intensiva artilleribeskjutningen. Marken var täckt av hundratals kratrar som vittnade om intensiteten av de gångna timmarnas strider. Splittrade trädstammar stod som antika stoder där de anklagande pekade sina spretande fingrar mot skyn. Över detta hängde röken från bränderna – en rök mättad av stanken från brinnande diesel, het metall och pyrande människokött.

Det var den omisskännliga doften av krig.

Om hat hade en doft föreställde sig major Kirejevskij att det skulle stinka precis så här.

Någonstans där framme fanns den ansiktslösa fienden. En fiende som enligt kleptokraterna i Kreml bestod av en knippe underlägsna nazistsympatisörer som var evigt svurna fiender till den ryska staten.

De var helt enkelt inget annat än ett gäng neofascistiska USA-älskande viktigpettrar som styrdes av grundlösa, och därför helt meningslösa, uppfattningar om etik, moral och medbestämmande.

Svenskarna var ett folk som gärna pratade med stora ord, men som aldrig hade kraft nog att backa upp dessa ord med rå militärmakt. Med avsmak spottade han ut en seg loska som smakade diesel och död.

Kreml påstod i sin propaganda att Sverige snart skulle vara besegrat. Att kriget skulle vara över på mindre än en månad, varefter de segerrika ryska förbanden kunde utmana Nato. Det skulle ske genom ett samordnat anfall mot Norge och Danmark. Krigsplanen sa att man därefter skulle behärska Norden efter sex till nio månader, eftersom Nato var för splittrat för att klara av att sätta upp en enad front. Dessutom var Tyskland mer eller mindre militärt handikappade, medan Storbritannien slets isär av inre motsättningar.

Efter vad han hade sett hittills under detta krig var inte Kirejevskij längre fullt så övertygad om att Potemkins dröm stämde helt överens med den bistra verkligheten. Visserligen var svenskarna fredsälskande, men de gillade verkligen inte att bli trampade på tårna. Det hela påminde honom mer om en ilsken björnhona som försvarade sina ungar, än om ett fredsskadat folk som saknade förmåga till handling.

Kirejevskij misstänkte att om svenskarnas ammunition till äventyrs tog slut skulle de i stället börja kasta sten på de ryska trupperna. På det sättet kände han ändå en viss beundran för de blågula soldaterna.

Tyvärr för dem sträckte sig inte beundran så långt att han var villig att skona dem från det straff som var på väg.

Kapitel 17

Ingenmansland –
framför de svenska linjerna
Tidig morgon 7:e maj 2017

Det låg en giftig stank av död över området. Den stinkande doften retade de känsliga slemhinnorna i näsan till det allra yttersta, vilket nästan fick honom att kasta upp det lilla han kunnat få i sig en timme tidigare.

Det luktade bränt kött, diesel och het metall, med en pikant touch av färsk dynga. Allt som allt var det fullt tillräckligt för att ögonen skulle tåras på honom.

Bara ett fyrtiotal meter framför Robert stod ännu en anrik bondgård i ljusan låga. Bostadshuset i två plan med murad källare var troligen den byggnad som först antänts eftersom det en gång pampiga trähuset i stort sett hade brunnit ner till grunden.

Från huset hade elden spridit sig till ett mindre trädparti för att därefter hoppa vidare till en stor maskinhall med vidbyggd ladugård. Ladugården och maskinhallen var vid det här laget helt övertända. Just som de första svenska pansarfordonen rullade av åkern och in på den stora gårdsplanen störtade taket in över det som återstod av djurbesättningen.

Robert kände starkt för de stackars kor som dött i elden, instängda som de var i sina boxar, utan en chans att ta sig ut från det brinnande infernot. Åter en gång kände han hur fruktansvärt onödigt detta krig var, precis som alla konflikter som kantat människans långa vandring på Jorden.

Ingenting ändrade sig någonsin, mer än de instrument som användes för att ta livet av andra människor så effektivt som det bara var möjligt, tänkte han dystert.

Skeletten av vad som återstod av den tidigare bondens dyra maskinpark syntes i de brinnande ruinerna av hallen. En pansarbrytande granat hade trängt igenom fronten på den påkostade traktorn. Inne i motorrummet hade den sedan detonerat med all sin destruktiva kraft. Utan några problem fläkte explosionen upp plåten över huven, som om den varit gjord av papper. Nu spretade plåten som en överblommad maskros åt alla håll.

Av det som återstod av traktorn gissade sig Robert till att det en gång, för inte så länge sedan, hade varit en tämligen ny John Deere 6155R. Traktorn kostade en bra slant och hade av den anledningen förmodligen varit sin ägares ögonsten, ett allsidigt redskap som utfört alla de sysslor som hörde till ett modernt jordbruk.

Nu var det inte ens skrotvärde på det som återstod.

Intill det nedbrända boningshuset stod resterna av en rysk MT-LP pansarskyttevagn med trasiga larvband. Alla luckor stod öppna och genom dem letade sig några oljigt svarta och illaluktande rökslingor. Den mördande elden, resultatet av den lyckade bekämpningen, hade däremot redan brunnit ut, vilket bara lämnat ett svartbränt vrak att föra upp på Kremls utgiftskonto.

Fronten på vagnen uppvisade en tydlig träff orsakad av ett pansarskott med RSV-laddning. Sannolikheten var stor att det var en av hans killar som levererat den sista hälsningen till de ryssar som haft oturen att komma i vägen. De eventuella soldater som inte suttit av innan träffen slagit ut vagnen hade mer eller mindre förångats av den höga värmen.

Robert vände kvickt bort blicken från den öppna luckan in till bollhavet. De obehagliga kväljningarna i magen gjorde sig på nytt påminda. Desperat var han tvungen att svälja för att tvinga tillbaka den stigande gallan. Han ville verkligen inte se ifall det fanns några mänskliga lämningar kvar i vraket.

Aldrig att han skulle vänja sig vid det som lämnats kvar på slagfältet efter det att vapnen tystnat, eller när striden dragit vidare någon annanstans.

Med ens vaknade pansarterrängbilens tjugomillimeters automatkanon till liv. Det smällde till när den hostade i väg en fyraskottssalva snett över gärdet mot ett mål Robert inte såg från sin nuvarande position. Det han däremot noterade var hur den omedelbara svarselden från en tung kulspruta hamrade in i vagnen, vilket fick det massiva chassit att gunga oroväckande.

Gissningsvis levererades elden från en rysk BTR-80, vars tunga KPV-kulspruta var ett fruktansvärt vapen mot avsutten och oskyddad trupp. Däremot var den kanske inte fullt lika effektiv mot tyngre bepansrade fordon, även om kulorna mer än väl räckte till för att slå sönder allt som inte var pansarplåt.

Nu blandade sig flera vapen in i leken när svensk trupp som en man besvarade den ryska motelden. Spårljusen jagade över det öppna gärdet och slog in i träden på andra sidan. Det intensiva larmet från den uppblossande striden gjorde att det snart var helt omöjligt att med säkerhet avgöra vem som sköt vad mot vem.

På avstånd såg Robert hur skuggor av ryska soldater rörde sig som ondsinta demoner bland de brinnande husen. Han slängde upp sin automatkarbin mot axeln och kramade sedan med iskallt lugn av tre skott. Genom rödpunktsiktet såg han att åtminstone en man där borta snodde runt, för att sedan falla lealös till marken.

"Hjärtliga hälsningar från Uppsala i Sverige, ditt rövhål", muttrade han bistert.

Det var inte utan ett uns av oro som han noterade sin egen grymma tillfredsställelse när kroppen blev liggande kvar där den fallit. Avtrubbning var ett känt fenomen och orsakade ofta posttraumatiska stressyndrom när soldaten åter blev civil. Just PTSD var ett stort problem som måste hanteras snabbt och professionellt för att inte orsaka svårhanterliga konsekvenser

En ny serie av tunga kulor dunkade in i pansarplåten på terrängbilen, men skytten var inte sen att besvara elden. En hög och mullrande detonation, som fick inälvorna att dansa balalajka i bröstet på honom, skvallrade tydligt om att något eldfängt hade träffats. Troligen med totalavskrivning som följd.

Den stickande svavelaktiga lukten av bränt krut låg tung i den tidiga morgonluften. Denna bidrog starkt till den redan avsevärda stank som redan legat över nejden när striden inletts några minuter tidigare.

Robert var övertygad om att han skulle tvingas drömma mardrömmar om den här stanken under resten av sitt liv. Hur långt det nu kunde tänkas bli, rättade han sig när en kula av lite mindre kaliber ilsket surrade fram genom luften, bara några millimeter från hans huvud.

Vinddraget kändes tydligt när den passerade och Robert förstod att en ensam skarpskytt fått syn på honom och valt sin måltavla. Illa kvickt kastade han sig i skydd bakom en liten uppstickande sten för att försvåra för sin tilltänkta baneman. Efter en kort stund av total stillhet stack han mycket försiktigt fram huvudet för att försöka spana efter skytten.

Bortom den brinnande ladan syntes en reflektion av ljus bland några buskar. I sista ögonblicket drog Robert tillbaka huvudet. Tack vare hans snabba reaktion nuddade bara kulan kevlarhjälmens ovansida, i stället för att helt blåsa skallen av honom. Av trycket från halvträffen slogs däremot käkarna ihop med ett synnerligen obehagligt ljud som fick det att krasa oroväckande i skallen.

Han rullade snabbt åt sidan för att så gott det nu gick få hela kroppen i skydd bakom den löjligt lilla stenen. Längtansfullt såg han bort mot pansarterrängbilen som stannat upp på vägen, kanske tjugo meter från honom. Där sköt den mot en rysk MRAP som stod parkerad ett par hundra meter bort, hopplöst illa dold bakom slarvigt uppspända kamouflagenät.

Robert kunde se spårljusen fara fram över gärdet för att träffa det ryska fordonet, vars skydd inte kunde stå emot de pansarbrytande projektilerna. Han utgick från att ingen i det lättare fordonet överlevde det som följde.

Med en djup suck drog Robert efter andan och slöt helt kort ögonen. Nu gällde det att försöka lugna nerverna och få handen stadig innan han gick över till nästa moment i den här duellen.

Fem sekunder senare slängde han upp automatkarbinen ovanpå stenen och sökte mål genom rödpunktsiktet. När han trodde sig ha funnit det han letade efter kramade Robert av fyra snabba skott. Flämtande drog han sedan på nytt ner skallen, glad över att själv inte ha blivit träffad.

Den ryska motståndaren besvarade omgående elden med en intensiv maskingevärssalva. Han hörde hur minst en kula med full kraft slog in i ovansidan av stenen, bara millimeter från hans huvud, innan den tjutande rikoschetterade bort. Det lilla obekväma skyddet började med ens kännas alltför osäkert att stanna kvar i, varför Robert kontrollerade strids-packningen för att se om han hade någon rökgranat kvar.

Till sin stora överraskning hittade han faktiskt en. Utan att tveka osäkrades granaten genast innan den hivades i väg över stenen. När den grå röken för tillfället gjorde det omöjligt för skytten att se honom reste han sig. Nedhukad sprang Robert de tjugo meterna bort till pansarbilen. För varje steg kände han hur hjärtat bankade i bröstet på honom i väntan på den där fruktade kulan, men den kom aldrig.

Väl framme kröp han in i skydd under vagnen, samtidigt som han bad en tyst bön till Högre makt att föraren inte skulle behöva göra en snabb undanmanöver och råka köra över honom, något som vore höjden av ironi.

Om det var hans tur att dö i dag hoppades Robert verkligen inte att det skulle ske genom en tråkig trafikolycka. Hellre då en snabb kula som träffade på rätt ställe, om han nu fick lov att välja.

Tyvärr var Liemannen sällan så pass nådig.

Ovanför honom vaknade åter vagnens kvicka automatkanon till liv. Det tog ett par korta ögonblick för honom att inse att skytten faktiskt siktade mot samma mål som han själv desperat försökte undkomma från, vilket på ett spektakulärt vis löste problemet med den förmodade banemannen.

Det i princip helt nedbrunna boningshuset träffades av granaterna från vagnens AKAN, varvid det lilla som ännu återstod av huskroppen imploderade i ett svampmoln av eld och rök. Delar av det brinnande taket kastades omkring av trycket från träffarna. En vilt viftande figur med kläderna i lågor reste sig från en skyddad position i diket.

Mannen skrek i smärta och panik medan han vilt viftande med armarna sprang upp på vägen för att försöka undkomma de mördande lågorna. Robert tog sikte mitt i kroppen och släppte ut andan. En kula räckte för att den skrikande ryssen skulle befrias från sina plågor och i stället kunde påbörja den mer behagliga resan till efterlivet.

Snabbt kravlade sig Robert fram under vagnen. Väl stående intill den såg han sig omkring för att göra en bedömning av läget. Striden var vid det här laget definitivt på väg åt ett för Sverige mycket gynnsamt håll. Man hade med militärtekniska termer gått från reaktion på fiendens handlingar till att agera och bestämma hur striden skulle föras.

Runt omkring sig kunde han se hur de egna soldaterna effektivt tryckte tillbaka sina ryska motsvarigheter genom växelvis framryckning, vilket inte gav motståndaren en chans till annat än att reagera. Alla år av exercis på regnvåta marker gav nu till slut utdelning när muskelminnet trädde in och soldaterna agerade som en effektiv enhet.

Det främre ledets soldater sköt en intensiv nedhållande eld mot de ryska ställningarna, samtidigt som den bakre linjen förflyttade sig. Över stridslarmet hörde han gruppchefernas gälla kommandorop när de ledde skyttegruppernas insatser.

Därefter upprepades hela scenen på nytt, vilket hela tiden tvingade ryssarna att retirera, eller i förekommande fall kasta sina vapen och skräckslagna sträcka armarna över huvudet när de inringades.

Nöjd med det han såg dunkade Robert handen i vagnens förardörr. För sent upptäckte han flera kantiga hål i pansarplåten där de volframlegerade kulorna trängt igenom stålet och obarmhärtigt dödat föraren. Utan att tänka mer på saken slet han upp dörren för att därefter dra ut den döda kroppen.

Så gott det var möjligt försökte Robert undvika att se vilken skada de grovkalibriga kulorna gjort med kvinnan. I stället la han försiktigt ner henne på marken och slöt de uppspärrade ögonen med handen innan han med en bister min klättrade in på förarplatsen. Automatiskt sökte blicken av förarsätet, men försökte sedan blunda för blodet som täckte sitsen.

Från skyttens plats tittade en blek kille i slutet av tjugoårsåldern fram. Robert såg på blicken att killen hade åldrats flera årtionden de senaste tjugofyra timmarna. Med så lugn röst som han kunde få fram sa han:

"Var är vagnchefen?"

"Han är död", svarade ynglingen kort. "Han ligger där bak i bollhavet. Det är nog tyvärr ingen vacker syn är jag rädd. Ett lysande exempel på att man inte ska sticka upp huvudet genom stridsluckan när man är under beskjutning. Trösten är väl att det åtminstone gick snabbt ... chefen hann garanterat inte känna något när lampan slocknade."

Att vidare kommentera detta kände Robert för stunden var helt överflödigt. I stället la han i den elektroniska växeln och trampade på gasen. Motorn svarade genast och vagnen rörde sig framåt med ett morrande.

Den förstärkta vindrutan var splittrad av träffarna från de pansarbrytande projektilerna, varför stanken från bränderna hade fritt tillträde till kupén. Robert rös till av obehag när framhjulen oavsiktligt körde över en död kropp som låg på marken framför dem. Huttrande svor han på att han kunde höra hur benen knäcktes som torra kvistar under den tjugo-två ton tunga vagnskroppen.

Den tidigare så intensiva eldgivningen hade för tillfället avtagit något. Det var på inget sätt lugnt omkring dem, men den mest intensiva fasen av striden verkade för stunden vara över. Hans välgrundade misstanke var att ryssarna valt att dra sig tillbaka när de ställdes mot den svenska beslutsamheten, vilket med största sannolikhet överraskat dem efter att den första reträtten inletts. Ryskt militärt ledarskap hade sedan länge haft ett skamfilat rykte, liksom både utbildningsnivå, kompetens och moral bland de ryska soldaterna, undantaget elitförbanden.

Samtidigt kände han en intensiv oro över vad fienden hade på lager att möta dem med. Så länge stridskontakten upprätt-hölls tvivlade han i alla fall på att det var kärnvapen, men Ivan hade antagligen fler verktyg i lådan som han kunde ta till.

Över vagnens radioenhet 180 kunde han tydligt höra hur vagnchefer och gruppbefäl ivrigt manade på varandra att med full kraft obarmhärtigt fortsätta den oväntat framgångs-rika framryckningen. Flera gånger under tjattret uppfattade också Robert ordet CBRN, vilket fick honom att le sardoniskt.

Kunskapen om vad en retirerande fiende kunde innebära i praktiken började till slut fortplanta sig i leden av försvarare. Det lärdes inte längre ut på officersutbildningen eftersom det nukleära hotet rent allmänt sedan länge sågs som överspelat, men gissningsvis skulle det här kriget på nytt tvinga fram en del omfattande ändringar i läroplanen.

Han utgick från att nästa generation unga officerare som gick ut från Försvarshögskolan skulle ha med sig helt andra kunskaper i bagaget än de han själv bar med sig. Trots allt var det kriser som utvecklade behovet av hur man mötte framtiden, och just nu befann de sig i den värsta kris landet gått igenom sedan det ryska kriget 1809.

När han kommit så långt i sina tankebanor avbröts tjattret över radion av en röst som för full hals skrek:

"Flygare."

Över trädtopparna kom tre hotfulla ekipage dånande. Mi-24 helikoptrarna var tillbaka.

Kapitel 18

Mi-24 Hind
Anfall mot svenska fronten
Tidig morgon 7:e maj 2017

Major Ivanov Vasiljevitj Chabarov gav nogsamt akt på trädtopparna, vis av tidigare erfarenheter som kostat honom en rotekamrat.

Det sista han i det här läget ville skulle hända var att den sjuhundrafemtio kilo tunga FAE-bomben, som hängde i en vajer under Mi-24 helikoptern, skulle piska in i skogen och fastna.

Det scenariot var en mardröm. Samtidigt kunde det i värsta fall orsaka ett haveri där både han själv och hans besättning riskerade att förolyckas. Av alla de sätt som man kunde dö på i ett krig var just en självförvållad krasch, orsakad av slarv, ett av de mer försmädliga. Det var heller inget som postumt skulle tilldela honom några medaljer som krigshjälte, snarare tvärtom.

Samtidigt ville han inte flyga med alltför stora marginaler. Det skulle bara i onödan förvarna svenskarna om att de var på väg, vilket därmed kunde ge dem den tid de behövde för att rikta in sina bärbara pansarvapen mot honom. Trots allt hade Ivanov stor respekt för den svenska soldatens förmåga att hantera de där vapnen. Landet hade en teknologiskt stark krigsmakt, även om den var på tok för underdimensionerad.

Deras pansarskott var inte bara en fara för tunga fordon på marken, utan även för bepansrade flygande fästningar som hans *Hind*. En fullträff i fronten av en laddning avskjuten från ett pansarskott skulle definitivt förstöra dagen för både honom och resten av besättningen. Av den anledningen var han tvungen att kompromissa med säkerhetsavståndet till träden under dem.

Chabarov såg genast upp från instrumenten när Stepanov lugnt meddelade att de närmade sig fronten. Den kraftiga gråsvarta röken från de otaliga bränderna piskades effektivt undan av luftströmmen från *Hindens* kraftiga rotorblad. När Ivanov lutade sig åt sidan för att titta ut genom plexiglasbubblan, som utgjorde en del av cockpit, kunde han se de första svenska pansarfordonen. Dessa markerade tydligt början på den rörliga front som de fått order att bekämpa för att stoppa det fientliga motståndet.

Snabbt kunde han något förvånat konstatera att fiendens förband brutit sig ur sina passiva ställningar, som de med en illers envishet hållit under natten. I stället sökte de nu aktiv stridskontakt med de hastigt retirerande ryska enheterna.

Kanonmaten, i form av infanteristerna där nere, försökte samtidigt mer eller mindre att med benen på ryggen lägga så stort avstånd mellan sig själva och den framryckande fienden som det bara var möjligt. Chabarov bedömde att man inte lyckades särskilt väl med de försöken. Det var absolut ingen bra utveckling då det satte honom i en svår sits.

Ifall han och de två efterföljande attackhelikoptrarna blint lydde den givna ordern och släppte sina FAE-bomber här, rakt över det aktuella frontavsnittet. Då skulle inte bara fienden, utan även deras olyckskamrater på marken, brännas till aska. Han utgick ifrån att det scenariot knappast var det tänkta utfallet av insatsen.

Visserligen var de ryska generalerna i allmänhet villiga att utan tvekan offra sina soldater i köttkvarnen, för att på så vis snabbt uppnå strategiska fördelar. Däremot var Chabarov inte lika intresserad av idén att låta männen dö helt i onödan. Åtminstone inte om han kunde tänka ut ett bättre sätt att hantera situationen på.

Med en svavelosande svordom, som fritt översatt antydde att president Potemkin hade en bordellhora till mamma, tog han snabbt ett eget beslut. Det var med stor försiktighet som Ivanov därefter la helikoptern i en tjugo graders högersväng.

Hans tanke var att flyga runt fronten för att i stället sätta in vapnen i de bakre svenska leden. På så sätt kunde de täppa till möjligheten till förstärkningar, samtidigt som de förstörde den svenska trossen med all sin ammunition.

Som han såg det var idén det näst bästa utfallet, och det utan att ryska liv gick till spillo i onödan. Förvisso skulle det inte omedelbart stoppa den fientliga framryckningen som ordern befallt, men insatsen skulle kraftigt matta styrkan i anfallet.

I ett enda snabbt och destruktivt slag blev motståndaren berövad sin ammunitionsförsörjning. Med de bakre leden i flammor kunde de heller inte transportera sina sårade åt det hållet för vård, vilket skulle inverka menligt på moralen hos de stridande soldaterna.

Att medvetet bryta mot en given order var egentligen otänkbart för en soldat av hans kaliber, men Ivanov ansåg att intentionen var den bästa möjliga eftersom motsatsen kunde få katastrofala följder.

Det smattrade som en hagelsvärm i det tjocka bukpansaret när en kulspruta, eller möjligen en automatkarbin, besköt dem. Eftersom Ivanov var van vid ljudet kände han sig lugn i förvissningen att *Hindens* kraftiga pansar var så pass tjockt att de med enkelhet skulle ruska av sig beskjutningen. De skulle inte lida någon värre skada än att möjligen få lite avskavd färg att måla över när det lugnat ner sig.

Över radion ropade han ut en order till sina två följare, varvid helikoptrarna omgående splittrade formeringen för att följa major Chabarovs nya direktiv.

Genom den välvda plexiglasbubblan kunde han se ner på marken under dem. Med läpparna hånfullt krökta i ett grymt leende konstaterade Ivanov att de nu lämnat träden bakom sig. I stället flög de på låg höjd över plöjd åkermark. Kanske dryga hundratalet meter längre fram såg han att träden på nytt höjde sig när åkern tog slut.

Utan att visa någon brådska tog han upp helikoptern i en snabb stigning till femhundra meter innan han till sist planade ut. Med en erfaren blick kontrollerade han instrumenten för att leta efter detekterade hot. När han inget fann slängde han ytterligare ett ögonkast genom bubblan.

När allt var till Ivanovs fulla belåtenhet och han kände sig trygg i att de befann sig på rätt plats, sa han utan minsta tillstymmelse till känslor i rösten åt Stepanov att frigöra bomben.

Stepanov bekräftade genast att han uppfattat ordern. Utan att tveka slog han till brytaren som frigjorde kabeln från dess krok. Under dem föll bomben nu fritt mot marken. Medan bomben föll tog Chabarov upp *Hinden* ytterligare, för att därefter lägga den i en snäv sväng bort från detonationsområdet. Det var inte första gången som han släppt en FAE och visste mycket väl att tryckvågen lätt skulle kunna ruska sönder dem om de dröjde sig kvar för länge.

Mitt i den tvära svängen började hotvarnaren larma med ett gällt pip i lurarna. Ljudet var det sista han ville höra i detta skede av insatsen. Det signalerade att svenskarna av allt att döma hade avlossat en luftvärnsrobot mot dem, troligen en av deras förbannade robot 70 som det sades att varken Hemvärnet eller Husarerna hade tillgång till.

Ivanov hade nu att välja mellan pest och kolera, eller mer exakt - att stanna kvar på säker höjd från detonationen, eller att snabbt sjunka i hopp om att förvilla roboten.

Han valde det senare.

***

Ursprungligen hade det varit tre Robot 70-system avdelade för att skydda Ärna flygplats. Efter den förbekämpning som utförts av fiendens sabotageförband fanns det nu endast ett fungerande system RBS-70 kvar.

Detta batteri leddes av en tjugosexårig sergeant vid namn Jens Dückert. Precis som efternamnet antydde hade han på faderns sida anor från det forna Tyskland. Det var i den svarta svastikans skugga som hans gammelfarfar stupat i januari 1943, tillsammans med större delen av Hitlertysklands sjätte armé, vid Stalingrad.

Jens hyste ingen direkt kärlek till gammelfarfars solkiga nazistiska förflutna, men hans kärlek för den ryska björnen var det om möjligt ännu sämre ställt med. Ryssen var den urgamla fiende som i generationer kastat sin mörka skugga över Europa, alltmedan det fått nationer att darra av rädsla för att dra på sig Kremls oprovocerade vrede.

Av den anledningen var hans motivation extremt stor när de nu på nytt gav sig in i striden. De hade medvetet legat lågt några dygn medan de försökt hitta den perfekta grupperingsplatsen, vilket han nu ansåg att de gjort.

Hans pjäsbesättning bestod för närvarande av fyra erfarna yrkessoldater, vilka tillhörde 62. Luftvärnsbataljonen vid Lv6.

Männen, liksom Jens själv, var alla kontrakterade på tre år. Dessutom hade samtliga ett års intensiv utlandstjänst med sig i bagaget. Krig var således något som de sett tidigare och de visste av erfarenhet hur effektiv Rbs-70 kunde vara mot långsamma attackhelikoptrar ... speciellt mot den klumpiga *Hinden*. Efter nattens strider var de nu slutligen grupperade vid den gamla fornborgen, något väster om Boda. Därifrån täckte de luftrummet ut till en radie av nio kilometer med sina BOLIDE-robotar.

Den valda platsen erbjöd dem en tämligen god uppsikt över stridsområdet, samtidigt som grupperingen var väl skyddad bland bergsskrevorna i händelse av att ryska drönare skulle försöka få korn på dem. Just drönarna och deras uppdaterade roll på slagfältet var lite av en nyhet. Visserligen hade Jens sett dem användas förr, men inte i de roller som var aktuella nu. Han fruktade av den anledningen att det moderna kriget inom bara några få år skulle ha utvecklats till en katt och råtta lek.

Framför sig såg han en grym jakt där medel och motmedel togs fram i en rasande takt. Det var en kapprustning för att effektivt kunna slå ut fiendens resurser med små och billiga FPV-drönare, i stället för stora och dyra robotar. Samtidigt misstänkte han att varje fotsoldat riskerade att bli fritt byte när tekniken för autonoma drönarsvärmar letade sig fram till den militära arsenalen.

Med människan borttagen ur beslutsloopen fick drönarnas elektronikchips helt enkelt order att leta upp och döda alla fiendens soldater inom ett bestämt område. Det var en ny och mycket otrevlig framtid som målades upp framför dem, tänkte han dystert.

När Jens upptäckte de annalkande helikoptrarna genom robotsystemets spaningsradar gav han omgående order om högsta eldberedskap. Ammunitionen som eldröret var laddat med var den senaste BOLIDE-versionen, med upp till nio kilometers faktisk räckvidd.

Förutom räckvidden, som var tillräckligt god för ett vid det här laget något föråldrat rörligt närluftvärn, hade roboten riktad sprängverkan, samt splitterverkan mot sekundära mål.

När de ryska angriparna på låg höjd kom svepande nästan rakt emot dem ropade radaroperatören att han följde målet, men vid den snabba höjdtagningen tappade man för en kort stund följningen. Skytten justerade omedelbart ledstrålen så att den på nytt kom att belysa helikoptern, men inte förrän bomben under dess buk hunnit frigöras.

Skytten skrek högt att skott skulle komma innan roboten lämnade eldröret. Med jägarens obarmhärtiga beslutsamhet började den följa ledstrålen fram mot det utsedda målet. Inte oväntat upptäckte piloten det annalkande hotet, varvid han gjorde en kraftig dykning mot marken för att undvika en träff. Tråkigt nog för honom var lasern nu stadigt låst på målet och roboten följde snällt den utstakade kursen. Sekunden innan den termobariska laddningen detonerade över vägbanan på riksväg 72, träffade BOLIDE-roboten det tilltänkta målet.

Den femton kilo tunga projektilen trängde utan problem igenom pansarskyddet runt huvudmotorn, för att därefter detonera inne i motorrummet. Mi-24:an slets i bitar och föll brinnande mot marken där den genast slukades av lågorna i den av FAE-bomben antända skogen. Eld förtärde därmed eld när de ryska orcherna mötte sitt öde i form av svensk Karma.

Omedelbart laddades ny BOLIDE-robot i eldröret. Skytten meddelade nästan omgående att han hade låsning på mål, varvid nästa skott följde endast någon sekund senare. Det pyrotekniska resultatet blev detsamma som tidigare när även denna klumpiga *Hind* slets sönder av kraften i detonationen.

Nu återstod en fiende.

Jens höjde sakta blicken från eldledningssystemet innan ögonen sökte av himlavalvet över dem. Den tredje och sista *Hinden* kom in mot området från norr. Som i slow motion såg han hur rök slog ut under de korta trubbiga vingarna. Utan större eftertanke förstod Jens att de nu besköts med attackhelikopterns fruktade rakettuber.

"Inkommande", vrålade han av sina lungors fulla kraft. "Skydd. Skydd."

***

Kapten Ivan Danko var major Chabarovs betrodda grupptvåa, samt pilot ombord på den enda återstående Mi-24:an.

Det var med stor bestörtning som han först såg Chabarovs helikopter träffas av en fientlig robot, för att strax därpå följas ner i eldhavet av kapten Pavel Stenkas *Hind*. Hans skytt skrek lite för högt att han sett varifrån robotarna avlossats, varvid Danko la helikoptern i en fyrtiofem graders tvär gir.

Upphetsad inför tanken på att få utdela omedelbar hämnd för de fallna kamraterna mätte skytten in målet innan han med ett elakt flin avlossade rakettuberna.

Med blodtörstig tillfredsställelse såg Danko hur de dödsbringande projektilerna jagade fram genom luften med hög hastighet. Efter dem hängde de tydliga rökspåren som lurviga svansar och pekade ut i vilken riktning som Liemannen var på väg. Med stor kraft träffade raketerna den nakna bergknalle som stod upp från den omgivande marken inne i skogen.

I samma stund som raketerna slog ner vid målet, där de förvandlade berget till en modern version av ett brinnande Gehenna, vaknade också den dubbelpipiga automatkanonen i *Hindens* nos till liv. Med tretusen skott i minuten dränktes berget i tjugotre millimeters granater.

Inom sig hånlog Danko nöjt åt scenen han bevittnade framför dem. Det skulle inte vara något annat än ett rent mirakel om någon, eller något på den där fula stenhögen överlevde beskjutningen.

Mirakel sysslade inte hans förband med, utan där räknades bara åtgärder och motåtgärder vid mötet med fienden. Deras hämnd för kamraternas liv hade därför varit ögonblicklig och hård. Ingen stod upp mot en *Hind* och överlevde för att berätta om det. Det var åtminstone något som Danko kunde gå i god för.

När kanonen slutligen tystnade hovrade Ivan segervisst över målområdet. Noga sökte han och skytten efter tecken till liv nere på de taggiga klipporna under dem. Varken Danko eller hans skytt var beredda på den kraftiga explosion som utan förvarning slet sönder stjärtrotorn. Genast började Mi-24:an snurra okontrollerat runt sin egen axel, samtidigt som den hastigt förlorade i höjd.

Hinden slog ner i marken bara femtio meter från Jens, som sotig och tilltufsad slängde ifrån sig det förbrukade pansarskottet. Med en skrällande hosta spottade han ut en sotsvart slemklump på marken och sträckte på sig, som om han var förvånad över att fortfarande vara vid liv.

När hostanfallet till slut lagt sig grinade han så att de vita tänderna lyste ur det svarta ansiktet innan han muttrande sa:

"*Do svidanya*, assholes. Jag förmodar att vi en dag ses i helvetet. Må Djävulen roa sig kungligt med er fram till dess."

Stapplande tog Jens sedan två steg bakåt innan han med ett stön sjönk ner på ett ärrat klippblock. Det ringde som från en illa stämd symfoniorkester i öronen på honom, samtidigt som han blödde från otaliga små skärsår i ansiktet och på resten av kroppen.

Hans uniform var trasig och svedd av elden, men som genom ett under hade han på något sätt trots allt överlevt den fruktansvärda eldstormen, mycket tack vare skyddet från de klippblock som staplats på varandra av inlandsisen. En kort blick mot det som nyss varit ett fullt fungerande Robot 70-batteri avslöjade att det knappt ens var skrotvärde på det lilla som återstod.

"Fan alltså, kompis. Vilket suveränt skott det där sista var. Helt otroligt, men du fick henne faktiskt. Tre noll till oss."

Sergeant Mathias Lind grinade glädjestrålande upp sig mot honom. Dückert tyckte att hela kroppen värkte och sved när han i en långsam rörelse vände sig mot kamraten.

Lind satt på huk på marken och lade ett första provisoriskt fältförband på soldaten Gert Veckberg. Den tjugosexåriga Veckberg blödde ymnigt från ett djupt och fult sår i högra låret, däremot såg det inte ut som att lårartären var skadad. Med andra ord skulle Veckberg överleva och kunna fortsätta striden mot lede fi när skadan väl var läkt. Om inga ytterligare komplikationer tillstötte, ville säga.

Två av Jens män hade däremot inte haft samma tur, utan i stället fallit offer för den mördande elden från den ryska *Hind*-helikoptern. Inom sig suckade Dückert djupt. Det var alltid tragiskt att förlora soldater, men det hade kunnat bli en bra mycket värre utgång av kraftmätningen.

Tankfullt blickade han ut över ingenmansland där striden oförtrutet rasade vidare.

Kapitel 19

Med ett irriterat muttrande ögnade Sergei Vaslov på nytt igenom den order som inkommit över den krypterade brigadfrekvensen.

Nog för att han var van vid att det förekom inkompetens i den ryska krigsledningen, men ibland tangerade cheferna sin egen dumhet. Visst - det var trots allt krig, och det förekom emellanåt att de lokala befälen fick någon sorts svårförklarlig *feeling.* Denna känsla ledde som oftast till att de tog egna, mindre genomtänkta beslut, utan att först kontrollera med den bistra verkligheten hur resursfördelningen egentligen såg ut.

Med all önskvärd tydlighet var detta en sådan situation där en hårt pressad bataljonschef grep efter halmstrån för att rädda den pressade situationen.

Vaslov fnös föraktfullt innan han sänkte pappret han höll i handen. En kort stund betraktade han himlen genom den öppna stridsluckan medan tankarna rusade genom skallen.

Att ladda batteriets kanoner, för att därefter snabbt skjuta dussintals granater mot en avlägsen fiende, var ingen större konst. Han hade inte gjort något annat än fyllt luften med skrot under hela detta förbannade krig som den där dåren borta i Kreml åter dragit över dem. Med andra ord var det inte själva skjutandet i sig som var problemet.

Det verkliga problemet, det som fick honom att känna hur irritationen steg, var att den där tokiga armémajoren ville att de skulle skicka i väg gasgranater laddade med senapsgas.

Tydligen trodde karln att Vaslov var ett snabbköp där det bara var att plocka det man ville ha ur hyllorna, vilket var så långt ifrån sanningen som man kunde komma.

För det första var vagnarna definitivt inte lastade med den typen av ammunition. För det andra var det inte bara att begära fram granaterna ur trossen och tro att allt var frid och fröjd. I stället var tilldelningen kringgärdad av en uppsjö med gammalsovjetisk byråkrati innan man kunde komma fram till slutklämmen, som alltså var själva skjutandet.

För att snabbt komma till rätta med den självklara bristen på begärd ammunition hade en skriftlig förfrågan gått ut till logistikplutonen på Ärna. I den begärde Vaslov enligt den formella ryska mallen att få granaterna levererade till den aktuella basplatsen.

Det erövrade flygfältet var enligt planen tänkt att fungera som en central logistikknutpunkt för diverse krigsmateriel till operationerna i Mellansverige. Det var alltså där som man snabbt höll på att bygga upp rikliga ammunitionsdepåer som skulle tillgodose förbanden under de pågående striderna.

Eftersom det enligt ordern redan gått ut ett skriftligt underlag till logistikansvarigt befäl hade Vaslov hoppats att den berömda ryska byråkratin redan var forcerad. Tyvärr visade det sig vara en from förhoppning. Det var nämligen när han själv tog luren och ringde upp logistikchefen på Ärna som de verkliga problemen började på allvar.

Den som svarade i andra änden var ingen mindre än en liten skitviktig, och därtill svårt empatistörd kapten vid namn Petr Lebedev. Vaslov visste sedan tidigare mycket väl vem denna Lebedev var. Karln hade nämligen en lång historia av insubordination mot andra befäl bakom sig, vilket renderat honom ett minst sagt skamfilat rykte.

Av den anledningen förstod han redan när den så kallade kaptenen svarade att hela projektet nu skulle stöta på verklig patrull.

Mycket riktigt visade det sig att kapten Lebedev absolut inte hade någon avsikt att vara det minsta tillmötesgående. Att bekräfta en snabb transport av de begärda granaterna kom självklart inte på fråga, meddelade kaptenen. I stället hade Lebedev med ett högtravande tonfall berättat att alla tillgängliga bilar för närvarande transporterade ammunition till övriga stridande förband. Deras status hade dessutom en mycket högre prioritet än Vaslovs i sammanhanget oviktiga order.

Om nu Vaslov ville ha de förbannade gasgranaterna var han tvungen att vänta på sin tur. Granaterna skulle komma när de kom, om de ens kom alls. Med det sagt hade kaptenen abrupt brutit förbindelsen och lämnat en av ilska kokande Vaslov med luren i handen.

Vaslov, som sedan födelsen i mitten på sjuttiotalet växt upp i det kommunistiska styret under sovjettiden, hade inte alls för avsikt att vänta tålmodigt på att en betydelselös kapten skulle finna sin inre frid.

Att leva i en diktatur, styrd av en handfull kleptokrater som lydde under en likaledes kleptokratisk diktator, resulterade i att man tvingades vänja sig vid den ryska enpartistatens ineffektivitet och utbredda korruption.

Att vara van betydde däremot inte att han gillade läget. Det var heller inte liktydigt med att han accepterade de idiotiska byråkrater som hela systemet tycktes vara uppbyggt kring. Att dårskap och makt gick hand i hand hade Vaslov förstått för länge sedan. Likväl hade han insett det enkla faktumet att skit hade en tendens att rinna nedåt, vilket var en egenskap som kom att drabba samhällets bas mycket hårdare än dess toppskikt.

Efter att han i raseri bett den döda linjen att fara ända in i helvete hade han slängt på luren med en smäll. Sedan blev Vaslov stående stilla med slutna ögon, för att på så vis försöka återfå någon form av självbehärskning. Han kände sig själv ganska bra och ville inte göra något som han kanske skulle få ångra djupt vid ett senare tillfälle, vilket hänt den hetlevrade Sergei förr.

När huvudet till slut lugnat ner sig hade han i stället gett order till de åldrade *Giatsin*-vagnarna, samt de medföljande ammunitionstransportbilarna, att vända om. Ifall de där små logistiktöntarna borta på Ärna inte ville komma till honom, ja då fick han helt enkelt ta skeden i vacker hand och själv åka till Ärna för den nödvändiga ammunitionspåfyllnaden.

Allt det där hade alltså hänt knappt två timmar tidigare, vilket samtidigt var ett mått på hur mycket tid de förlorat. Felet kunde helt och hållet tillskrivas den lilla ormen Lebedev och hans självdestruktiva önskan att bestämma. Det var något som Vaslov tänkte vara mycket noga med att påpeka i sin rapport för att skjuta skulden ifrån sig. Kanske skulle någon till slut ta sin skyddande hand ifrån Lebedev och låta honom försvinna på ett lämpligt vis.

Åtminstone kunde man ju alltid hoppas.

Efter en långsam reträtt till ammunitionsdepån stod de nu nödtorftigt dolda i det lilla skogsparti som låg i slutet av den tvärsgående taxibanan. Kamouflaget lämnade en del övrigt att önska, men Vaslov var inte särskilt orolig. Svenskarna låg redan som det var flera ljusår efter i utvecklingen när det kom till drönare. Dessutom - så länge ingen radar var i gång som kunde vägleda fiendens radarspaning ansåg han att de var tämligen osynliga.

Den fanjunkare som tagit emot den upprörda Vaslov läste med nitisk noggrannhet långsamt igenom den framsträckta orderlappen. När han till slut tagit sig igenom de få raderna hade mannen dumt nog vågat sig på att flina provocerande mot den högre officeren. Det flinet var ett synnerligen grovt misstag som den stackars fanjunkaren troligen aldrig mer skulle göra om.

Ifall han nu överlevde kriget, ville säga.

Efter en rejäl utskällning, som innehöll löften om Gulag för fanjunkaren själv och hela hans familj, hade det gått undan på ett sätt som var ovanligt inom det ryska systemet. Vaslov kunde snart nöjt konstatera att man just lastat in den sista gasgranaten i vagn tre. Därmed var de redo att leverera dessa dödliga hälsningar till de intet ont anande svenskarna.

Efter det att han rådfrågat kartan, för att därefter göra en hastig överslagsberäkning på avståndet, tog Vaslov beslut att de lika gärna kunde skjuta där de stod, för att på så vis tjäna in den tid man förlorat till den byråkratiska idiotin.

Giatsin-systemet hade med nuvarande konfiguration ett längsta skjutavstånd på tjugoåtta kilometer. Enligt kartans koordinater var det mindre än två mil till målområdet, vilket alltså gott och väl befann sig inom systemets porté

Kvickt gav Vaslov alla de nödvändiga order som krävdes och inom kort formerade sig de tre vagnarna ute på fältet innan varje vagnskytt mätte in de slutliga koordinaterna. När han fått klartecken från samtliga vagnchefer beordrade Vaslov eld.

De hundrafemtiotvå millimeters haubitsarna dundrade till när de skickade i väg en skur av granater som visslande for genom luften mot sitt mål.

***

"Fänrik."

Den meniga soldaten stannade till framför fänrik André Weiser medan han andfått drog efter andan. Sedan fortsatte han, nu med något lugnare röst:

"Ett ryskt bandgående kanonbatteri, grupperat på Ärna, har precis öppnat eld mot en blandning av svensk trupp som slåss för livet kring Riksväg 72."

Soldaten svalde och drog efter andan innan han fortsatte:

"Det är samlade förband från Hemvärnet, Flygbasjägarna och Livregementets Husarer som där otroligt nog har lyckats med bedriften att hejda en fientlig framryckning längs vägen. Enligt rapporten finns det risk för att man skjuter antingen gas eller taktiska laddningar."

Den ensamma Archerenheten hade, tillsammans med sin ammunitionstransport, precis anlänt till stridsområdet efter order från högre ort om att bistå med artilleriunderstöd. Avsikten med insatsen var att försöka jämna ut oddsen kring sjuttiotvåan. Av den anledningen stod man nu dold i ett litet skogsparti utanför Runhällen, en plats som befann sig knappt fyrtiofem kilometer från Ärna flyg. Weiser, som var vagnchef för enheten, vände sig mot mannen med orden:

"Hur säkra är vi på underrättelsen? Finns det HUMINT på att ryssen befinner sig på Ärna?"

"Ja, vi är i det här fallet helt säkra på uppgifternas riktighet. Både civila som är bosatta i närheten och ett spaningsteam från SOG har rapporterat in samma sak. Dessutom gav SOG oss de exakta koordinaterna för kanonbatteriets gruppering."

"Men då så, vad väntar vi på?"

Weiser flinade upprymt innan han sa:

"Äntligen kan vi få en chans att göra lite förbannad nytta i det här skitkriget. Vi öppnar eld med nio granater, högsta möjliga eldhastighet. Därefter förflyttar vi oss snabbt som fan till nya ställningar innan vi laddar om magasinet. Det ryktas trots allt om att ryssarna på Ärna har artillerispaningsradar som snabbt kan visa varifrån inkommande granater kommer. Ingen av oss vill nog vara kvar för att se hur lång tid det tar för dem att svara."

"Mer än gärna, chefen. Låt oss svina ner deras gruppering och storma skiten ur dem."

Soldaten gav honom ett snabbt leende eftersom han bar på väldigt stor respekt för Weiser. Fänriken hade efter sin utnämning växt enormt som ledare för artillerigruppen. Han hade utvecklat soldaterna från oerfarna rekryter vid samma tid som nedskjutningen av signalspaningsplanet, till att bli den sammansvetsade grupp som vid krigsutbrottet stod redo att ta sig an uppgiften att försvara Sverige.

Ansvar utvecklade människor. En del på ett mindre bra vis, medan andra växte till att bli unika förebilder som på alla sätt hjälpte manskapet att klara av den press som ofred innebar.

Weiser tillhörde den senare kategorin.

Mindre än fyrtiofem sekunder efter ordern vaknade den ensamma Archerpjäsen till liv, efter det att man mätt in målet utifrån de koordinater som lämnats av Särskilda operationsgruppens operatörer.

Med en hastighet av nio Excaliburprojektiler i minuten sköt man den beordrade mängden rakt i mål. Så fort som den sista granaten lämnat eldröret gjordes pjäsen redo för att snabbt flytta sig till ny grupperingsplats. I samma stund slog de första laddningarna ner vid målet.

***

Den första pansarbrytande stridsladdningen kom i princip rakt ovanifrån, varvid den träffade vagn två där skyddet var som tunnast.

Vagnen lyste upp som en fyr om natten när ammunitionsdepån antändes av den högutvecklade värmen vid träffen. Ett svampmoln av eld och svart rök sköt upp mot himlen när allt detonerade. Eldröret kastades av kraften i väg i en elliptisk bana som tog tvärstopp när mynningsänden slog ner i gräset. Kraften i nedslaget lämnade eldröret nedborrat i jorden, vajande i en fyrtiofemgradig vinkel.

Sergei Vaslov hann aldrig riktigt förstå vad det var som hände omkring honom innan nästa stridsdel träffade en närstående ammunitionstransportbil. Lastbilen gick omedelbart

177

till väders i samma typ av dödlig pyroteknisk eldshow, vilket lämnade ännu en minuspost på svinnkontot.

Den tredje projektilen träffade Vaslovs egna vagn. Hans sista tanke innan mörkret i all hast lägrade sig över honom var en tyst förbannelse över den idiotiska logistikkaptenen Lebedev som vägrat bistå dem med ammunitionstransport.

De tre, vid det här laget rätt ålderstigna *Giatsin*-vagnarna, hade inte skuggan av en chans mot de toppmoderna och GPS-styrda granaterna. Utan en effektiv GPS-störning, vilket ännu inte kommit på plats, hade den intelligenta ammunitionen inte några som helst problem att hitta målet. Av den enkla orsaken utplånades Vaslovs batteri synnerligen effektivt i en spektakulär eldshow som bevittnades och filmades av privatpersoner. Inom kort skulle filmen spridas på sociala medier under hashtagen *#Ruski Mir.*

Samtidigt träffades också ett närliggande ammunitionsförråd av en sista granat som valde byggnaden framför de redan brinnande vagnarna.

Den lyckosamma träffen stoppade därmed genast den kritiska tilldelningen av ammunition. Det gällde för både de enskilda soldaternas handeldvapen, som de tyngre vapnen till de stridande förbanden. Samtidigt förstörde explosionen också annan viktig infrastruktur på basen genom sin kraftiga tryckvåg, vilket i allra högsta grad ytterligare skulle försvåra logistikunderhållet.

Den självbelåtna och uppblåsta kapten Petr Lebedev, som stått ute på plattan och missnöjt betraktat hur Vaslov till slut ändå fått sin ammunition, brändes till döds på bråkdelen av en sekund. Han var bara en av tiotals ryssar som utplånades i den framgångsrika attacken, utöver Vaslov själv och hans besättning.

De bägge operatörerna från Särskilda Operationsgruppen, som legat och spanat mot Ärna, kunde därmed med stor tillfredsställelse rapportera in om en mycket lyckad insats av

Archer. Den hade på allvar slagit mot de ryska resurserna där det kändes som mest.

Inte blev det heller sämre av att gasgranaterna till stor del slog ner i det brinnande skogsområde som ytbekämpats av de termobariska bomberna. Bortsett från att elden brände bort gasen innan den hann med att göra någon skada, fanns där heller inte någon svensk trupp kvar att bekämpa. Därmed inskränktes den totala förlusten av svenska soldater i dessa båda insatser till de två man som dödats när RBS 70-batteriet utplånades.

Samtidigt förlorade ryssarna, utöver de rena manskapsförlusterna, tre attackhelikoptrar, tre bandgående haubitsar, diverse transportfordon plus en ammunitionsdepå. Det var därför ingen överdrift att påstå att en ensam *Archer* kraftigt påverkat utgången av detta enskilda slag, och därmed hela krigets fortsatta förlopp.

Kapitel 20

Ingenmansland
Väster om Uppsala
Förmiddag den 7:e maj 2017

De klumpiga, men ändå mycket dödsbringande rovfåglarna, dånade fram på låg höjd över den brutna terrängen.

Luften vibrerade illavarslande av styrkan från *Hindarnas* kraftiga motorer där de for fram strax norr om deras position. Efter det att han med lättad glädje överlåtit rollen som förare av pansarterrängbilen till en soldat, med större erfarenhet av fordonets lite speciella körstil, satt Robert nu instängd bak i bollhavet. Trots att samtliga luckor var stängda kunde han tydligt höra mullret från helikoptrarnas Isotovmotorer.

När han försiktigt stack upp huvudet genom en av *Patrians* stridsluckor kunde han inte undgå att se de termobariska ODAB-bomberna. De gröna, tunnliknande bomberna med sina korta trubbiga styrfenor, hängde i var sin vajer under varje helikopter.

I en stund av absolut klarhet insåg Robert lättad att deras blixtangrepp över det totalt sönderskjutna ingenmanslandet förmodligen räddat stora delar av de stridande förbanden. Även om det inte var en insats av de massförstörelsevapen av nukleär eller kemisk karaktär som han fruktat, var det heller inte långt ifrån.

Bomberna, som gick under beteckningen ODAB-500P, var något av det närmaste man kunde komma ett mindre taktiskt kärnvapen, utan att kliva över den förbjudna tröskel som med stor sannolikhet skulle dra in Nato i kriget. Trots allt var just det något som Ryssland inte ville riskera i det här läget.

Potemkin visste exakt var de mycket tydliga röda linjerna för oundviklig eskalering gick. Robert antog därför helt riktigt att presidentens underlydande var fullt på det klara med vilken handlingsfrihet de hade i bruket av insatsmetoder.

Visserligen förstod han att det bara var en tidsfråga innan USA ändå klev in, oavsett vad Kreml gjorde för krumbukter ute på slagfältet för att fördröja det hela. Utan tvivel såg POTUS hur hotet mot Natolandet Norge växte oacceptabelt mycket när Sverige kapitulerade.

Däremot ville Potemkin troligen dra ut på det oundvikliga så länge som det bara gick, för att på så vis hinna stärka sina positioner inför det större och långt mer kostsamma krig som lurade bakom hörnet.

Sin vana trogen skulle han troligen sjösätta olika former av *maskirovka,* eller vilseledande manövrer. Deras syfte skulle då vara att pacificera USA och Nato ytterligare några veckor, eller kanske till och med månader om det ville sig riktigt illa.

I slutändan handlade det bara om politik innan Ryssland visade sina egentliga ambitioner med kriget. Samtidigt var det samma politik som avgjorde när Nato ansåg att måttet var rågat. Tyvärr, åtminstone för Sveriges del, var det något som skedde först efter att Nato hunnit med att bygga upp sin reducerade styrka i Europa. Med de nuvarande resurserna kunde försvarsalliansen få svårt att möta de ryska skrot och köttvågorna.

Robert böjde sig ner i vagnen och bad föraren att öka farten något. Inom några sekunder kom de upp jämsides med en fotpatrull soldater som med god hastighet ryckte fram längs grusvägen, vidare in mot den brinnande byn.

"Fänrik Andersson. Jag stod just och funderade över var ni hade tagit vägen."

Det höga ropet fick Andersson att genast vända upp blicken mot stridsfordonet. Utan att tveka fäste han ögonen stadigt på Robert, som med sin allra bästa kaserngårdsröst med viss framgång försökte överrösta stridsljuden:

"Fi retirerar för närvarande hastigt tillbaka längs väg 72, med riktningen ställd mot Österby. Ta männen och följ oss så ska vi rensa ut de ryska motståndsnästena på vägen dit."

Andersson nickade godmodigt medan han förde upp två fingrar mot hjälmkanten i en slarvigt utförd honnör.

Gesten fick av någon anledning Robert att tänka på den gamla svart-vita krigsfilmen *Den längsta dagen* från 1962, med bland annat John Wayne och Henry Fonda i några av de ledande huvudrollerna. Visserligen var tanken helt irrelevant under nuvarande omständigheter, men ändå kunde han inte hålla tillbaka bilden av en garvad Wayne som stod framför sina män där han förklarade taktiken inför D-dagen.

"Ja, det är jävligt uppfattat, kapten", vrålade Andersson till svar med sina lungors fulla kraft. "Vi bibehåller vår nuvarande stridskänning och ser till att utan problem jaga ryssen tillbaka till Kremls murar. Det kommer bli många ilskna soldatmödrar som protesterar på Röda torget de närmaste veckorna."

Robert kunde se hur fänrikens mun rörde sig i en ljudlös fortsättning, men dånet från stridsfordonets automatkanon dränkte effektivt orden. Vapnet gick hackande i gång för att med sina projektiler skapa stress och dålig stämning hos den ovälkomna fienden.

Andersson pekade bestämt med armen i vägens riktning, medan Robert på nytt fick pansarfordonet att röra sig framåt. Bakom dem anade han att soldaterna hakade på i forcerad marschtakt.

Längre fram kunde Robert skymta den anrika gamla Ålands kyrka. Han visste sedan tidigare att byggnaden med säkerhet hade en historia som sträckte sig åtminstone så långt tillbaka som till mitten av tolvhundratalet. Han visste även att själva kyrkbyggnaden var noggrant uppförd av gråsten som en så kallad salkyrka, där sakristia och vapenhus var tillbyggnader i norra, respektive södra kortsidan.

Den lilla låga stenkyrkan med sin vitputsade fasad saknade torn, men däremot fanns det en tillbyggd klockstapel i trä på byggnadens nordsida.

Robert ändrade sig snabbt. Kyrkan *hade* en gång haft en vacker klockstapel i trä. Nu stod både kyrkan och det lilla som fanns kvar av klockstapeln i lågor. Samtidigt såg han ett par äldre ryska pansarfordon, troligen reliker ur något gammalt förråd från kalla kriget, som med hög hastighet retirerade med svansen mellan benen bort längs väg 577.

"Det där var banne mig åtta århundraden av unik svensk historia. Och det bränner ni ner, bara för att ni kan och vill, era förbannade kretiner," utbrast han ilsket just som två stridsfordon ur CV90-familjen dundrade förbi ekipaget med smattrande kulsprutor.

Han skulle just fortsätta sin ilskna och utdragna tirad om ryska mördarvandaler, utan någon respekt för kulturhistoria, när något med stor kraft slog in i pansaret och detonerade mot övre delen av chassit.

Robert kände en våg av hetta slå emot sig. Reflexmässigt hävde han sig upp ur stridsluckan och kastade sig rullande ner från vagnen, vagt medveten om elden som slog upp ur luckan han just lämnat.

Han landade snett på ena benet och hörde, mer än kände, hur det bröts tvärt av. Handlöst föll han ner i slänten intill vägbanan. Grönt gräs blixtrade förbi hans blick innan han med ens låg stilla på rygg.

Yr och lätt omtöcknad blickade han förvånat upp mot den marmorerade morgonhimlen. En frän doft av bränt kött och het metall nådde hans näsa, vilket fick Robert att grimasera. I samma stund hörde han en orolig röst som utbrast:

"Kapten. Herregud. Hur gick det?"

Fänrik Andersson föll på knä intill honom i det grunda diket. Hans ansikte uttryckte både skräck och förstörtning när han såg ner på sin chef och nära vän. Robert ville säga att det nog inte var så farligt, att han bara behövde vila lite, men han fick inte fram orden som bara stockade sig i halsen på honom.

Ljudet från flera andra röster som skrek i närheten lät som något han hört genom en av barndomens egentillverkade burktelefoner. Rösterna lät just burkiga, med vissa vokaler bortklippta, vilket gjorde det svårt att förstå en hel mening.

Robert kände hur det hettade i ansiktet och bak i nacken. Samtidigt kändes hans händer stela och konstiga, lite grann som att de bestod av gammal uttorkad pergament, snarare än av hud och kött.

Han ville resa sig, för att bättre kunna undersöka skadorna, men fänriken tryckte med varsam hand ner honom igen, samtidigt som han med en allvarlig och klart känslomässigt påverkad röst sa:

"Jag är rädd för att kapten måste ligga helt stilla. Skadorna är dessvärre väldigt allvarliga. Om du rör dig kan de förvärras ytterligare. Se till att blunda och vila så länge tills jag kan få hit en sjukvårdare."

Med stigande irritation hörde Robert på Anderssons ord. Det lät som han talade genom ett filter av bomull. Ilsket ville han säga åt spolingen på skarpen att det minsann var han som hade högst rang av de båda. Därför kunde han heller inte kommenderas omkring hur som helst av en oerfaren fänrik.

Det var bara det att tungan kändes svullen och halsen tjock och sårig, varför han inte fick fram något mer än gutturala och otydbara läten.

Ännu en härjad och mycket smutsig soldat dök ner till dem i det grunda diket. Dimmigt kunde Robert notera att mannen bar sjukvårdstecknet på den slitna uniformen.

En sval hand strök Robert varligt över pannan. Ett renrakat ansikte med klarblå ögon böjde sig fram över honom och lät den forskande blicken fara över skadorna.

"Var helt stilla nu, kapten. Jag ska ge er något mot smärtan. Ni kommer att känna ett hastigt stick, sedan en värmande känsla inombords. Ta det bara lugnt och låt morfinet verka. Ni behöver era krafter."

Robert undrade vilken smärta det var som mannen talade om. Just nu förnam han ingenting annat än den brännande och svullna upplevelsen som fick kroppen att kännas som ett konstigt ballongdjur. Sjukvårdaren mötte hans blick, tyckte sig ana vad Robert ville förmedla och sa med sin mjuka och lugnande röst:

"Jag vet, kapten. Just nu känner ni kanske inte så mycket, men snart kommer den första chocken att släppa. När den gör det släpper också endorfinerna som just nu pumpas runt i blodet. När det sker lovar jag att även smärtan kommer. Ni ska få en rejäl dos morfin för att hjälpa kroppen att motverka den chocken."

Mannen höll upp en injektor. Försiktigt klippte han upp uniformens högra ärm och injicerade sedan morfinlösningen direkt i blodet. Robert kände hur en mjuk och sövande värme spred sig från området där nålen gått genom huden. En förrädisk dåsighet smög sig på honom innan han sakta gled in i skugglandet mellan sovande och vaket tillstånd.

***

Sjukvårdaren såg på Andersson med uppgivenheten lysande som en etsning i de trötta ögonen. För några korta ögonblick dröjde han sig kvar vid den övertända pansarterrängbilen som stod nedkörd i diket på andra sidan vägen. Med en djup suck skiftade han åter fokus till den svårt brända kaptenen.

Chefen såg nu ut att befinna sig på ett bättre ställe än det där striden stod. Med stort vemod förutspådde han att det åtminstone skulle vara fallet till dess att morfinet gick ur blodet. Vad som hände sedan visste han inte. Kanske skulle de ge chefen en ännu högre morfindos. På så vis kunde han i stället få somna in smärtfritt och stilla, snarare än tvingas leva med en livslång smärta.

Han svalde och lade sedan i tanken till att kaptenens chans att överhuvudtaget överleva nog ändå var minimal. Närmaste stabiliseringspunkt låg för närvarande flera kilometer bort.

Samtidigt verkade den ryska bekämpningen rikta in sig på sjukvårdsinsatserna. Det var ett solklart krigsbrott som stod i strid med Genèvekonventionen, vilken ryssarna helt enkelt struntade i. Tyst såg han på fänriken och sa:

"Inte så mycket mer jag kan göra för honom just nu, är jag rädd. Nu är det upp till omständigheterna att avgöra om Liss kommer klara sig eller inte."

Sorgset nickade Andersson instämmande i sjukvårdarens ord. Robert hade tredje gradens brännskador på stora delar av kroppen. Skyddsvästen hade visserligen till viss del skyddat bålen, men nacke, huvud, armar, ben och underliv var desto värre skadade.

Risken var stor att man skulle tvingas amputera händerna, kanske även benen om det ville sig riktigt illa. Det berodde ytterst på om han skulle hinna få kvalificerad vård eftersom tidsfaktorn var avgörande.

Sjukvårdaren gav Andersson en kort nick innan han med ett djupt andetag samlade sig för att nedhukad, i skydd av diket, skynda i riktning mot ännu en röst som skrek gällt längre fram på vägen.

Kvar var nu bara Robert och Andersson. Fänriken tittade ner på sitt befäl, som han jobbat tillsammans med under så lång tid, och kände verkligen hur han led med honom. En kort sekund kände han sig frestad att dra pistolen, för att på så vis få ett snabbt slut på Roberts plågor. Däremot ändrade han sig fort. Om det fanns en chans att Robert skulle klara sig, ja då var det också hans skyldighet att försöka rädda honom.

Försiktigt stack han upp huvudet och spanade längs den sönderkörda vägen. Längre bak i ledet såg han en *Patria* med det röda korset målat på sidan. En gång hade alltså det röda korset varit en garant för att man inte skulle bli beskjuten, men det verkade ryssarna nu mera strunta högaktningsfullt i.

Han hade hört hur både fältlasarett och mer traditionella sjukvårdsinrättningar utsatts för kryssningsrobotar och mer direktverkande granateld, för att inte tala om de yttäckande splitterbomberna. Det var som att korset fungerade som en måltavla, där fienden tävlade om vem som kunde få in flest fullträffar. Därmed verkade det också som att det fanns få, om ens några, krigslagar som ryssarna rättade sig efter. De var som en illasinnad armé av lågintelligenta orcher som slog sönder allt som stod i vägen på deras vandring mot Midgård.

Försiktigt spanade han av omgivningen för att inte blotta sig allt för uppenbart för eventuella ryska krypskyttar eller andra eftersläntrare till den ryska huvudstyrkan. När han kände sig någorlunda säker reste sig Andersson och sträckte armarna över huvudet. På så vis lyckades han viftande påkalla sjuktransportens uppmärksamhet.

Patrians förare såg honom och körde fram för att ställa sig mellan det primära hotet och den skadade kaptenen. Två soldater med vitröda armbindlar hoppade ur fältambulansen. Tillsammans hjälptes man sedan åt att med stor försiktighet lyfta in Robert i bollhavet. Andersson noterade att där redan satt flera skadade soldater.

Vänd mot en av sjukvårdarna frågade han:

"Vart tar ni honom?"

"I nuläget skickas de skadade till Järlåsa för stabilisering", svarade mannen med hes röst. "När de som har en chans att överleva tagits om hand där hämtas de av *Blackhawks* innan de flygs vidare till Göteborg. Vad som händer efter det vet jag inte."

Han tystnade några sekunder medan blicken flackade mellan de skadade och den omgivande striden. Sedan sa han:

"Det talas om att både Spanien och Holland ställt upp med akutvårdsresurser. Tydligen ska spanjorerna vara på väg in i Östersjön med ett sjukhusfartyg, vad nu ryssen kommer att tycka om det. Man kan ju hoppas att de inte vill söka direkt konfrontation med ett Natoland, men man vet aldrig med Potemkin. Karln har helt klart storhetsvansinne och är totalt sinnessjuk."

Soldaten ryckte uppgivet på axlarna innan han fortsatte:

"Det är så många skadade att vi tvingas välja bort de som det absolut inte går att rädda. Jag har själv tvingats ge flera överdoser morfin för att ... på något sätt ändå rädda lite av deras värdighet inför döden."

När mannen sa det föll tårarna nedför kinderna. Andersson förstod att dessa barmhärtighetsmord nog ändå var det mest humana man kunde göra för de svårast skadade i denna ultimata dårskaps sista kraftmätning.

Om han själv fick välja mellan en lugn, smärtfri och värdig död, eller ett plågsamt och utdraget elände, visste han hur valet skulle bli. Speciellt som det ändå ledde fram till samma oundvikliga slut.

Med en snabb nick drog han sig tillbaka. Pansarbilen vände och försvann därefter i samma riktning som den kommit. Andersson dök på nytt ner i skydd av diket. Det var bara dumt att i onödan utmana ödet, bara för att riskera att bli ännu en pinne i statistiken som på så sätt fick nästa morfinöverdos.

Kapitel 21

Kapten Robert Liss
Sätra Brunn, söder om Sala
Förmiddag 7:e maj 2017

När han till slut vaknat upp från sin djupa medvetslöshet var Robert till en början kraftigt desorienterad. Han hade inte alls kunnat förstå var han befann sig, eller ens varför han var i denna för honom totalt främmande miljö.

De tunga smärtstillande droger som pumpades runt i hans kropp gjorde att sinnesintrycken blev kraftigt förvrängda och svårbegripliga.

Det tog honom en stund av total förvirring innan Robert så småningom insåg att han låg på en enkel tältsäng, som med stor sannolikhet hämtats ur något bortglömt militärt förråd från femtiotalet.

Sängen stod i sin tur placerad, tillsammans med flertalet andra liknande bäddar, i en sal av något slag. Runt omkring sig hörde han ett kakofoniskt sammelsurium av olika röster som stönade i smärta. De verkade desperat be om allt från frälsning inför döden till en mer effektiv lindring av plågorna. Någonstans på sin högra sida kunde Robert höra hur en ung man i skräck och vanmakt ropade högt på sin mor, men ingen svarade och ropet övergick i en guttural rossling.

När han försökte vrida på huvudet åt det hållet insåg han att kroppen till stora delar var täckt av flera lager bandage. Det konstaterandet klargjorde till slut att han troligen befann sig på ett hastigt sammansatt fältsjukhus, beläget någonstans i Mellansverige. Där var det tillräckligt långt från striderna för att inte kunna nås av artilleri, men ändå så pass nära att de skadade snabbt kunde komma under vård.

Han hoppades verkligen att den här stabiliseringspunkten, eller vilken uppgift stället nu hade, var så pass undanskymd att fienden inte genast skulle upptäcka den. Om Ivan såg sin chans att slå mot vårdkedjan, då skulle han lätt kunna sätta in mer effektiv fjärrbekämpning, exempelvis med kryssningsrobotar eller ballistiska luftvärnsrobotar i markmålsläge.

För stunden var det helt omöjligt att med säkerhet kunna avgöra hur länge han varit medvetslös, eller vart han under tiden kunde tänkas ha blivit förflyttad. När han med hes röst försökte ropa till sig någon, för att bli informerad, upptäckte han att bandagen effektivt hindrade honom från att öppna munnen. Det tajta bandaget lämnade bara en smal skåra, endast tillräckligt bred för att kunna stoppa in ett sugrör.

Med en halvkvävd viskning fick han till slut fram ett tyst rop på hjälp, men det räckte tydligen. En mörkhårig slank kvinna i trettioårsåldern kom nästan genast fram till hans bädd. Där böjde hon sig först över honom och riktade blicken mot en punkt bakom hans huvud. Tydligen läste hon på något som stod skrivet vid huvudändan av sängen, för sedan fäste hon blicken på hans ögon och sa med allvarlig röst:

"Hej kapten Liss. Jag heter Marie Kolibri och jag är undersköterska på det här provisoriska fältlasarettet. Har ni ont och behöver mer morfin?"

Robert gjorde först ett misslyckat försök att nicka som svar på frågan, men lyckades sedan väsa fram ett tyst ja. Med ett professionellt leende, som inte helt lyckades dölja den tydliga oro han kunde läsa av i hennes ögon, reste sig Marie innan hon försvann bort. Det tog bara någon minut innan hon var tillbaka med en rosa ampull i ena handen.

Med vana rörelser tryckte Marie in nålen på en spruta genom membranet i ampullens topp. När det var gjort drog hon upp den genomskinliga vätskan. Med sprutan ordentligt fylld injicerade hon honom genom droppet som var fäst med en infart i hans högra arm.

Sedan drog sköterskan fram en träpall och satte sig intill bädden. Han grimaserade bakom bandaget när pallens ben skrapade obehagligt mot golvet. Vid en första anblick såg den hiskeliga skapelsen ut att vara hopsnickrad av en sur treåring med betydligt mer jävlar anamma än någon egentlig talang för träsnideri.

"Okej kapten. Så här är läget för stunden. Ni befinner er just nu på en liten kurort som heter Sätra Brunn. Den ligger på landet utanför Sala, åt Västeråshållet till."

Marie lät trött på rösten när hon sa orden. Det verkade som hon var tvungen att ta ny sats innan monologen återupptogs:

"Det här är en tillfällig uppsamlingsplats som man fick föra er till efter det att stabiliseringspunkten vid Järlåsa bombades med femtonhundra kilos glidbomber."

Hon gjorde åter en kort paus, som om hon behövde leta i minnet, innan hon på nytt sa:

"Jag tror att vår hatade fiende kallar dem för FAB-1500. Ryssarna siktar – helt klart i strid med Genevekonventionen - tyvärr in sig på våra stabiliseringspunkter i akt och mening att förhindra att svårt sårade soldater ska få vård. Jag utgår ifrån att de med sin terrorbombning försöker skapa sådan skräck hos oss att vi ska sträcka vapen utan vidare strid."

Här tystnade hon tvärt och såg sig omkring i salen innan hon fortsatte:

"Den stora fördelen med Sätra Brunn är att stället har så många byggnader att det är svårt för dem att veta vad det egentligen är som pågår här. Vi ser också till att inte dra på oss någon uppmärksamhet med bilkonvojer av militärfordon som åker in och ut. Vi använder endast omärkta civilbilar och Försvarsmaktens helikoptrar landar långt härifrån. På så sätt hoppas vi att Sätra ska klara sig bättre än vad Järlåsa gjorde. Där var stället ordentligt uppmärkt med röda kors i enlighet med krigslagarna, men ryssarna jämnade som sagt stället med marken. De kunde knappast ha missat att det var ett fältsjukhus. Slutsatsen blev att vi måste dölja dessa, eftersom de röda korsen uppenbarligen inte längre skyddar oss från att bombas tillbaka till stenåldern."

Maries röst tystnade, som om orden med ens tog slut. Sedan tog hon ett djupt andetag, samlade sig och fortsatte:

"Tyvärr måste jag meddela er att ni skadades mycket svårt tidigare i morse. Det handlar i nuläget om väldigt omfattande brännskador, samt skador från inträngande splitter i nedre delen av bröstkorgen, skrevet och låren."

Marie gjorde en kort konstpaus för att låta honom smälta orden innan hon återupptog tråden:

"Vi har inte de nödvändiga resurserna här på Sätra för att kunna behandla era skador. Ni kommer därför inom kort att förflyttas till mer avancerade inrättningar. Om cirka en halvtimme anländer några *Blackhawks* från det norska flygvapnet till ett av våra fält runt om i Sala. De kommer att hämta er och flera andra som vi inte heller klarar av att ta hand om här. Därefter flygs ni vidare, antingen till Oslo eller till det spanska lasarettsfartyget *Esperanza Del Mar. Esperanza* är i detta nu på väg in i Östersjön, söder om Gotland. Hon är dessutom i gott sällskap med flera andra spanska eskortfartyg."

Robert svalde. Det gjorde fruktansvärt ont i svalget och tungan kändes fortfarande som en gammal ruggad dörrmatta när han kraxade fram:

"Hur ... hur illa är det?"

Marie satt tyst några ögonblick innan hon sakta svarade på frågan:

"Som sagt har ni ådragit er mycket svåra brännskador över större delen av kroppen, med undantag för de övre delarna av bålen som skyddades av västen. Troligen kommer ni att få flera extremiteter amputerade. Jag vet däremot inte i vilken omfattning som läkarna kommer tvingas amputera er. Det beror helt på hur djupt brännskadorna går. Sedan träffades ni också av splitter från explosionen som slog ut fordonet ni färdades i. Det har orsakat inre skador i brösthålan, men utan en röntgen kan vi inte avgöra hur allvarligt skadad ni är. För stunden har läkarna stoppat de värsta blödningarna och även satt in ett dränage för att ventilera ut blodet. Ni har redan fått två enheter blod sedan operationen och snart är det dags för en tredje. Ju snabbare ni kommer under kvalificerad vård, desto större chans har ni."

Han blundade när hon sa de orden. Sanningen satt som en tungviktsboxares raka höger i solar plexus. För stunden fick han inte fram ett ord, även fast han var tacksam över hennes ärlighet. Marie, som träffsäkert gissade sig till hans känslor, sträckte i stället fram en plastflaska med iskallt vatten och stoppade in ett sugrör mellan hans såriga läppar.

Mekaniskt sög han i sig av vattnet och kände hur vätskan tillfälligt lindrade svedan i svalget. När han var klar mötte Robert åter hennes blick och väste sammanbitet fram:

"Hur går det i kriget?"

"Jag vet inte", svarade hon. "Vi har varit så upptagna med alla skadade att jag inte har haft en chans att uppdatera mig om utvecklingen i striderna. Däremot berättade en major som kom in med en skottskada i benet att marinen sänkt mycket tonnage på Östersjön. Det var en blandning av ryska militära enheter och civila fartyg under rysk flagg som var på väg mot svenska hamnar, fullastade med krigsmateriel och fler soldater. Flera svenska ubåtar hade visst i en samordnad insats sänkt ett gäng landstigningsfartyg. Tydligen en kännbar förlust, enligt majoren."

Här fick Maries röst en ton av skärpa i sig när hon fortsatte:

"Likaså har flygvapnet gjort flera framgångsrika insatser mot ryska landstigningsföretag, men det har skett till en hög kostnad. Just nu är det ni i armén som för kriget på marken och av mängden sårade ..."

Hon såg sig på nytt omkring i salen innan hon åter fäste blicken på Robert med orden:

"Av mängden sårade kan jag bara dra slutsatsen att ni killar och tjejer trots allt ger ryssen en ordentlig lektion i den gamla karolinska krigskonsten, den som sa att man mötte fienden knä om knä i täta led. Den anekdoten drar jag bara eftersom Potemkin ständigt tjatar om tsar Peters seger vid Poltava 1709. För att vara en liten uppblåst dåre som älskar historiska paralleller verkar han däremot inte lära sig så mycket av den historien. Exempelvis kan det i hans fall vara värt att tänka på hur hans historiska antagonist Hitler slutade sina dagar under det förra världskriget. Med lite tur och skicklighet kanske Putte går ett liknande öde till mötes."

Nu log hon ett snabbt leende innan hon sa:

"Ni får förlåta mig ifall jag babblar. Det är bara så vansinnigt allt det här. Dåren i Kreml som tjatar om Rysslands historiska rätt till andra länders territorium och hur han startar krig efter krig för att kräva den *ryska rätten*. Han borde kanske dra sig till minnes var den svenska landgränsen gick år 1700 när tsar Peter stövlade in i Narva, som på den tiden faktiskt var *svenskt* territorium."

Här kunde Robert mycket tydligt höra citattecknen runt orden *"ryska rätten"*. Han kunde heller inte göra annat än att hålla med. Det enda som egentligen förvånat honom i hela det nuvarande eländet var att Potemkin valt att anfalla Sverige och Finland först.

Han hade naivt nog faktiskt trott att innan Kreml gav sig på de nordiska grannarna skulle de sikta in sig på Lettland och Litauen, eftersom de genom proxykrigföring redan tagit över Estland.

Kanske låg även Ukraina pyrt till, tänkte han tyst. Det var ett stort land med mycket bördiga jordbrukstillgångar som Potemkin säkert hyste ett enormt begär till. Egentligen borde alla länder som tillhört Sovjetunionen före 1991 känna skräck inför Potemkins fortsatta planer. Det var ingen hemlighet att den kortväxta mannen i Kreml såg sig som en modern Peter den Store, med en naturlig rätt att styra över Europa.

Att de tillsammans med Finland ännu en gång skulle tvingas utkämpa ett fruktlöst krig med Ryssland hade han varit bittert inställd på i flera år, åtminstone sedan Potemkin i strid med folkrätten olagligen annekterat Krim 2014. Däremot hade han trott att det skulle dröja minst tio år innan den nya tsaren ansåg tiden mogen att plocka de nordiska frukterna. Tio år då den tondöva svenska regeringen kanske skulle hinna vakna upp och börja satsa på militären, för att ge dem en rimlig chans till ett ordnat försvar.

Ack så fel han haft.

I det rådande läget var det bara att hoppas på att resten av de västliga demokratierna, och då framför allt Ukraina, tog vara på den tillfälliga respiten. En respit som skulle ge dem ett litet fönster för att upprusta allt de kunde, utan politiskt käbbel. En vacker dag skulle det tredje världskriget komma, oavsett vad politikerna trodde. Det var han lika säker på som ett brev på posten ... åtminstone så som posten fungerat på det gamla Postverkets tid. Med dagens system och nya namn var sig ingenting likt och posten var inte alls så säker som tidigare. Snart slutade förmodligen även den institutionen att fungera, tänkte han dystert.

Med ens började Robert hosta skrällande. Förfärat kunde han konstatera att blodet stod som en fontän ur munnen på honom. Bandage och sängkläder färgades snabbt i dödens röda färg. Dimmigt hörde han hur Marie i bakgrunden ropade efter hjälp, men han förstod knappt orden. Blodet rann även envist tillbaka ner i halsen, vilket fick honom att storkna när luftvägarna täpptes till.

Robert flämtade desperat efter luft och sedan kändes det som att något i hans bröst gick sönder. Det var som om någon illvillig djävul bränt av en dynamitgubbe i lungorna på honom.

Ännu mer blod forsade okontrollerat ur hans mun, samtidigt som mörkret sakta, men obevekligt, sänkte sig över honom.

Det sista han såg innan döden satte stopp för smärtan var Maries ansikte när hon böjde sig fram över honom. Hennes uniform var kladdig och nedsölad av blod och kroppsvätskor. Uttrycket i hennes ansikte var något som han närmast kunde beskriva som den allra djupaste fasa.

Robert dog med en brinnande längtan efter att en sista gång få höra hur vågorna rofyllt slog mot strandhällarna vid familjens lilla sommarställe ute i skärgården. Det var en sista önskan som aldrig skulle uppfyllas.

***

Den trötta läkaren reste sig sakta upp och mötte sköterskans blick.

Marie kunde se uppgivenheten i den gråhåriga mannens ansikte när han slutligen sa med sliten röst:

"Det verkar som ett bråck på aortan brast, vilket ledde till döden. Inte mycket vi hade kunnat göra för honom här är jag rädd. Det var kanske bäst för honom att få somna in. Nu gick det trots allt ganska fort och ... förhoppningsvis någorlunda smärtfritt."

Läkaren la en snabb hand på hennes axel innan han med tunga steg lämnade båren för att uppsöka nästa jämrande och dödsdömda patient. Efter mer än fyrtiofem år inom yrket hade läkaren aldrig tidigare sett en sådan masskadesituation som den de hade att hantera här, dessutom utan ordentlig utrustning eller tillräckligt med kvalificerad personal.

Allt han kunde be om var att dårskapen skulle få ett snabbt slut, men skulle det verkligen bli bättre då? Om Ryssland vann och Sverige ockuperades. Vad skulle befolkningen då tvingas utstå? Efter att ha sett krigen i Afghanistan, Georgien och

Tjetjenien trodde han sig däremot ha ett svar på sin egen fråga. Det skulle vara ren terror.

Mekaniskt gick han fram till en pojke i övre tonåren som fått bägge benen bortsprängda av en luftutsatt mina.

Bakom läkarens rygg såg Marie uppgivet ner på det bleka ansiktet i bädden. I döden verkade det trots allt som att kapten Liss slutligen fått den frid som han så desperat varit i behov av, men det var så onödigt. Mannen framför henne hade haft så mycket kvar att ge till sin omgivning, men alla drömmar om en lycklig framtid hade nu slagits i bitar av det oprovocerade våldet.

Med en tung suck satte hon sig på en obekväm institutions-stol av rostfritt stål, efter att ha sparkat den missbildade pallen åt sidan. För några korta ögonblick vilade hon huvudet i händerna. Marie mindes inte när hon fått sova sist, men någon mer sammanhållen vila hade nog ingen i personalen fått. Åtminstone inte efter det att kriget börjat och kallelsen om inställelse kommit.

Tyst förbannade hon den illegitima president Potemkin, Ryssland och världens samlade galenskap i största allmänhet. Varför kunde en liten maktgalen diktator tillåtas göra allt det här bara för att han hade makten att genomföra sin egen version av *Anschluss*?

Det var inte direkt så att de ryska stormaktsambitionerna gått världen helt förbi. Det hade trots allt funnits dussintals med varningstecken ... Georgien, Tjetjenien, Krim och all inhemsk rysk repression. Någonstans i regeringskretsarna inom EU och Nato måste ändå varningsklockorna ha börjat ljuda, men tydligen var det som vanligt mycket enklare att blunda och låtsas som ingenting, än att verkligen agera och *göra* något preventivt. På så vis kunde man fortsätta att bedriva en önsketänkande politik som gick bättre hem hos väljarna än att tvingas säga den obehagliga sanningen - att man skulle tvingas höja skatterna för att finansiera försvaret.

Hon spottade på golvet i ren ilska.

Robert var absolut inte det första dödsfall hon bevittnat efter krigsutbrottet, men kanske den död som på alla sätt berört henne mest på djupet. Det var svårt att säga säkert, men inom sig förstod hon att det inte handlade så mycket om den enskilda person som låg kall och död framför henne, som det handlade om kriget i sig.

Just nu var det så många människor som dog en våldsam och onödig död. Människor som för bara några få korta dagar sedan älskat, skrattat och haft det bra, men som nu ... var döda, kalla och borta för alltid. Berövade från sina närstående på grund av en ensam mans galna drömmar om makt och erkännande. En man så ond att hon saknade ord att beskriva honom som något annat än ett monster.

Marie visste att genom att kalla Potemkin för ett monster avpersonifierade hon honom och gjorde det lättare att hata mannen i Kreml. Däremot fanns det inget annat sätt att hantera det hela på eftersom han verkligen var ett riktigt ... monster.

Sakta slöt hon ögonen. Djupt inom sig kände hon till slut hur tårarna trängde fram, efter att ha hållits tillbaka sedan den femte maj. Hulkande vred hon på kroppen och tog stöd mot britsen där den döda kaptenen låg. Sedan grät Marie högt och ljudlig till tonerna av droppande vatten i ett ensamt handfat.

Kapitel 22

Ingenmansland
Väster om Uppsala
7:e maj 2017

Den sönderskjutna skogen med sina sprängda och avskalade kala stammar, helt i avsaknad av sin vårskrud, förde ohjälpligt tankarna tillbaka till Västfronten under första världskriget.

Den nakna och våta lerjorden hade vräkts upp av den tunga granatelden, varvid rotsystem och sten slungats omkring i en härva som gjorde det till en veritabel mardröm att försöka ta sig fram där. Samtidigt var den ärrade och sönderkörda vägen under konstant beskjutning från de ryska förbanden. De hade nu stannat upp sin vilda flykt, maskerad som reträtt, för att i stället ta striden med de framryckande svenskarna.

Fänrik Andersson hörde hur en rysk kulspruta smattrande öppnade eld någonstans framför honom. I samma andetag förnam han hur jorden sprutade upp i små gejsrar direkt till vänster om hans position. Med en grov svordom kastade han sig handlöst ner i en grund granatkrater. Direkt ovanför sitt huvud kände han hur luften klövs av vassa projektiler.

Om den ryska kulspruteskytten bara varit en smula mer träffsäker vid sitt första försök hade kulorna enkelt kunnat ta livet av honom. Det skulle tveklöst snabbt gjort slut på alla de framtidsdrömmar som Andersson hade för de kommande åren. Från sin relativt skyddade position i kratern sände han en tacksamhetens tanke till den okända högre makt som för stunden verkade hålla sin skyddande hand över honom

En dånande explosion fick marken att vibrera märkbart. Den var lite för nära för att det skulle kännas hälsosamt att stanna kvar där länge till, om det nu var så att ryssarna höll på att skjuta in sig. Sekunden senare regnade jord och grus i rikliga mängder över honom. Svärande försökte han skydda sig från det värsta, men givetvis trängde det ändå in under kragen och västen.

Bäst som han försökte borsta av sig det värsta gruset damp en andfådd sergeant med blodig och sönderriven uniform ner intill honom. Med full hals vrålade han för att göra sig hörd över det intensiva stridslarmet:

"Fi rycker stadigt fram mot våra ställningar, skyddade av två T-72 stridsvagnar. Order?"

Andersson stack snabbt upp huvudet ovanför jordvallen för att med risk för livet skaffa sig en snabb bild av läget. Vid en hastig första anblick kunde han däremot inte se mycket annat än naken jord och trasiga spretande trädstammar. Efter att han dragit ner huvudet, för att slippa få det bortskjutet i den intensiva eldgivningen, vände han sig mot sergeanten med orden:

"Avstånd och riktning på stridsvagnarna, sergeant?"

"Vänster stora stenen. Avstånd fyra hundra meter. Det är deras tolv och en halv centimeters kanoner som slår sönder oss."

På nytt stack han upp skallen, intensivt medveten om de smattrande kulsprutor som ihärdigt besköt dem från de ryska linjerna. Det tog honom någon sekund att ta ut korrekt riktning och hitta den stora stenen, sedan vred han huvudet åt det håll som sergeanten angett. Där, bakom uppkastade jordvallar och spretande stammar, fick han till slut syn på den ena av de båda stridsvagnarna. Det krälande urtidsmonstret med sin tröstbur över tornet var däremot betydligt mycket närmare än vad som tidigare sagts.

"Det där är banne mig inga fyra hundra meter, sergeant. De ettriga små ryssjävlarna avancerar alldeles på tok för snabbt", svor han fräsande. "Order följer."

Andersson fångade sergeantens blick med sin egen innan han fortsatte ordergivningen:

"Jag vill att sergeanten samlar ihop två träffsäkra skyttepar och angriper T-72 med pansarskott. Försök komma i position så att ni kan bekämpa dem bakifrån där pansarskalet är som tunnast. Försök samtidigt undvika den där idiotiska buren de snickrat ihop. Ryssen tror visst att den ska skydda dem från pansarvärnsskott, men är mer eller mindre värdelös mot en Javelin … eller varför inte vår egen Robot 57 NLAW. Kommer ni ihåg de ryska stridsvagnarnas största sårbarhet."

"Det är så klart automatladdningen, fänrik. Ammunitionen till den där sardinburken lagras direkt i tornet. Träffar vi bara rätt får vi se en *jack-in-the-box* effekt, eller på ren svenska *kast med litet torn*. Vi gör så och ser till att uppgradera de där stridsvagnsbesättningarna till kosmonauter.

Mannen skrattade kort innan han reste sig. Sedan rusade han hukande upp ur kratern, för att försvinna bort över den sönderskjutna marken med sina färska lik.

Andersson såg efter honom tills han försvann ner i ett skyttevärn, till synes oskadd. Därefter slängde han en kort blick upp mot himlen och svor ve och förbannelse över att de inte hade några drönare som kunde ge dem lägesrapporter i realtid.

Att ha ett antal MQ-9 *Reaper* där uppe, fullbehängda med *Brimstone* attackrobotar, skulle verkligen varit en nåd att stilla bedja om. Tyvärr var den svenska Försvarsmakten i det fallet minst tjugo år efter sin amerikanska motsvarighet. De enda drönare som fanns inom krigsorganisationen var obeväpnade spanings-UAV. Dessutom fanns de bara i ett mycket begränsat antal, om det ens fanns några kvar nu efter dygnen av intensiv strid.

För fienden var det givetvis högprioriterat att skjuta ner drönarna. Med dagens närskyddsluftvärn borde det inte vara någon svårighet för motståndaren att förpassa de svenska farkosterna till skrotkyrkogården.

Han kunde för sitt liv inte förstå varför man inte satsade fullt ut på den nya tekniken. Om nu MQ-9 *Reaper* var ett för dyrt och avancerat system för Sverige, varför då inte satsa stort på enklare FPV-drönare på förbandsnivå?

De gav mycket valuta för pengarna och kunde med några små enkla justeringar fås att bära pansarbrytande granater. Dessutom var det ingen konst att snabbt köpa dem över disk hos väletablerade elektronikaffärer för några få tusenlappar. I ett modernt krig var de både billigare och gav mer pang per krona än dyra BONUS-granater, även om dessa givetvis också behövdes.

En ny explosion ekade över de härjade fälten, samtidigt som ännu en omgång grus och jord smattrande föll ner över honom. Den här granaten hade kommit betydligt mycket närmare än den förra, vilket inte kändes bra eftersom han var oerhört utsatt och exponerad där han befann sig.

Ännu en mullrande och tinnitusframkallande explosion överröstade stridslarmet, men den här gången lät det lite annorlunda. Kaj kände vid det här laget mycket väl igen den specifika ljudsignaturen som härrörde från ett av deras egna pansarskott. Bara sekunden senare kom ännu en detonation av samma slag.

När Kaj lyfte blicken såg han en kvast av eld och gråsvart rök som rullade upp mot himlen. I samma veva noterade han även hur ett stridsvagnstorn wobblande for upp i luften innan det fann sin banas högsta punkt, för att sedan på nytt falla tillbaka ner mot jorden.

Inom sig tänkte han flinande att flygande stridsvagnstorn var lite av en rysk nationalsport. Den till synes smått geniala konstruktionen med automatladdning, som tog bort behovet av en fjärde man som laddare, gjorde de ryska stridsvagnarna sårbara på ett helt annat sätt än exempelvis de svenska.

Historiskt hade han sett flera verkliga exempel på hur olika versioner av den tyska *Leoparden* träffats i magasinet. Trots det hade vagnbesättningen ofta överlevt på grund av en helt annorlunda konstruktionslösning, med mer avdelade skydd och effektivare brandbekämpning. Det var inte utan orsak att stridsvagn 122 räknades till en av de bästa i världen.

Glatt hojtade han över radion:

"Andersson till skyttegruppen. Bra jobbat, grabbar. Ni fick en av dem."

Leende lyssnade han till svaret, som mest verkade bestå av jubel. Sedan kom en röst som sa:

"Sergeant Bremner till fänrik Andersson. En nere. En kvar att sänka. Jag tror att det här kan bli nästa OS-gren."

"Det är jävligt uppfattat, Bremner. Ge de små fascisterna vad de tål ... och gärna lite till."

Med de orden avslutade Andersson samtalet. Fundersamt tuggade han på överläppen medan han samlade sig inför nästa moment, som inte var helt utan vissa risker.

Efter ett djupt och kontemplativt andetag tittade han upp ur kratern, för att likt en spejande apacheindian söka av den ärrade terrängen framför sig. När Kaj till sist ansåg att läget var under någorlunda bra kontroll, och risken för fientlig eld därmed kunde anses vara acceptabel störtade han upp ur det grunda skyddet.

Med så låg profil som det över huvud taget var möjligt fortsatte han sedan mot nästa grunda fördjupning i marken. Denna visade sig vara en illa medfaren skyttegrav från de tidigare striderna.

Det var nära att han snubblade över en död kropp, som av uniformen att döma inte var svensk. Tydligen var det inte så noga för ryssen att ta hand om sina stupade kamrater, tänkte Andersson illa till mods medan han tog ett långt kliv över det förvridna liket. Samtidigt kunde han också konstatera att det intill den döda mannen låg en gammal AK47 med träkolv, vilket antydde att vapnet bara var snäppet modernare än ett gammalt Mosin-Nagantgevär från trettiotalet.

Det gick inte direkt att påstå att Andersson kände någon större empati för den ryska mannen. Karln var död på grund av att han lytt en order som getts till honom av en diktator som inte brydde sig det minsta om hur många liv han offrade. Potemkin hade gjort ett aktivt val. Det var alltså det valet som dödade hans soldater i en aldrig sinande ström.

De svenska försvararna var med andra ord bara det verktyg som användes för att ta livet av motståndarna medan man desperat försvarade sitt land. Lite som hammaren som träffar spiken och driver ner den i brädan.

En kulspruta smattrade ihållande när kulorna väsande for genom luften runt omkring honom. Samtidigt skreks order kors och tvärs mellan befäl och soldater.

Framför sig såg Kaj en grupp med m/90:s karakteristiska gröna kamouflagemönster, allmänt kallad för lövhögen. De stod intill en tvär korsning i löpgraven och sköt i blindo runt kröken. När jorden piskades upp intill männen förstod han att det fanns ryssar inte alltför långt borta.

När Kaj kom närmare vände sig en av männen om och mötte hans blick. Snabbt kunde Andersson konstatera att han framför sig hade en löjtnant från 31. Jägarbataljonen, med det bevingade hästhuvudet på vänsterarmen. Mannen höll upp en hand för att stoppa honom innan han sa:

"Ta det lite lugnt här, fänrik. Får hälsa honom välkommen till den ryska skyttegrav som Gud i hastigheten glömde. För stunden sitter vi fast här i röran, så han får snällt ta och vänta tills vi kan knyta upp den här gordiska knuten. Tyvärr saknar vi möjlighet till indirekt eld. I stället blir det till att använda en annan metod."

I det ögonblicket kunde Andersson inte låta bli att beundra mannen, eftersom hans lugna tonfall verkade höra sällsynt dåligt ihop med den situation de befann sig i. Snarare var det så att han förknippade mannens lugna monolog med en brittisk lord, sittande i en öronlappsfåtölj på en *gentleman's club.*

Löjtnanten hade – situationen till trots - rent av ett snett leende hängande i mungipan när han i samma lugna tonfall fortsatte med att säga:

"Vi i den 311:e skvadronen har lyckats klämma fast minst fem eller sex dåligt utbildade ryssar mellan oss i den här delen av löpgraven. Vårt stora problem för stunden är att vi inte kan skjuta blint över värnkanten eftersom vi då riskerar att träffa våra egna. De befinner sig för närvarande cirka femtio meter för om oss. Min enkla fråga till er blir därför följande ... var i helskotta har fänriken gjort av sina killar?"

Andersson höll tillbaka leendet när han svarade:

"De är utspridda i terrängen runt omkring oss. Striden har inte direkt gynnat sammanhållna förband, men jag kan nog samla ihop dem om det skulle knipa."

Löjtnanten gned sig om hakan och tycktes tänka igenom situationen innan han sa:

"Om det går för sig kan Hemvärnet gärna få göra en kraftig eldstöt rakt in mot fiendens center. Era AK4:or har trots allt lite mer tryck än våra knallpåkar. Blir Ivan där borta tillräckligt distraherad kan vi rycka fram i samlad tropp och plocka dem med handgranater. Vad säger ni om den idén?"

"Den låter tillräckligt enkel för att ha en chans att fungera i praktiken, löjtnant."

Mannen skrattade och klappade Andersson uppmuntrande på axeln med orden:

"Ja, håll det enkelt. Det är väl en bra devis i ett krig som det här. Ju färre rörliga delar som kan ställa till det, desto bättre. Om ni pratar med era killar så drar jag insatsreglerna i lugn och ro för mina under tiden. Meddela när ni är klara att köra i gång med dunderfesten."

Drygt två minuter senare kunde Andersson rapportera att ordern gått fram. Hans sergeant hade entusiastiskt tagit på sig uppgiften att styra in soldaterna mot löpgravens kritiska punkt, den som löjtnanten lite smått lakoniskt hade kallat för fiendens center. När han var klar med dragningen skrockade löjtnanten och borstade bort jord från uniformen innan han sa:

"Ja, då kör vi väl då. Det är trots allt ingen idé att ligga här och suga på karamellen när en hel godispåse ligger och väntar runt hörnet."

Det tog inte lång stund innan hemvärnsmännen i skydd av rök kröp fram emot löpgraven. Så fort man kommit tillräckligt nära gjordes två kulsprutor snabbt i ordning. När allt var klart öppnade man omedelbart en intensiv eld som tungt hamrade in i det ryska värnet.

Löjtnanten klappade distinkt sin närmaste soldat på axeln, varvid mannen drog fram en handgranat från sin välhängda stridsväst. Med en imponerande träffsäkerhet kastade han den sedan mot fiendens position. Så fort granaten detonerat följde jägarna efter. En av männen träffades av en kula och föll direkt när han klev runt kröken. Snabbt blev han dragen åt sidan av en kamrat som lämnade över till sjukvårdaren som stod längst bak i kön.

När Andersson följde efter såg han att mannen tagit träffen rakt i västen. Uniformen var visserligen röd i armhålan, men det verkade vara från en sekundär skada och sjukvårdaren jobbade snabbt med att ta av västen för att komma åt att undersöka såret. Mer än så hann Andersson inte se innan han som sista man skyndade fram i skyttegraven.

Ett splittrat träd låg nedtryckt över diket. För att komma förbi tvingades han att krypande åla sig fram under den förstörda stammen. När han kom ut på andra sidan såg Kaj att graven delade sig i formen av ett Y. En illa riktad kulkärve hamrade in i trädstammen när en ensam motståndare i panik försökte eliminera honom. Kaj kände hur en kula strök så tätt förbi hans högra överarm att uniformens tyg slets sönder när bicepsen sveddes.

Med en osmidig elegans, som påminde om en gammal överviktig och avdankad amerikansk wrestler, kastade han sig mot sidan av graven. Det högg till i fotleden när han trampade snett, men Kaj hade inte tid att känna efter hur illa det var. På något sätt lyckades han trassla upp sin automatkarbin, för att sedan skjuta fem patroner mot den oformliga skuggan längre fram i diket. Sedan reste han sig och skyndade så gott det gick haltande fram mot kroppen som nu låg på marken.

Snabbt avlägsnades vapnet innan han gick ner med ett knä i marken för att kontrollera pulsen, men mannen var redan död. Två av de dödande kulorna hade träffat rakt i bröstet, vilket borde ha tagits upp av västen. När han konfunderat kontrollerade närmare insåg han att den så kallade skottsäkra västen bara var ännu ett typexempel på den utbredda och omtalade ryska korruptionen.

Under den yttre stoppningen av Cordura såg det mer ut som en medeltida plåtbrynja än en modern skyddsväst. De helmantlade blykulorna hade därmed inte haft några som helst problem att penetrera det obefintliga skyddslagret.

Väl igenom lapptäcket av tillskurna plåtbitar fortsatte de in i bröstet, för att där omedelbart döda mannen. Det ironiska i situationen var att om pengarna gått till kevlar och keramiska plattor, i stället för en datja vid Röda havet, kanske soldaten överlevt träffarna.

Med en uppgiven huvudskakning reste sig Kaj och lämnade den döda kroppen. Ännu en krök tvingade honom att stanna upp för att ta ett djupt andetag innan han tittade fram. Bara fem meter bort såg han två ryska soldater som upptäckte honom samtidigt som han såg dem.

Innan de hunnit få upp sina vapen hade Kaj dragit tillbaka skallen. Utan att tveka fiskade han fram en handgranat som sedan lobbades över kanten. Snabbt drog han ner huvudet och väntade på det som var ödesbestämt att komma. Den dånande explosionen efterföljdes av ett skrik … sedan en olycksbådande tystnad.

Efter en snabb kontroll såg han en av soldaterna ligga på marken med ena benet klumpigt amputerat strax under knät. Av hans kamrat syntes däremot inte ett spår, varför Kaj stack upp huvudet över kanten. Där fick han se en obeväpnad ryss som tydligt förvirrad i panik sprang över den sönderskjutna terrängen.

En explosion, med efterföljande uppkast av jord och sten, fick mannen att byta riktning. Plötsligt kom ryssen springande tillbaka samma väg, rakt mot Anderssons position. Förvånat stirrade han på de vilt flaxande armarna när mannen några sekunder senare dök ner i diket intill honom.

Först verkade det som ryssen lättat pustade ut medan han lutade sig mot den leriga jordvallen, nöjd med att ha lyckats undkomma fiendens eld. Sedan blev han medveten om att han inte var ensam i värnet. Med uppspärrade ögon stirrade han förvånat på Andersson. Det tog några ögonblick innan ryssen insåg att den uniformerade soldaten intill honom inte var en av hans egna så kallade kamrater.

"Blyat."

Det ilskna utropet stöttes fram med ett gutturalt tonfall innan karln tvärt vände och krälande började ta sig upp ur skyttegraven på nytt. Väl uppe på marken började han med flaxande armar springa igen, som om han var en klumpig fågel som desperat försökte få luft under vingarna för att kunna lyfta. En röst intill Andersson sa frågande:

"Vad i helvete var det där?"

När han vände sig om såg Kaj sin sergeant som förbluffat följde den flyende ryssen med blicken, varvid han fåraktigt svarade:

"Jag tror att karljäveln var i chock. Det var trots allt ganska uppenbart att han inte riktigt hade koll på i vilken riktning han sprang. Eftersom han per definition var obeväpnad kunde jag inte skjuta honom, eftersom det skulle vara ett krigsbrott. På den punkten måste vi se till att vara bättre än ryssen."

"Vet du vad, chefen", sergeanten smålog sorgset när han fortsatte. "Om rollerna varit ombytta, då lovar jag dig att ryssjäveln inte skulle ha tvekat en sekund med att skjuta. Som bekant betyder inte Genevekonventionen så mycket för de där pajasarna."

Med en sista blick bort mot den flyende fienden svarade han:

"Då är det tur att den betyder desto mer för oss. Om karln däremot plockar upp ett vapen kommer jag hur som helst att döda honom. Då är han stridande igen."

Kapitel 23

Han hade beordrat taktisk reträtt för att skapa utrymme som tillät dem att sätta in mer effektiva vapen mot den obstinata fienden. Vapen som han ansåg en gång för alla skulle göra slut på den helt meningslösa slakten av de egna resurserna.

För att den planen skulle haft en rimlig chans att fungera som det var tänkt, ja då hade svenskarna behövt stanna kvar bakom sina utgrävda försvarslinjer, där de – förhoppningsvis - nervöst suttit och väntat på nästa drag från de hjältemodiga ryska soldaterna.

Det som de där förbannade dårarna i stället gjort gick helt på tvären med all taktisk planering. Den sa nämligen att fienden vid det här laget skulle vara lamslagen av tyngden och beslutsamheten i det ryska anfallet. Allt som de trodde sig ha vetat om den svenska Försvarsmaktens sätt att strida visade sig nu vara totalt felaktigt och värdelöst, inte ens värt pappret det var skrivet på.

Kirejevskij fnös irriterat när han betraktade den nyligen uppdaterade lägeskartan. När han, med all rätt, förväntat sig att fienden skulle stå för fot gevär, då hade i stället de där galna svenskarna upprätthållit stridskänningen under hela den ryska reträtten. Det hade därmed gjort att man till att börja med inte kunnat bekämpa dem med FAE-bomberna som det var tänkt.

Dessutom visade det sig att de haft kvar åtminstone en av sina gamla robot 70-batterier, som GRU så stöddigt påstått sig ha bekämpat. Nåväl, denna så kallat *bekämpade* Rbs-70 lyckades med konststycket att skjuta ner deras Mi-24:or och nu fanns det inga fler attackhelikoptrar att tillgå på det här frontavsnittet. Det var verkligen en smärtsam påminnelse om Murphys förbannade lag som sa att om något har den minsta lilla chans att gå fel, då går det också käpprätt åt skogen med dunder och brak.

Speciellt i ett krig med så här många rörliga delar.

Svenskarna var som ett gäng extremt irriterande blodiglar. De gav sig verkligen inte, trots möjligheten till en välbehövlig stridspaus. Hela den absurda situationen urartade därmed till fullständigt kaos när de egna förbanden sedan ställdes inför de bakomvarande spärrtrupperna. Det var FSB som med våld hade tvingat hans soldater att på nytt vända om för att möta det svenska existentiella hotet.

Även om *politruken* inte längre hängde som en osalig ande över hans axel fanns fortfarande det *politiska regementet* kvar, vilket skulle se till att soldaterna följde order och inte deserterade eller försökte fly slagfältet. På den punkten hade mycket lite hänt sedan Stalins tid, tänkte Kirejevskij surt.

Precis som väntat stoppades den paniska flykten brutalt av kulsprutelden från de osentimentala spärrtrupperna. Det var som en miniversion av Stalingrad, där feghet belönades med döden.

Att helt plötsligt bli beskjutna från två håll skapade minst sagt en kraftig oordning i leden, eftersom de ack så viktiga underbefälen redan varit hårt ansatta. När spärrkulorna slog in bland de retirerande männen rasade hela befälsstrukturen ihop som ett korthus. Det sammanbrottet orsakade i sin tur att svenskarna slutligen bröt igenom över hela den utdragna frontlinjen och nu stod fienden på deras tröskel.

Bara några minuter tidigare hade Kirejevskij till slut känt att det nog var dags att beordra reträtt av hela staben, om man inte ville förlora den också. Tyvärr visade det sig att han dröjt för länge med att fatta det avgörande beslutet. Den intensiva skottlossningen kom inte längre från ett avstånd som kunde räknas i hundratals meter, utan striden pågick i princip i direkt anslutning till gårdsplanen de inrättat sig på.

Svärande som en oborstad hamnsjåare duckade Kirejevskij instinktivt när en svensk granat exploderade mot en trädstam bara några meter från där han stod. Väsande träsplitter for genom luften och han kunde känna hur en del av det träffade skyddsvästen och hjälmen.

I samma stund föll det som återstod av tallen sakta och majestätiskt sex meter till marken, bara för att träffa taket på en GAZ-2975 *Tigr*, terrängbil.

De dubbelmonterade KPV-kulsprutorna trycktes ihop som mjuk spagetti när de enkelt krossades under vikten från det majestätiska trädet. Bilens tak knagglades samtidigt ihop som om det vore gjort av papier mache när grova grenar träffade chassit likt vassa spjut.

Kirejevskij noterade med stor oro hur något surrande for genom luften och missade hans huvud med minsta möjliga marginal. Ute på riksvägen träffades ett pansarskyttefordon med alldeles för många antenner på taket av minst en fyrtio-millimeters pilprojektil. Uppenbarligen hade inte projektilen några större problem med att tränga igenom det alltför klena frontskyddet. Luckorna sprängdes av trycket och en kvast av vit ammunitionseld och gråsvart rök steg illavarslande mot skyn i en miniatyrversion av molnet som en gång stigit över horisonten vid Hiroshima.

Någon av hans underlydande skrek högt och hjärtskärande i närheten, men skriket tystnade abrupt. Där vrålet av smärta just varit hördes nu i stället knattret av handeldvapen från snabbt annalkande fotsoldater. Ljudet av automatkarbinerna ackompanjerades samtidigt av dunket från tunga kulsprutor. Som en ljudmatta som ramade in hela symfonin hördes också stridsfordonens pumpande automatkanoner.

Ilsket svor Kirejevskij ve och förbannelse över de svenska stridsfordonen ur CV90-familjen. De förbannade tingestarna hade dykt upp som gubben i lådan några timmar tidigare och var skrämmande effektiva i den svenska terrängen, dessutom mycket väl skyddade för att bara vara stridsfordon. Han hade sett en CV90 som träffats av minst tre granater från bärbara ryska pansarvapen, men som ändå inte slagits ut.

Att det svenska stålets bett var hårt och kraftigt, det visste han alltför väl redan, men tydligen skyddade det också bra mot de underdimensionerade ryska pansargranaterna. De svenska ingenjörerna kunde verkligen sin sak och kvalitén på produkterna var det absolut inget fel på, kunde Kirejevskij surt konstatera.

Det var stor skillnad på kvalitet när man jämförde med de egna fordonen. Många av dessa härrörde dessutom från en tid innan imperiet föll och den förbannade korruptionen slog ut hela krigsindustrin.

Kapten Koroljov kom vilt springande från ett av de få hus på gården som ännu inte var en fullständigt utbränd ruin. Med hög röst vrålade han:

"Svenskarna har brutit igenom fronten, kamrat major."

Han kunde inte göra annat än att hjälplöst glo på den galna synen av det skrikande och febrilt viftande befälet. Mannen hade med all önskvärd tydlighet glömt hur en chef uppträdde inför sina män när de som bäst behövde ett kyligt ledarskap. Tydligen var det så att man inte lärde ut lugn under extrem stress på Oxforduniversitetet.

"Verkligen, kapten Koroljov? Det hade jag aldrig kunnat gissa själv."

Om Koroljov var medveten om sarkasmen i majorens röst kunde Kirejevskij inte utröna i det allmänna kaos som rådde för stunden. Däremot noterade han att Koroljov blödde ymnigt från ett fult jack i pannan. Någonstans på vägen hade han också förlorat sin hjälm, men höll fortfarande AK-74:an i ett krampaktigt grepp.

Kirejevskij såg sig omkring. Alldeles intill den krossade GAZ-bilen stod ytterligare ett likadant fordon. Bilen var kanske inte det mest ståndaktiga som en major i ledande befattning kunde åka omkring i. Däremot var det ljusår bättre än att behöva ta till apostlahästarna när man hastigt tvingades att överge de hotade ställningarna.

Nöden hade som bekant ingen lag, insåg han sorgset.

Han vinkade till den panikslagna Koroljov att följa honom. Tillsammans sprang de över den öppna gårdsplanen medan kulorna visslande for förbi dem från alla håll. Kaptenen slet upp dörren till förarplatsen, medan Kirejevskij kastade sig in på passagerarsidan.

Koroljov lyckades starta motorn som tillfredsställande nog svarade med ett rytande. Kirejevskij kunde inte låta bli att dra en lättnadens suck över att bilen faktiskt gick i gång på första försöket, något som inte alltid var fallet med ryska motorer.

Kaptenen slängde bryskt i backen och bilen tog ett skutt bakåt. När han till slut hade fri yta framför sig petade han i ettan med ett olycksbådande skorrande som fick Kirejevskij att rysa. Det skärande ljudet var som ett hotfullt förebud om omedelbart förestående död. När kaptenen till slut fått i växeln trampade han på gasen så att gruset yrde om däcken.

Ute på den vid det här laget illa åtgångna riksvägen kom just två svenska pansarterrängbilar slirande in på förbandsplatsen. Han kunde se de hotfulla tjugomillimeterskanonerna på taket blixtra när vagnarna öppnade eld mot det stabstält som de just hade lämnat. Tältet perforerades av elden och dödade troligen alla som dumt nog fortfarande befann sig där inne.

Därefter såg Kirejevskij hur ett av kanonrören med tydliga intentioner svängde över mot dem, vilket för en sekund fick honom att stirra rakt in i Dödens svarta öga. Utan att tänka på konsekvenserna slängde han upp dörren och kastade sig sedan handlöst ur bilen, sekunden innan en skur av granater träffade fronten.

Någonting slog med stor kraft in i den keramiska plattan på skyddsvästen. Av trycket slungades huvudet bakåt, samtidigt som bröstkorgen sköts framåt. Tydligt kunde han känna hur det knäppte till i nacken sekunden innan naken och torr jord med stor kraft träffade hans oskyddade ansikte.

Majoren tumlade handlöst runt. Något gick sönder i ena axeln och en intensiv smärta högg genom inälvorna innan han blev liggande stilla på rygg.

Oförstående såg han upp på den blå himmel där gårdagens järngrå dräkt nu bytts ut mot ulliga vita molntussar. Med ens stängdes det kraftiga stridslarmet omkring honom ute, som om han befann sig inne i en skyddande bubbla dit vansinnet inte kunde nå honom. När Maxim försökte resa sig insåg han genast att all känsel nedanför axlarna saknades. Lemmarna lydde helt enkelt inte längre hjärnans order.

Med en plötslig insikt av smärtsam klarhet förstod majoren att han i och med det hårda fallet hade ådragit sig en allvarlig ryggmärgsskada och nu var förlamad. Den mänskliga kroppen var skör, och efter alla år tog hans tur till sist slut. Det fanns inget annat han kunde göra än att hjälplöst ligga kvar där han låg. Under tiden började ljuden från striden sakta tillta i styrka på nytt, varefter som hörseln återvände.

Nu hörde han också andra och obekanta röster. De ropade till varandra på ett gutturalt och främmande språk som han logiskt nog antog var svenska. Samtidigt såg han soldater med grönspräckliga kamouflageuniformer som tog sig in i hans synfält.

En ung rysk soldat, som skräckslaget sträckte armarna över huvudet för att ge sig, sköts trots det kallblodigt ihjäl av en av motståndarna. Svensken var troligen så hög på adrenalin att han inte uppfattade att mannen faktiskt försökte kapitulera.

Stilla för sig själv tänkte Kirejevskij att det nog hade varit en bättre idé att slänga ifrån sig vapnet innan han sträckte upp armarna. Soldaterna sprang vrålande förbi honom, utan att ägna hans kropp så mycket som ett enda ögonkast. I stället stannade en ung fänrik till innan han gick ner på knä intill Kirejevskij.

Majoren kunde se en uppgraderad AK4 med påmonterat rödpunktsikte som satt som gjuten i mannens grova händer. Fänriken vrålade ut några obegripliga order till de närmaste soldaterna. Sedan såg han utan större empati i blicken ner på major Kirejevskij. Maxim såg motvilligt hur det undertryckta hatet sjöd i den andres ögon. Med sträv röst sa fänriken något obegripligt på sitt språk, vilket gick Kirejevskij helt förbi.

Med ett omilt grepp tog fänriken tag om Kirejevskijs axel innan han bryskt rullade över honom på sidan för att kunna inspektera ryggen. När det var klart släpptes Maxim lika omilt tillbaka till utgångsläget. Mannen flinade skadeglatt, för att sedan på tydlig engelska säga:

"Ni har brutit ryggen major, och det rejält. Jag antar att det betyder att ni inte kommer försöka springa ifrån mig inom den närmaste framtiden."

Med de orden reste sig den svenska fänriken och skyndade vidare eftersom striden ännu pågick med stor intensitet runt dem.

Med ett rosslande försökte Kirejevskij desperat dra efter andan för att syresätta lungorna. Samtidigt kände han en brännande smärta i halsen. Den hånfulla svensken hade haft helt rätt i en sak. Han skulle inte röra sig en millimeter för egen maskin.

Ett oväntat ljud fick honom att stelna till. Framför hans blick växte ett stålmonster fram när en svensk pansarterrängbil kom körande över gårdsplanen i lite för hög hastighet.

Maxim hann aldrig skrika innan de grovmönstrade däcken körde över honom, varvid de knäckte vartenda ben i kroppen. Det lilla som blev kvar pressades brutalt ner i marken.

Det sista som majoren kände innan det eviga mörkret slöt sig omkring honom som en slutlig befriare, var hur huvudet krossades som en övermogen tomat under däcken.

****

När väl den ryska centern kollapsade under trycket från de svenska framryckningarna gick det snabbt att rulla upp hela den fientliga fronten.

För Andersson var det lite som att uppleva ett modernt Narva. Det var en manskapsmässigt underlägsen armé som med sin stora beslutsamhet och initiativförmåga höll på att besegra en långt mer månghövdad motståndare. Fienden var densamma som vid Narva, och denna urgamla fiende hade ännu en gång olovandes och oprovocerat trängt in på deras territorium.

De ryska soldaterna bestod inte längre enbart av eliterna ur den 106:e luftlandsättningsdivisionen. I stället hade de under striderna smält samman med andra ryska förband, av vilka en del hade en mer diskutabel utbildningsnivå. När de slutligen insåg att fienden fanns runt omkring dem valde somliga att försöka fly, medan flertalet i stället kastade ifrån sig vapnen och gav upp, för att på så vis försöka rädda livet.

De som försökte fly tillsammans med sina vapen jagades i enlighet med krigets lagar, medan de som sträckte händerna mot den molntäckta himlen i stället snabbt belades med handfängsel. Därefter skickades de bakåt i leden för att tas om hand i enlighet med Genevekonventionens artikel om krigsfångar.

För varje grupp av ryska soldater som avvek från striden gick det allt snabbare att rulla upp de olika frontavsnitten, tills man slutligen nådde fram till den ryska ledningsplatsen.

När Andersson väl lämnade den invalidiserade majoren där han låg såg han en grupp ryska soldater som inte uppförde sig som sina kamrater. Efter vad han tyckte sig kunna se verkade det som att de tillhörde 1:a Gardesinfanteridivisionen.

Med tanke på att det var en infanterigrupp som var högt aktad och väl renommerad tyckte han att det var lite märkligt att de var så snabba på att ta till flykten. Förbandet hade sin hemmabas i Odintsovo, cirka tjugofem kilometer väster om Moskva. De hade alltsedan andra världskrigets dagar burit hederstiteln Gardesdivision med högburet huvud. Om det var några som borde ha stannat för att ta striden var det dessa infanterister, tänkte han.

Just på grund av att de här gardesinfanteristerna med stor beslutsamhet, och dessutom i hög hastighet rörde sig bort från den pågående striden ropade Andersson till sig en grupp soldater.

När han väl fått deras odelade uppmärksamhet tog de som en man upp förföljandet av de flyende gardesinfanteristerna. Ivrigt slöt de segerrusiga hemvärnssoldaterna upp runt sin fänrik. I samma ögonblick som den sista ryssen försvann in i den smala skogskorridor som skiljde gården från riksvägen började gruppen röra sig åt samma håll.

Skogen, om man nu kunde kalla den det, var inte mer än en cirka femtio meter djup tårtbit. Den bestod till mesta delen av barrträd som inte lämnade mycket skylande vegetation att gömma sig i. När ryssarna sedan kom ut på andra sidan skulle de med dunder och brak springa rakt i armarna på svenska förband som höll riksvägen, vilket han tyckte att de borde känna till. Flykten syntes därför vara oplanerad och dessutom ogenomtänkt, som att det var en sista oprövad utväg.

I hög fart skyndade gruppen efter männen, noga med att inte bli blinda av den stora framgången. Andersson var väl medveten om hur snabbt krigslyckan kunde vända ifall de skulle drabbas av hybris.

Var de grovt oförsiktiga tvivlade han inte en sekund på att Karma skulle slå till och skicka dem rakt in i ett bakhåll. Då riskerade de utan tvivel att rullgardinen gick ner i en rasande fart, vilket var något ingen av dem önskade.

Av den anledningen stoppade han gruppen innan de klev in i trädens skymmande skugga.

Kapitel 24

Ryska förbandsstaben
Västerby gård, väster om Uppsala
7:e maj 2017

Lukten av färsk kåda från flertalet sönderskjutna stammar stack i näsborrarna, vilket nästan fick ögonen att tåras på honom. Inte blev det heller bättre av att det hela kryddades med den distinkta doften av fuktig mylla och färskt krut, vilket allt tillsammans skapade en stank helt olik det mesta han känt tidigare. Det hördes inte ett pip omkring dem då alla skogens naturliga ljud upphört till följd av den mänskliga dårskapen.

Det var därför med extra stor försiktighet som Andersson, tillsammans med den lilla gruppen av hemvärnsmän, klev in i det smala skogsparti som skiljde gården och vägen åt.

Det lilla solljus som nådde ner till dem silades genom de återstående tallarnas kronor, vilket skänkte marken ett smått magiskt skimmer av overklighet. Om situationen nu inte varit vad den tyvärr var, väntade sig nästan Kaj få se ett Bauerskt troll titta fram bakom ett träd för att se vilka de ovälkomna inträglingarna på dess revir var.

Något skogstroll såg han förstårs inte, men däremot en av Saurons orcher i form av en gömd rysk soldat. Den förmenta fienden försökte göra sig så osynlig som det över huvud taget var möjligt innan han öppnade eld mot dem med en AK-74M Kalasjnikovkarbin.

Andersson, som såg rörelsen i periferin när mannen höjde vapnet, var därför snabb med att ta skydd. Tyvärr var en av hans män inte lika alert när hotet tog form snett framför dem. Stönande fällde mannen ihop sig som en fällkniv innan han föll till marken. Två av hans kamrater var snabbt framme och drog den skadade i skydd bakom ett träd.

En annan hemvärnsman besvarade genast elden med en mycket träffsäker salva. Den förvandlade den ryska soldatens huvud till något som Andersson helst ville slippa beskriva i sin krigsrapport. Resultatet var som hämtat ur en dålig skräckfilm som mer förlitade sig på blodiga effekter än ett bra manus.

Försiktigt passerade han kroppen. I ögonvrån noterade han i förbifarten hur en av soldaterna mer eller mindre mekaniskt följde instruktionsboken och avlägsnade den döda mannens vapen.

Med tanke på omständigheterna kände han att det kanske var en smula överdrivet, om man betänkte kroppens tillstånd. Samtidigt var han trots allt tacksam för att träningen faktiskt gav resultat när det verkligen gällde.

Någonstans framför dem knäppte det till när en torr gren knäcktes under ett par grovmönstrade sulor. Andersson höll genast upp en knuten näve i luften, varvid all rörelse framåt avstannade. Andlöst lyssnade han efter fler avslöjande ljud som kunde ge dem en riktning på det förmodade hotet, men sedan hände allt mycket fort.

En dov explosion skakade marken och fick trädkronorna att vaja. I samma stund slog något till mot stammen han gömde sig bakom. Flera vassa splitterfragment träffade också med full kraft skyddsvästen.

Överraskad av den explosiva attacken flämtade han till när tryckvågen skakade om i bröstet på honom. Oroligt såg Kaj ner på sina armar och ben, beredd på att han skulle få se det värsta. Till sin lättnad kunde han konstatera att alla lemmar fortfarande satt där de skulle. Han kunde heller inte upptäcka några mer alarmerande skador än att den redan medfarna uniformen fått sig ytterligare ett par revor.

Truppminans splitterladdning hade till större delen slagit in i trädet och det han träffats av måste ha varit rikoschetter.

Efter att ha säkerställt sin status vände Andersson blicken bakåt, mot gruppen. Där såg han att flera av soldaterna klarat sig på samma sätt som han själv, genom att ta skydd bakom det som terrängen erbjöd. Två av kamraterna låg däremot framstupa i lingonriset.

Han behövde inte utföra någon närmare undersökning för att konstatera att männen såg ut att vara i dåligt skick. Av allt att döma hade de båda kamraterna stått relativt oskyddade rakt i splitterladdningens verkansriktning. I samma stund som han noterade detta öppnade deras motståndare eld från dolda positioner i skogen framför dem.

Det var minst två automatkarbiner som sköt med några meters individuell lucka, men tidigare hade han sett minst sju män ge sig in i skogen. Med en som redan var nedkämpad borde det betyda att åtminstone fyra av de flyende ännu inte hade gett sig till känna, vad nu det kunde tänkas betyda. Hans misstanke var att soldaterna skyddade en högre officer, men att de kanske inte hade någon tydlig plan för hur de skulle ta sig ur situationen de befann sig i.

Det ryska narrativet var att aldrig acceptera en förlust. Av den anledningen visste han också att de ryska soldaterna var beordrade att slåss till sista man, något som med all önskvärd tydlighet visade på likgiltigheten för mänskligt liv.

Ibland var kapitulation det enda kvarstående alternativet när resurserna var uttömda. Att ge sig till svenskarna var i alla fall en garant för att man skulle bli korrekt behandlad och inte råka ut för en summarisk avrättning, vilket ryska armén själva visat prov på vid flera tillfällen genom historien.

Fast det förutsatte förstås att man la ner vapnen och inte fortsatte vifta med dem framför sina övermän.

Mynningsflammorna talade sitt tydliga språk. Männen där framme hade inte några som helst planer på att frivilligt ge sig. Samtidigt avslöjade de också var de två soldaterna gömde sig. Den individuella luckan var, precis som han redan kunnat konstatera, professionellt bred. Det skulle därför inte gå att bekämpa bägge med en enskilt riktad insats. I stället blev man tvungen att splittra sina få kvarvarande resurser, något som skulle stjäla alltför mycket av deras värdefulla tid. Dessutom skulle det ge de fyra återstående motståndarna möjlighet att genomföra vad det nu var som de planerade att göra.

Vad det än handlade om för planer var det helt tydligt för honom att de ryska soldaterna kunde offras till ingen nytta alls. Det totala nederlaget skulle ändå bli det ofrånkomliga slutresultatet, hur de än vred och vände på det.

Vem det nu var som förde befälet där framme klarade han tydligen inte av att läsa de taktiska förutsättningarna. Därmed gick även betydelsen av de direkta konsekvenserna av fortsatt motstånd honom helt förbi.

”Rök”, ropade han till en av sina män.

När soldaten kastade i väg granaten drog Kaj fram sin sista Spränghandgranat 07. I tre långa sekunder väntade han på att röken skulle svepa in skogen i sin ogenomträngliga vita dimma, sedan kastade han granaten mot den ena av de ryska ställningarna.

Eftersom han var väl medveten om risken för kringliggande skador drog han genast tillbaka huvudet. Tyst räknade han sekunderna i väntan på de dubbla brisader som förkunnade att granaten först rätat upp sig och sedan skjutits upp i luften, där den skulle detonera.

Vid den andra detonationen spreds över nittonhundra förfragmenterade och dödliga splitterdelar över det område där den ena av skyttarna förhoppningsvis fortfarande befann sig.

Så fort som granaten utfört sitt blodiga hantverk lösgjorde sig Andersson från trädet. I skydd av de kvardröjande sjoken av rökslingor skyndade han sedan fram mot ställningen.

Det visade sig vara ett omkullvält träd som troligen inte kunnat stå emot den senaste höststormen, utan i stället blivit en del av markvegetationen. På så sätt hade rotvältan också skapat ett naturligt skyttevärn.

Bakom den massiva rotvältan gömde sig skytt nummer två. Mannen hade helt missat den hastiga framryckning som Kaj genomförde från den vänstra flanken. Däremot blev han snabbt medveten om svenskens närvaro när två kulor från Anderssons AK4 träffade honom i sidan.

De dubbla blyklumparna skickade omgående karln till den ryska motsvarigheten till frälsaren ... om det nu fanns någon förlåtande högre makt som i sin dårskap höll en skyddande hand över invaderande krigsförbrytare.

***

För överste Vladimir Felevitj Strelnik var det hela inget annat än en total katastrof, från första början till det bittra slutet.

Major Kirejevskij hade personligen garanterat honom att den militära operationen gick exakt som planerat. Det var därför heller ingen som helst fara för honom att besöka det omstridda frontavsnittet, påstods det.

Nu var av allt att döma både major Kirejevskij och den där odugliga kapten Koroljov döda, vilket i sig motsade sagda tes om absolut säkerhet i fältmiljö. Om även han själv befunnit sig i majorens flyktfordon skulle också Strelnik varit död nu. Däremot, som genom ett nådigt ingripande från högre ort, hade han i stället varit på toaletten med svår fältmage. När skiten hastigt träffade den berömda fläkten kom fronten att rullas upp snabbare än någon hann med att säga *Operation Mare Balticum.*

Det som hänt därefter var att hans män tvingats agera som en improviserad livvaktsstyrka. Blixtsnabbt hade de fört bort Strelnik från det omedelbara stridsområdet, men det visade sig bara vara en kort respit. Inte nog med att svenska förband förföljde dem och av allt att döma var hack i häl. Skogen de flytt in i visade sig dessutom inte vara någon riktig skog, utan bara en smal trädkorridor. Den verkade mest tjäna som en grön ljudbarriär mellan gårdens människor och riksvägen på andra sidan. Om någon idiot bara bemödat sig med att kolla en karta innan man tanklöst sprang åt det hållet, tänkte han surt.

Allt det här eländet var den där plebejen Kirejevskijs fel. Hans förskönade rapport om utvecklingen på sitt frontavsnitt hade lockat in Strelnik i en situation som det inte skulle gå att ta sig ur med hedern i behåll. Oavsett utgången av kriget som sådant skulle Strelniks namn ändå komma att dras i smutsen, med alla de efterräkningar som det förde med sig för honom själv och hans familj. President Potemkin var inte känd för sin nåd jämtemot misslyckade härförare.

Nu satt de dessutom inträngda i en rejäl råttfälla. På alla sidor var de vid det här laget omgivna av riktigt förbannade svenska soldater. Soldater som hungrigt törstade efter ryskt blod som hämnd för vad ryska armén gjort under de senaste dygnen av intensivt och skoningslöst krig.

Samtidigt var de också helt utan möjlighet att kalla på hjälp från andra ryska förband. Signalisten hade nämligen lyckats med konsten att bli skjuten redan innan de hunnit lämna gårdsplanen. I det rådande kaoset var det heller ingen som tänkte tanken på att ta med sig mannens radio. Det var bara ytterligare ett bevis på den inkompetens som ständigt omgav honom, tänkte Strelnik bittert.

För att de skulle undvika all form av elektronisk spårning hade Strelnik redan innan embarkeringen i Sankt Petersburg uttryckligen förbjudit alla mobiltelefoner. Det var ett beslut som han nu ångrade bittert. Deras personliga radioapparater var inte tillräckligt effektiva för att de skulle kunna ropa på hjälp från 1. Gardespansararmén. Avståndet var helt enkelt för stort, även om den ryska tekniken mot all förmodan skulle råka fungera.

När de sista modiga livvakterna dödades bröts den sista tunna försvarslinjen mellan dem själva och svenskarna. Den fientliga framfarten kunde därmed inte längre stoppas med några tillgängliga medel. Strelnik kunde tydligt höra hur motståndarna närmade sig mellan träden och insåg motvilligt det hopplösa i hela situationen. Det fanns nu bara två alternativ kvar, varav det ena inte var önskvärt.

Så mycket älskade han inte president Potemkin och Moder Ryssland att han tänkte ta sitt eget liv. Bättre då att leva för att fortsätta kampen en annan dag. Kanske skulle det bli en fångutväxling där han fick återvända till Moskva?

Med sammanbiten röst, tydligt märkt av uppgivenhet, sa Strelnik åt sina män att lägga ner vapnen och sträcka armarna över huvudet. Det var den enda godtagbara utvägen. Andra kunde välja att dö för moderlandet, men själv hade han ingen brådska ner i gravens kalla djup. Han föredrog att leva, även om han inte brydde sig nämnvärt om att andra fick sätta livet till för att skydda honom.

Strelnik reflekterade aldrig över att han tänkte som en äkta ynkrygg.

Eftersom svenskarna var så galet förälskade i krigets lagar var han helt övertygad om att de inte skulle dödas när de gav sig, utan i stället tas som krigsfångar. Om det däremot varit han som kommit skulle han ha låtit skjuta de underlydande, för att sedan gladeligen tortera befälet.

Tortyr var ett effektivt och mycket underhållande sätt att snabbt få fram alla nödvändiga upplysningar. Däremot var det något som svenskarna aldrig skulle komma på tanken att göra. Därtill var de alldeles på tok för styrda av någon gammal verkningslös moralkodex som skrivits ner på ett papper för nästan hundra år sedan. Moral var något som den förlorande sidan i ett krig höll sig med. Aldrig vinnaren.

I alla fall var det så han blivit lärd under de obligatoriska kurserna i hur man skulle förhålla sig i det motbjudande fall man var tvungen att ge sig som krigsfånge.

Med bitterheten stigande i halsen ställde sig Strelnik på knä i riset. Efter en tung utandning sträckte han händerna mot det gröna barrtäcket ovanför deras huvuden. Högt ropade han på ryska att de gav sig, samtidigt som han hoppades att åtminstone tonfallet skulle vara tillräckligt för att de svenska bondesoldaterna skulle förstå innebörden.

I Väst var det ytterst få som haft vett nog att lära sig hans välklingande modersmål. I stället skulle varenda jävel klara sig på engelska, något som tvingat även Strelnik att studera språket under sin tid på Frunzeakademin.

Eftersom USA alltjämt var den naturliga västliga fienden, var man som en framtida segrare i det ultimata kriget om världsherraväldet tvungen att kunna språket. På så sätt blev det lättare att förstå barbarerna och kunna motverka uppror när väl Nato var krossat.

Däremot tänkte han inte bekräfta för svenskarna att han förstod engelska. Ville de kommunicera med honom fick de allt lov att skaka fram en tolk, vilket kanske inte var gjort i en handvändning när man beaktade omständigheterna.

Det var i alla fall hans fromma förhoppning.

Kapitel 25

Ärna flygbas
Uppsala
9:e maj 2017

Stolt sträckte Andersson lite extra på den redan raka ryggen när en fladdrande blågul fana hissades på flaggstången framför hangarerna. Samtidigt stämde den hastigt hopskrapade blåsorkestern med vederbörlig pompa och ståt upp med *Du Gamla, Du Fria* så det ekade över startbanan.

Bakom det uppställda skrivbordet i vacker mörk mahogny hälsade precis överste Håkan Sköld, chef för F16, på sin ryska motsvarighet. När den strama och tämligen kyliga hälsningen var avslutad visade överste Sköld med en enkel gest att Strelnik skulle sätta sig först. Så fort som den ryska översten satt sig drog Sköld ut sin egen stol och gjorde honom sällskap.

En kort stund av fullständig tystnad och stillhet följde på det att cheferna satt sig till rätta på sina platser bakom skrivbordet. Med tom blick stirrade Strelnik ut i luften framför sig. Mannen röjde inte med en min vilka tankar och känslor det var som for genom hans huvud just i denna stund.

Här var han helt omgiven av svenska soldater på alla sidor. Somliga av svenskarna bar paraduniform, men det stora flertalet bar samma fältuniformer som det utkämpat det blodiga kriget i, även om de flesta nu hunnit tvätta och nödtorftigt laga dessa.

För Anderssons del krävdes det ingen större kunskap om den mänskliga psykologin för att inse att översten inte var helt nöjd med utfallet av kriget, nu när han mot sin vilja måste delta i segrarens manifestation efter den påtvingade freden.

Hänfört drog han efter andan när hedersvakten gick upp i givakt. I samma stund som de paradklädda soldaterna gjorde avstamp bars fredsavtalet högtidligt in på en silverbricka av en stramt allvarlig flygvapenmajor.

När avtalet låg framför de båda överstarna spände Sköld en bister blick i Strelnik. Ryssen nickade en tyst, om än motvillig bekräftelse på att han förstått vad det var som krävdes av honom härnäst. Med långsamma och tunga rörelser, som tydligt visade hans aversion mot det som höll på att hända, tog han upp pennan och skrev under avtalet.

Därefter lämnade den ryska översten över pennan till Sköld med samma ansiktsuttryck som ett tjurigt barn. När svensken tog emot den möttes de båda männens blickar för en kort stund. Andersson kunde svära på att han såg ryssens läppar röra sig när han tycktes säga ett enda ohörbart ord.

Skölds ansikte stelnade märkbart till. För en kort sekund såg det faktiskt ut som att han tänkte fälla Strelnik med en rak höger, men ändrade sig lyckligtvis sedan och samlade ihop anletsdragen.

Ilsket slet han till sig pennan, för att därefter sätta sin signatur på avsedd rad. I och med detta hade freden vunnit laga kraft och det korta, men intensiva kriget var därmed till ända.

Officiellt kallades det redan för *Tredagarskriget* och hade under denna tid hunnit skriva ett mycket svart kapitel i den svenska historieboken. Det var första gången som landet varit i krig sedan operationerna mot Norge 1814, vilket slutat med att unionen Sverige-Norge stadfästes. Denna union höll i nittioett år och upplöstes först 1905.

Den gången skedde det på fredlig väg, även om det gick rykten som sa att Oscar II varit på god väg att beordra svensk militär att återställa ordningen i grannlandet.

En kapten beordrade med sin dundrande kaserngårdsröst hedersvakten att skyldra gevär. När gevärens bajonetter sken i morgonsolen gavs order om att lägga an, för att sedan skjuta en trefaldig salut, dagen och freden till ära.

När ekot av de sista skotten slutligen klingat ut reste sig den besegrade överste Strelnik från stolen och såg rakt på den saluterande vakten. Efter några långa sekunder vände han sig om och gjorde med övertydlig motvilja en stel honnör mot Sköld. Så fort som honnören var avklarad fick han finna sig i att mycket bestämt bli bortledd av två välväxta militärpoliser. Utan några större ömhetsbetygelser återbördades Strelnik till det hårt bevakade logement som för ändamålet avdelats till de ryska officerarna.

Med en befriande känsla av inre frid såg Andersson upp mot den blåa himmel som äntligen var molnfri. Det var som om gudarna på det sättet gav sin välsignelse till den nyvunna freden och Sveriges lite oväntade seger över det fascistiska Ryssland.

Potemkin var död. Under gårdagen hade han skjutits ihjäl av en okänd krypskytt i Sankt Petersburg. Det såg till det yttre ut att vara en väl planerad operation som genomförts med militärisk precision. Ingen som han talat med visste däremot med någon större säkerhet hur den utförts, eller ens av vem.

Oavsett allt hemlighetsmakeri som omgav den ryska tsar Potemkins plötsliga frånfälle hade Andersson ändå sin bild av händelseförloppet klar. Han var fullt och fast övertygad om att det var en mästerligt utförd *svart operation* av svenska specialoperatörer, vilka en gång för alla hade plockat bort den ryska presidenten från det internationella spelbrädet.

Visserligen var inte Ryssland enbart Vladimir Potemkin. Där fanns en vid krets av mer eller mindre aggressiva hökar som gärna såg att konflikten med Väst skulle eskaleras ytterligare. Allra värst av dessa var Potemkins högra hand och förmodade efterträdare – Vladimir Orlov.

Trots Orlovs hårda grepp om Kreml verkade det av allt att döma ändå som att maktkampen till sist hade vunnits av den tidigare försvarsministern, Pjotr Muskin. Mannen var relativt sett inte någon vän till Väst och hade till synes gladeligen medverkat vid krigsplaneringen.

Däremot var Muskin pragmatiskt lagd och betydligt mer reformvänlig än vad Potemkin någonsin varit, vilket i alla lägen var att föredra framför den krigshetsande Orlov.

Mycket riktigt hade Muskins första order på posten som Rysslands tillförordnade president varit att beordra totalt eld upphör. Därefter meddelade Kreml ett omedelbart tillbaka-dragande av de ryska trupperna i både Sverige och Finland, för att återställa ländernas suveränitet och de gränser som erkänts av FN.

Troligen skulle Ryssland också bli dömda att betala ett rätt saftigt krigsskadestånd till de Skandinaviska länderna, men så långt hade inte den internationella domstolen kommit ännu.

Efter tre dagar av ett synnerligen grymt och intensivt krig hade den efterlängtade freden kommit lika plötsligt som krigsutbrottet. Trots sin begränsade uthållighet hade fienden ändå lyckats lägga delar av landet i rykande ruiner efter intensiva bombningar och ihållande robotangrepp. Samtidigt hade tusentals människor fått sätta livet till i striderna och de terrorangrepp som attackerna mot den civila infrastrukturen klassades som. Fienden hade gjort ett kraftfullt försök, men ondskans imperium hade trots sin grymhet misslyckats i sina intentioner att lägga den fria världen under sin stövelklack.

Frågan kvarstod bara om man kunde blåsa faran över nu, eller om förändringens vindar åter skulle blåsa över Kreml för att på nytt kasta in världen i krigets skugga?

Stolt drog Andersson efter andan och kände hur det högg till i revbenen. Han hade tagit en direktträff i västen under slutstriden om Ärna, bara någon timme innan ordern om eld upphör hunnit gå ut. Ordern hade efter viss systemberoende fördröjning till slut ändå satt stopp för det urskillningslösa dödandet.

Att träffas av den fientliga kulan hade gjort ont som själva satan. Samtidigt slog den luften ur lungorna på honom och hade så när stoppat den livsviktiga pumpen, men trots det gjorde västen sitt jobb och räddade hans liv. Efteråt kunde Kaj också konstatera att kulan efterlämnat ett blåmärke i storlek av en handboll.

Trots både smärta, blåmärken och viss negativ inverkan på hjärtrytmen hade han överlevt fullträffen. Det var något som inte alltid kunde sägas om de usla oligarkvästar som många av de mindre lyckligt lottade ryska soldaterna tvingats hålla till godo med.

De lyxiga datjorna vid Svarta havet var en klen tröst för en rysk *mobiki* som fått brösthålan fylld av stålsplitter från de billiga hafsverk som ersatt kevlar och stadiga keramplattor.

Efter att ryssarna på Ärna lagt ner vapnen hade de fått möjlighet att närmare undersöka den ryska utrustningen, vilket lämnat dem med fler frågor än svar. Hur en befälhavare kunde låta sina soldater gå i strid med så undermåliga skydd var för Andersson fullständigt obegripligt.

De hade sett så kallade skyddsvästar med en klart sämre skyddsförmåga än vad ett gammalt älghudskyller från sexton-hundratalet haft. Många av de ryska hjälmarna bestod, som det verkade, mest av stoppning, gummiband och bockade rostfria plåtbitar. Förvisso var dessa hafsverk relativt billiga att massproducera, men som skydd i verklig strid var de totalt värdelösa.

"Vad tror du kommer att hända nu, Kaj? Det känns som att vi bara går in i nästa akt av det här förbannade teaterstycket som skrivits och regisserats av den där numera döda dåren i Kreml."

Han ryckte till och återvände snabbt till verkligheten. Med ett sorgset leende vände han blicken mot sergeant Rask som stod intill honom och svarade dröjande:

"Ja du, Rask. Vad det än är som händer härnäst hoppas jag verkligen att det bara kan bli bättre än det som varit innan, fast helt säker kan man inte vara ens på det. Att bygga en stadig och varaktig fred på de rykande ruinerna av ett nyligen utkämpat krig är inte alltid så lätt som det kan låta. Det har vi sett otaliga exempel på genom historien ... inte minst vår egen."

Han tystnade för ett kort ögonblick medan han samlade tankarna, för att sedan säga:

"Vi ska inte för en sekund tro att de ryska hökarna i Moskva somnar om, bara för att en mindre riskbenägen president tar över rodret. Min lite dystra profetia är att Muskin inte blir långvarig där borta i Kreml. Potemkin hade många anhängare bakom de röda murarna. Anhängare som knappast låter sig nöja med en förnedrande fred. Det slipas nog redan i detta nu på planer för hur man ska kunna vända nederlag till seger. Kom ihåg vad som hände med Tyskland efter det första världskriget och vilka som på så vis lyckades ta makten."

Rask ryckte på axlarna, sneglade på den vajande fanan och sa:

"Du tänker på *Dolkstötslegenden* och hur nazisterna, med Adolf Hitler i spetsen, utnyttjade den för att knåda in sitt budskap i det tyska folket? Ja, där har du kanske rätt. Ryktena säger redan att vissa av de ryska förbanden på Gotland öppet vägrar erkänna Muskin som sin president. Därför har de heller inte lagt ner vapnen, utan striderna pågår fortfarande. Det ser ut att kunna bli ett mer utdraget krig där borta på *öjn* än vad vi fastlänningar tvingades stå ut med."

"Ja, det är verkligen många rykten i svang nu, som det alltid är efter extraordinära händelser", sa Andersson fundersamt. "Mitt råd är att inte lyssna för mycket på de här ryktena, utan i stället fästa fokus på vad våra chefer har att säga. Det är som sagt en sak att utkämpa ett krig, men att administrera en hållbar och utvecklande fred är en minst lika stor utmaning.

Jag avundas verkligen inte vare sig ÖB eller vår statsminister. De kommer ha enormt mycket att styra upp under flera år framöver."

Här tystnade Andersson medan han såg ut över den nu upplösta hedersvakten, sedan fortsatte han:

"Vi har som bekant fortfarande tusentals ryska soldater på vårt territorium. Vissa av dessa är säkert lite mer politiskt engagerade än andra. De anser kanske inte att den här så kallade militära specialoperationen avslutades på ett för Ryssland godtagbart sätt. Det om något kan leda till fler konflikter, lokalt såväl som nationellt. Därför måste vi se till att ryssarna hålls under strikt kontroll i avvaktan på transport tillbaka till Ryssland i enlighet med fredsvillkoren."

Han såg bort mot de tillfälliga baracker som nu tjänade som improviserade häkten åt de ryska krigsfångarna.

"Jag skulle säga att vi i det här läget inte kan unna oss lyxen att ägna oss åt skvaller och vilda spekulationer om saker som vi inte rår över. Vårt fokus måste förbli här på fastlandet med alla de problem som *vi* har att lösa. Det finns redan mycket kompetenta förband stationerade på Gotland som tar hand om våra motsträviga fiender där. Efter vad jag hört gav de ryssarna mycket kännbara förluster, trots att stora delar av den nyuppsatta Gotlandsbrigaden inte var fullt utbildad när stormen slog till."

Rask stod tyst några ögonblick, som om han funderade på det som Andersson just sagt innan han fortsatte:

"Men om ryssarna på Gotland vägrar lägga ner sina vapen. Är det verkligen fred då, rent formellt sett? Eller lever vi i en sorts skuggtillvaro där det inte råder vare sig riktigt krig eller full fred? Vilka regler är det som i så fall ska styra samhället?

Rask svalde innan han funderade vidare:

"Vad har militären och polisen för formella rättigheter i ett sådant läge? Troligen gäller inte IKFN eftersom det är ofred. Samtidigt kan inte heller normala insatsregler för krig vara applicerbara. Finns det ens någon internationell lag som styr i det fallet, eller får vi laga efter läge och tolka fritt utifrån de omständigheter som för tillfället råder på platsen?"

Andersson såg på kamraten och noterade osäkerheten i Rasks blick innan han dröjande sa:

"Jag önskar verkligen att jag hade ett bra svar att ge dig på den frågan. Det är väl som du säger ... i brist på annat får vi tolka och handla utifrån förutsättningarna. Det kommer nog dessvärre aldrig bli fullständig fred igen. Åtminstone inte den typ av fred som vi svenskar vant oss vid de senaste två hundra åren. Det som har skett kan inte göras ogjort. Krig lämnar ofrånkomligen djupa sår i själen ... sår som så småningom blir till ärr. I dag vill vi hoppas på att vi har det värsta bakom oss, men tänk om det är tvärtom. Tänk om vi fortfarande har det värsta framför oss?"

Epilog

Söder om Visby
Gotland
8:e maj 2017

Det var mycket nära att major Valerij Sergejevitj Gusjin i ett anfall av totalt hänsynslöst raseri slängde radion i närmaste sten. Där skulle den troligtvis ha splittrats i sina beståndsdelar för att därefter vara bortom räddning, men i sista ögonblicket lyckades han besinna sig.

Ursinnigt reste sig Valerij från den mossiga stubbe där han suttit och lyssnat på sändningen från Moskva. Som ett litet tjurigt barn som inte fått sin vilja igenom sparkade han till en knytnävsstor sten som låg på marken intill honom.

Frustrerat gick Gusjin sedan ett helt varv runt den hukande gruppen av ärrade och bistra krigare. Det var en brokig skara män som omgav honom, utspridda i terrängen. Alla hade de sin historia av konflikter att berätta, vissa så långt tillbaka i tiden som det första Tjetjenienkriget vid mitten av nittiotalet.

En sak hade de däremot alla gemensamt. Tron på det här krigets rättfärdighet och nödvändighet för den ryska statens överlevnad. Det var ett väletablerat faktum att regimerna i den övergödda västvärlden ständigt förde ett lågintensivt krig mot Ryssland. Enda sättet att rädda Moderlandet var att själva ta kriget till fiendens planhalva. Nato, som var den stora skurken och spindeln i nätet, styrdes med järnhand av USA. Alla amerikanska presidenter, åtminstone tillbaka till Harry Trumans mandatperiod, hade både hatat och fruktat Ryssland. Av den anledningen hade de också velat se landet utplånat, där varje administration använt sin egen strategi för att försvaga hans moderland.

Till slut stannade Valerij upp. Med en beslutsam min ristad i ansiktet vinkade han till sig gruppcheferna. När de förflyttat sig utom hörhåll från manskapet sa Valerij med en röst så skarp att den kunde skära genom stål:

"Jag vet inte hur ni känner inför det här sveket, men aldrig att jag tänker vika ner mig utan strid. Jag vägrar lyda den där förbannade usurpatorn som orättfärdigt har gripit makten i Kreml. Det var Orlov som var den rättmätige efterträdaren till vår president. Det var absolut aldrig meningen att den där bleksiktiga försvarsministern skulle bli Rysslands president."

Han tystnade och svalde innan han med glöd i rösten fortsatte sin utläggning:

"Mordet på Potemkin kan bara ha utförts genom Natos försorg, vilket betyder att Muskin är lierad med fienden. Jag svär på att det var han som såg till att mördaren kunde ta sig osedd ända fram till mordplatsen, för att sedan också smita undan i det kaos som uppstod efter skottet. Med andra ord har vi en amerikansk förrädare i Kreml, vilket är något som jag aldrig kommer att acceptera."

Här tystnade Gusjin åter en gång för att dra efter andan innan han på nytt tog upp tråden, nu med ett ännu hårdare tonfall:

"Det är helt uppenbart för oss alla att han står med ena foten djupt begravd i Västs stinkande gödselstack, samtidigt som han utan minsta samvete sviker alla våra soldater som redan har offrat livet i det här kriget. Tro mig när jag säger att Muskin kommer att sälja ut oss till Västmakterna, bara för att få behålla makten."

Gusjin tystnade och inväntade en reaktion från cheferna. Den här stunden var hans kritiska *tipping point.* Om cheferna var emot honom hade han mest troligt bara sekunder kvar att leva. Om de däremot var med honom fanns det inget annat alternativ än fortsätta det rättfärdiga kriget fram tills deras ondskefulla motståndare var besegrad. Andlöst inväntade han resultatet.

Det lät inte vänta på sig förrän en ung löjtnant, som han visste var sonsons son till en av de stora hjältarna från *Det Stora Fosterländska Kriget,* sa med lika upprörd röst som den Valerij själv använt sig av:

"Vi har offrat så mycket blod och samtidigt sett för många av våra kamrater dö till ingen nytta. Vi kan inte bara stå och bli avväpnade av vår egen regering, för att sedan utan vidare eftertanke eller omsorg kastas till hundarna. Jag håller därför fullt och fast med kamrat Gusjin i den här frågan. Aldrig att vi lägger ner våra vapen frivilligt. Jag säger att vi fortsätter slåss och låter det amerikanska slöddret få smaka ryskt bly."

Han såg sig upproriskt omkring, som om han utmanade de övriga att säga emot honom, innan han fortsatte:

"Vi vet att svenskarnas redan dåliga resurser sinar i snabb takt. Det betyder att de inte kan stå pall hur länge som helst. Speciellt inte utan ett massivt stöd från de andra Nato-länderna. Samtidigt står det amerikanska hangarfartyget på grund utanför Gotska Sandön och är därmed mycket effektivt satt ur spel. Fiendens spetsflyg har således antingen kraschat i havet, eller i undantagsfall lyckats gå ned någonstans på Gotland. Stora delar av hangarfartygsgruppen är sänkt eller på annat sätt satt ur stridbart skick. Kan vi knäcka fienden nu, när han är som svagast, då kan vi vända kriget. På så vis kan vi också skapa en mycket bättre förhandlingsfred än vad den här villkorslösa kapitulationen innebär."

Han slog med stor kraft den knutna näven i sin egen handflata för att understryka orden:

"Det betyder att vi kan återvända till Ryssland som stolta segrare. Inte som Muskins värdelösa och döda förlorare. Våra kamrater offrade därmed livet för något större än dem själva. Alla kommer postumt att bli utnämnda till Rysslands hjältar. Det betyder att vi blir för evigt ihågkomna som hjältar för alla framtida generationer. Det är riktigt stort och ärofyllt. Ingen neslig förlust som den Muskin försöker tvinga på oss."

Löjtnanten tystnade, men tittade uppfodrande på de andra för att insamla deras stöd. Den tryckande tystnaden bröts först när en äldre kapten harklade sig innan han sa, inte utan en viss syrlighet i rösten:

"Det ni pratar om här är inget annat än myteri och därvid lag även grov ordervägran. Om Potemkin verkligen är död och Muskin nu är president i hans ställe, ja då är det han som är vår överbefälhavare. Att inte lyda chefens order betyder i praktiken att vi dömer oss själva till döden. Jag har svårt att se det ärofyllda i det. En soldat lyder order och rätar in sig i ledet. Den personliga äran får stå tillbaka när vi kämpar för vårt lands heder."

Med en tydlig knyck på huvudet visade kaptenen att han talat klart. Gusjin väntade några dramatiska sekunder, men det verkade inte som att någon ytterligare ville ta till orda. Därefter sa han mycket långsamt:

"Kapten Kasianov. Det kanske är Muskin som för stunden är tillförordnad president i Moskva enligt konstitutionen, och därmed vår överbefälhavare på pappret. Däremot är det jag och ingen annan som är högsta beslutande befäl här ute i fält."

Han avslutade meningen med att höja röstläget en oktav, för att sedan fortsätta som tidigare:

"Min order till er är därför att vi fortsätter strida och söker samband med andra förband för att skaffa bundsförvanter som vill samma sak som vi, det vill säga en fullständig och villkorslös seger över de svenska nazisterna. Helt säkert kan vi få till stånd en försörjningslinje för våra behov av mat och ammunition. Min övertygelse är att det vi känner här och nu delas av de andra förbanden. Vi kommer därför att fortsätta vara en kraft att räkna med. Svenskarna kanske tror att de har vunnit en seger här i dag ... vi ska visa dem att de har fel. Vi ska tillsammans visa Nato att det krävs mer än ett lömskt mord för att bryta ryggen på den ryska björnen."

Efter ytterligare en kort paus fortsatte han:

"Men ni, kapten Nikolaj Nikolajevitj Kasianov. Ni är härmed entledigad och under arrest för ordervägran. Därmed är ni också med omedelbar verkan fråntagen era befogenheter till dess vi har hunnit besluta om ert öde."

Kasianov ryckte till, samtidigt som handen rörde sig mot pistolhölstret. Skottet som brann av ekade genom tystnaden. Den oväntade knallen fick männen en bit bort att rycka till och klumpigt komma på fötter. Nervöst famlade de efter sina vapen och började uppjagade se sig omkring efter osynliga och icke närvarande fiender.

Med uppspärrade och chockade ögon stirrade Kasianov på löjtnanten som tidigare talat, sedan gick blicken frågande ned mot bröstkorgen. Där syntes nu ett runt och ilsket blodrött hål högt upp på höger sida.

"Din förrädare", flämtade han innan knäna vek sig.

Löjtnanten såg empatilöst ner på Kasianov när denne föll ihop framför hans fötter. Utan överdriven brådska hölstrade han pistolen. Med vapnet på plats vände han sedan en stadig blick mot Gusjin med orden:

"Jag har just dödat kapten Kasianov, chefen. Det är nu upp till er att besluta om vidare åtgärder."

Gusjin såg roat ner på den livlösa kroppen. Med spetsen av tån petade han på liket för att se om det fanns något liv kvar i den forne kaptenen. När han väl konstaterat att Kasianov verkligen var död slängde han en hastig blick mot soldaterna. Männen stod och trampade nervöst en bit bort. De var än så länge helt oförstående till vad det var som höll på att hända och vilken roll de själva skulle komma att spela i den fortsatta händelseutvecklingen. Därefter vände han sig mot löjtnanten och sa med djup basröst:

"Löjtnant Luzjkov. Ni har just räddat livet på er chef. För det befordrar jag er härmed till kapten, i stället för förrädaren ni just avrättade. Se till att den där kroppen kommer i jorden. Jag vill inte behöva se mer av honom än nödvändigt. När ni har ombesörjt det ser ni till att samla ihop männen. Jag vill att vi förklarar läget för dem och vad det är som väntar härnäst."

"Det är uppfattat, chefen."

Luzjkov log lättat med hela ansiktet när han bekräftade ordern. Därefter gick han med en tydlig spänst i stegen bort till de nervöst väntande soldaterna. Medan han gjorde det vände sig Gusjin småleende till de övriga med den retoriska frågan:

"Ingen annan som har några ytterligare invändningar mot att vi fortsätter striderna till dess vår fiende är besegrad?"

Befälen såg som en man ner på Kasianovs oformliga lik, sedan skakade de ordlöst på huvudena, vilket fick Gusjin att le ett ännu ondskefullare leende. På något sätt kom han att se ut som sagans varg som precis satt tänderna i ett särskilt välsmakande lamm.

"Det är gott", sa han bara. "Se till att männen är redo när det där är i marken och borta ur synhåll för gott."

Han petade än en gång med tåspetsen mot liket innan han fortsatte:

"Vi måste trots allt förklara läget för dem. Jag vill inte att de börjar skjuta på skuggor som små rädda krakar. En fegis dör som bekant tusen gånger, en modig man bara en gång. Som soldat är det alltid bättre att känna sin fiende väl, liksom sig själv, för då står man som segrare i alla slag."

***

Det var med ett helt nytt sinneslugn som Gusjin drygt fyrtio minuter senare stod framför den samlade gruppen av män. Gruppcheferna hade just lämnat av och meddelat att det allt som allt fanns sjuttiosex man framför honom, samtliga chefer inräknade.

Flera av de stridsvana soldaterna såg tydligt frågande ut, men förvånansvärt många verkade inte bry sig om att kapten Kasianov just skjutits till döds mitt framför ögonen på dem. De brydde sig inte heller ett dugg om att deras tidigare chef utan vidare ceremonier skyfflats ner i en grund och omärkt grav, strippad på sina gradbeteckningar.

Det ryska systemet, som uppfostrat dem till medborgare i en totalitär diktatur, borgade för att de gladeligen skulle lyda order. Det skulle de dessutom göra utan att själva tänka över vad de nu skulle ge sig in i.

Med tränad röst höjde Gusjin tonläget och sa högt, så att alla utan några problem kunde höra honom:

"Kamrater. Tidigare i dag iscensattes ett attentat mot vår älskade president i Sankt Petersburg. Med all sannolikhet var det en komplott av Pjotr Muskin, tillsammans med utländska agenter, som berövade president Vladimir Potemkin livet. I enlighet med konstitutionen gick Vladimir Orlov in som efterträdare, men även han sköts ner och skadades mycket svårt av usurpatorn Muskin. I denna stund är det rådande läget för Orlov fortfarande okänt. Det vi med säkerhet vet är däremot att den illegitima presidenten började med att svika det ryska folket genom att beordra eld upphör. Detta följdes av en feg och helt villkorslös kapitulation inför lydstaterna Sverige och Finland. Det är med andra ord en förnedrande dolkstöt i det ryska folkets rygg."

Här upphörde tillfälligt Gusjins utläggning. Han ville med tystnadens tyngd låta orden sjunka in ordentligt, vilket fick avsedd effekt hos manskapet. Sedan tog han på nytt till orda:

"Eftersom alla budskap om att striderna ska upphöra är falska, och därmed ett svek mot Moder Ryssland, har vi befäl unisont beslutat att fortsätta denna militära specialoperation till dess att segern över nazisterna är vunnen."

Ytterligare en kort tystnad följde innan han sa:

"Vi lägger alltså *inte* ner våra vapen, oavsett vad Moskva påstår sig beordra oss. Vi ska med andra ord fortsätta slå mot fienden tills Gotland är vårt. Under tiden räknar vi med att den illegitima presidenten kommer att avsättas och tvingas utstå vår dom. Det sker när folket ensidigt väljer att stödja sina modiga soldater i deras stolta kamp mot nazismen och den korrumperade västliga Nato-alliansen. Ryssland är starkt. Ryssland är evigt. All ära till Ryssland."

På nytt tystnade han och mötte blicken hos soldaterna i det främsta ledet, men såg inga tecken på motvilja, varför han avslutade med att säga:

"Ordern är alltså som följer. Operationen fortsätter och ingen stridspaus kommer att beaktas."

Nästa del i Attack-serien:
Attack:
Gotland brinner